AF220616

Henrik M. Simons

„Nie ohne dich"

Für das Mädchen, dass ich nicht vergessen kann...

© 2020
Herstellung und Verlag: BoD – Books on Demand,
Norderstedt
ISBN: 978-3-7519-7761-6

1

Die Sonne schien ihm ins Gesicht. Marcel hielt die Hand vor seine Augen, um die Strahlen der Abendsonne abzuschirmen. Er war am Joggen auf einem kleinen Feldweg am Rande seines Wohnortes. Sport war eines seiner Hobbys. Er lief täglich die gleiche Strecke, um seinen Kopf freizubekommen. Mehrere Kilometer, die ihn zu der Ruhe brachten, die er manchmal einfach benötigte. Marcel dachte dabei über einiges nach und schaltete ab, während er den bisherigen Tag überdachte.

Marcel Schnee. 18 Jahre alt, kurz vor dem Ende seiner Schulzeit. Seine finalen Prüfungen waren nur noch wenige Monate entfernt, doch machte er sich keinerlei Sorgen um diese. Er verließ sich auf das, was er im Unterricht lernte und sah keinen Grund, viel zu Hause zu lernen. Er vollbrachte es auch, ohne zu lernen, gute Noten zu schreiben, oder, wie in manchen Fällen zumindest akzeptable Resultate zu erzielen. Zudem sah er ein gutes Zeugnis nicht als notwendig an für seine berufliche Zukunft und um in dieser eines Tages erfolgreich zu sein. Marcel hatte verschiedene Pläne für das, was er mal machen könnte. Sein Hobby, der Sport, hätte er zu gerne als Einnahmenquelle, von der er eines Tages mal leben könnte, auch wenn das unwahrscheinlich schien und auch nicht seine oberste Priorität. Täglich schaute er sich Wrestling im Internet an und einmal die Woche fuhr er zum Training in die nächste Stadt. Doch das war nur ein Wunschtraum, den er sich höchstwahrscheinlich nie erfüllen können würde. Wrestling war jedoch sein Zufluchtsort. Immer wenn er schlecht gelaunt war oder ihn etwas beschäftigte, schaute er sich ein paar Matches an, um sich abzulenken und runterzufahren. Es faszinierte ihn so sehr, doch konnte er niemanden erklären, warum genau es ihn so in den Bann zog. Er schätzte, dass es an den unglaublichen Momenten lag, die dabei kreiert wurden und den emotionalen Spannungen, wie auch den manchmal guten, manchmal wirklich miserablen Geschichten, die dort erzählt wurden. Es war ein großes Spektakel, schauspielerisch und sportlich, welches eine große Unterhaltung bot.

Zudem mochte er es ebenfalls, sich kreativ auszuleben. Marcel schrieb gerne Kurzgeschichten, in denen er seine Erlebnisse neu aufleben ließ. Beispielsweise die Scheidung seiner Eltern oder schwierige Zeiten in der Schule, in welchen er ausgegrenzt wurde und sich einsam fühlte. Ein furchtbarer Abschnitt seines Lebens für ihn. Früher war er ein anderer Mensch. Marcel war früher unsportlich, dick und oft in sich gekehrt. Er war allein und schätzte dies nicht. Marcel wollte dies damals ändern und dies war sein oberstes Ziel. Seine Entwicklung spiegelte das Bild auf seinem rechten Schulterblatt wider. Er hatte dort seit kurzer Zeit einen Phönix tätowiert, welcher symbolisierte, wie er sich vom Außenseiter zum extrovertierten und sportlichen neuen Menschen weiterentwickelt hat. Es zeigte ihm, dass man seine Ziele erreichen kann, man musste nur dafür arbeiten und wissen, wie man es erlangt, was man dafür tun muss und natürlich die richtigen Gründe dahinter sehen.

Marcel hatte schon öfter darüber nachgedacht, vielleicht ein Literaturstudium oder ein Studium des kreativen Schreibens anzugehen an einer Universität, doch konnte er dies lediglich weit entfernt von seinem Heimatort und er wusste nicht, ob er den Mut und die Kraft dazu hätte, alles hinter sich zu lassen, was er bisher in seinem Leben hatte und es so sehr auf Distanz zu schieben. Außerdem hatte Marcel noch nie eines seiner Werke veröffentlicht. Er konnte nicht einschätzen, ob er talentiert war. Das hinderte ihn jedoch nicht daran, einen Haufen Ideen für Kurzgeschichten und Romane zu Hause gesammelt zu haben, um diese vielleicht eines Tages zu Papier zu bringen. Ein eigenes Buch herauszubringen wäre ein Erfolg, den wenige in seinem Alter feiern können und es war auch etwas, was wenige Menschen angehen. Doch in seinem Wunschdenken träumte er oft davon, wie er fortzog, um sich als Schriftsteller selbstständig zu machen und nebenbei zu wrestlen. Eine Utopie in seiner Gedankenwelt, welche er zu gerne erreichen würde, doch unerreichbar wirkte.

Seine Eltern andererseits redeten ihm stets Vernunft ein. Sie meinten, er soll ein Studium in der Nähe anfangen, bei dem er die Aussicht hatte, verbeamtet zu werden, oder zumindest zunächst eine Ausbildung machen soll, um den ersten Stein für seine Zukunft zu legen. Er hätte eine gesicherte Aussicht und könnte vielleicht eines Tages sorglos leben. Den einzigen Vorteil, den er daran jedoch sah, war in der Nähe seiner Freunde und Familie zu bleiben. Auf der anderen Seite wäre es für ihn irgendwie langweilig und er mochte es nicht, zu etwas gedrängt zu werden.

Marcel hatte sich bislang nicht festgelegt und dementsprechend, wie es ihm entsprach, wartete er noch ab, bis er zumindest sein Abitur erfolgreich erlangt hatte. Er dachte, er hätte weiterhin viel Zeit, bis es so weit wäre. Das Risiko in seinen Träumereien hielt ihn jedoch immer in Atem, da es ihm das Gefühl gab, nach den Sternen greifen zu können und ein unschätzbares Potenzial in sich zu tragen. Sein Wunschtraum voll Risiko und Unsicherheit, erfüllte ihn mit Angst und Glück zugleich. Doch es war ihm bewusst, dass er diesen Weg vermutlich nicht gehen würde, obwohl er etwas Spannung und Drama in seinem Leben gerne hatte.

Als Marcel noch etwa ein Viertel der Strecke blieb, kam er an eine Stelle, an der es in ein mittelgroßes Waldstück führt. Dieses lag auf einem kleinen Hügel, wodurch man von dort aus eine tolle Aussicht auf das Dorf hatte. Dafür war an dieser Stelle eine kleine Holzbank angebracht worden. Manchmal machte Marcel an diesem Punkt eine Pause, um etwas tiefer als beim Laufen in sich zu kehren und eine Minute durchzuatmen und die Aussicht und die Natur ganz in sich aufzunehmen. Für ihn persönlich war es ein besonderer Platz. Doch leider nutzen die wenigsten Bewohner dieses Prachtstück. Außer heute, denn als er näher kam, sah er, dass dort eine Person auf einer Bank saß. Es schien ein junges Mädchen zu sein, doch mit ihrem Blick aufs Handy konnte er nicht erkennen, wer es war. Aber es gab nicht viel Möglichkeiten, da es nur einen begrenzten Kreis an Personen in seinem Alter in Marcels Ort lebten. Außerdem konnte er ihre glänzenden, blonden Haare erkennen, genauso wie ihre hellblaue Jeansjacke. Mit den anderen Jugendlichen in seinem Dorf hatte Marcel allerdings wenig zu tun. Früher war er mit all denen in derselben Grundschule, doch seitdem hatten sie sich auseinandergelebt, da Marcel der Einzige war, der auf das Gymnasium gegangen ist und somit von dem Rest abgespalten wurde. Er hatte dort seinen guten Freundeskreis, welche alle mehrere Kilometer weit weg wohnten.

So auch seine Ex-Freundin, mit der er all seine ersten Male hatte. Bei ihr hatte Marcel viel gelernt, gegeben und gelassen, doch war ihm von Beginn an bewusst, dass sie nichts fürs Leben war. Er hatte sich darauf eingelassen, da er sie kennenlernte, wie er sich gerade in einen anderen Menschen entwickelte, und er sah es als Mannwerdung zu dem Zeitpunkt. Und er bereute es nicht, da die Erfahrung ihn mehr gelehrt hatte, als er sich damals vorstellen konnte. Dadurch wusste er, was er wollte und brauchte. Marcel hatte eine etwaige Vorstellung seiner Traumfrau dadurch gewonnen: Sie soll kleiner als er sein, eine natürliche Haarfarbe, etwas jünger als er, humorvoll, eigenständig, doch auch ihm gegenüber verbunden. Und sie sollte seinen Wunsch teilen, eines Tages in ein schönes Haus mit Garten zu ziehen, in dem sie mal mit ihren Kindern spielen können, ein Mädchen und ein Junge. Marcel hatte ihr also einiges zu verdanken, doch eine wichtige Erfahrung hat in dieser Beziehung gefehlt. Er hatte nicht gelernt, was die wahre Liebe ist und wie sie funktioniert, woran man sie erkennt. Auf diese Erfahrung hoffte Marcel weiterhin.

Er merkte nicht, dass seine Augen immer noch auf die Bank gerichtet waren, als er darüber nachdachte, bis auf einmal ein Paar funkelnder und strahlender, blauer Augen seinen Blick trafen. Sie waren mehr als nur wunderschön, sondern zogen Marcel regelrecht in einen unbeschreiblichen Bann. In dem Moment erkannte er auch, wer da auf der Bank saß: Lina. Sie wohnte nur ein paar Straßen weiter von ihm, doch hatten die beiden nie wirklich Kontakt, obwohl Marcel immer gleich erstaunt von ihr war, wenn er sie aus der Ferne mal sah, wenn er im Dorf unterwegs war. Lina war zwei Jahre jünger als er, ging auf eine Schule in der genau anderen Richtung als seine lag und war überwiegend mit den Leuten aus dem Dorf befreundet. Sie war etwas kleiner, doch stach sie zu allen Zeiten aus der Masse hervor. Linas blondes, langes Haar umrahmte ihr Gesicht, welches immer den Mittelpunkt einer jeden Konversation darstellte, sie war der Mittelpunkt.

Das war alles, was er von ihr wusste, was sie irgendwie geheimnisvoll und anziehend machte.

Und Lina lächelte immer noch. Sie sah ihn an und lächelte. Marcel war etwas perplex. Er war sich nicht sicher, ob sie ihn anlächelte oder ob jemand hinter ihm war. Zunächst schmunzelte er, dann warf er sicherheitshalber einen Blick hinter sich, doch war dort niemand zu sehen. Marcel fuhr sein Tempo runter, er behielt sein Lächeln und den Blickkontakt zu ihr bei und nahm einen der Kopfhörer aus seinem Ohr. Lina stand auf, während Marcel letztendlich neben der Holzbank zum Stoppen kam. Sie sahen sich einen kurzen Augenblick nur an, ohne einen Ton von sich zu geben. Genau im richtigen Moment brach Lina die Stille.

„Hey", meinte Lina, ihn weiterhin anlächelnd. „Hey", stieß Marcel zurück hervor „was machst du hier, normalerweise sitzt niemand hier auf der Bank, wenn ich vorbeilaufe?". Lina schmunzelte verlegen und warf einen kurzen Blick auf den Boden, bevor sie sich wieder ihm zuwandte, und antwortete „Ja, ich warte hier auf Celine, meine beste Freundin. Ich war aber auch schon Ewigkeiten nicht mehr hier. Leider. Aber ich schätze, ich sollte öfter hier sitzen". Marcel hielt einen Moment lang inne. Meinte sie das seinetwegen oder wegen der Aussicht? Ihm lag es schon auf den Lippen, einen kleinen, narzisstischen Flirt zu starten, doch er hielt sich zurück, bevor er es zu einer komischen Situation wandelte. Er fragte nur verständnishalber „Wegen der Aussicht, oder?". Sein Lächeln verwandelte sich in ein leicht verschmitztes Grinsen, doch er brachte Lina damit zum Lachen. „Ja natürlich, was denkst du denn? Man hat von hier oben einen wunderschönen Blick auf das Tal. Es ist irgendwie … atemberaubend", beantwortete sie ihm die Frage. „Das solltest du unbedingt, kann ich dir nur empfehlen. Ab und zu sitze ich auch hier und mache eine kurze Pause beim Joggen", meinte Marcel, während er einen Blick hinter sich auf das Dorf warf. Dann führte Lina das Gespräch in eine andere Richtung und erkundigte sich bei Marcel interessiert „Sag mal, warum warst du eigentlich noch nie bei uns im Jugendraum? Du bist doch so alt wie der Rest von uns, der sich dort trifft". Der Jugendraum, eine Art Dorfkneipe für Jugendliche. Sie hatte recht, er war noch nie dort, da er eben mit den Leuten wenig zu tun hatte. Des Weiteren war er sich unsicher, ob er sich sinnlos betrinken wollte, gerade wenn er mit den Menschen ebendort seit Jahren nicht mehr geredet hatte. Nicht ganz so direkt sagte es Marcel ihr auch „Naja, ich habe ja mit den anderen aus dem Ort nicht mehr viel zu tun, seitdem ich auf das Gymnasium gewechselt habe. Ich hab da nicht die Verbindung zu den Leuten". Lina nickte verständnisvoll „Ja klar, kann ich verstehen, aber ich finde, du solltest mal vorbeikommen. Morgen ist Freitag, da sind wir mit Sicherheit da. Und es ist eigentlich immer lustig". Während sie diese Worte sprach, streifte sie ihm über den Arm. Flirtete sie mit ihm? Er kannte sie zu wenig, um das zu beurteilen, doch irgendwie verleitete es ihn dazu, ihren Vorschlag für gut zu befinden. „Ich weiß nicht so ganz", begann Marcel „könnte komisch werden". „Komisch ist gut. Wir sind doch alle irgendwie komisch, oder nicht?", lachte Lina. Es brachte auch aus Marcel ein Lachen hervor. „Du hast recht, ich überlege es mir. Du wirst es dann sehen.", antwortete Marcel. Sie nickte und zeigte ein Lächeln „Okay gut". Marcel schaute ihre Jacke an „Coole Jacke hast du da. Ich mag Jeansjacken.". „Oh vielen Dank", schmunzelte sie „ich hab noch eine andere, aber die hier mag ich mehr". „Jeansjacken sind einfach genial, für Winter, Sommer, egal. Ich hab eine gefühlte Sammlung daheim.", erklärte Marcel. „Siehst du es jetzt?", fragte Lina ihn. Marcel schaute sie verwundert an „Was meinst du damit?". „Na komisch ist gut. Du bist lustig, das mag ich.", erklärte sie ihm. Marcel hoffte, dass sie seine Freude über dieses Kompliment nicht zu sehr vom Gesicht nicht ablesen konnte, doch ein erfreutes Lächeln ließ sich nicht verstecken. „Da sind wir schon zwei", meinte er daraufhin. Sie schaute ihn mit Grinsen, aber auch aufgerissenen Augen an „Willst du etwa sagen, ich sei komisch?". Beide lachten. „Ja. Du hast doch gemeint, komisch ist gut. Und ich mag komisch auch, weißt du?" erklärte er Lina. Sie gab ihm einen leichten Schubs, doch war sie zu klein, um an seine Schultern im Stand zu kommen, weswegen sie ihn am Bauch packte. „Mach das nochmal und ich nehme dich auf meine Schultern und dreh mich mit dir die ganze Zeit am Kreis, bis du den Hügel herunterrollst.", drohte er ihr mit offensichtlich spaßigen Unterton, während er wieder zwei Schritte an Lina herantrat. Sie schubste ihn erneut und lachte „Das wagst du nicht!". „Stimmt, da hast du wieder recht. Aber reize es nicht aus, bevor es doch dazu kommt.", sagte er mit Schmunzeln im Gesicht. Dann warf Lina einen erkennenden Blick an Marcel vorbei. „Oh, da hinten kommt Celine", sagte sie zu ihm. Auch er warf einen Blick nun in dieselbe Richtung, daraufhin drehte er sich wieder zu Lina „Gut, dann lauf ich mal weiter, viel Spaß euch". Er begann erneut langsam zu traben, doch vorher schenkte er ihr noch ein letztes Lächeln, dass nur ihr galt. Das Lächeln wurde auch von ihr mit ihren leuchtenden Augen erwidert. Lina rief ihm noch hinterher „Bis morgen dann!". „Mal sehen", rief Marcel zurück, den Blick weiter nach vorn gerichtet.

Das war ein Gespräch, das Marcel nicht kommen gesehen hat. Und er lief mit einem Lächeln davon. Es war schön, auch wenn es nur wenige Minuten waren. Irgendetwas hatte Lina an sich. Sie faszinierte ihn auf eine einzigartige Weise. Langsam beschlich ihn das Gefühl, er würde am morgigen Abend mal in den Jugendraum gehen. Genauso aber auch die Ahnung, dass es lediglich Lina war, die ihn dorthin zog. Als er das erkannte, immer noch am Laufen, bemerkte er, dass ihm schon wieder das widerfuhr, was ihm öfters passierte, wenn er ein Mädchen kennenlernte. Er wusste meist direkt, wie weit er mit jemanden gehen würde und was für eine Art Beziehung er zu ihr wollte. In dem Fall von Lina war es aber anders. Wie noch nie zuvor. Bei ihr war es so, dass Marcel kurz davor stand, sich auszumalen, wie sie in ihrem eigenen Heim zusammen lebten mit Ring am Finger. Marcel wusste, dass das ziemlich dumm war. Eine einfache, wenn auch übertriebene Tagträumerei. Er konnte nicht wissen, wie das Leben spielt. Vielleicht hatte Lina einen Freund und wollte nur nett sein, vielleicht ist sie nicht so weit, sich auf jemanden einzulassen. Es war beunruhigend und dennoch genau die Spannung, welche Marcel suchte. Er kannte Lina nicht, aber dessen ungeachtet war sie vollkommen präsent in seinen Träumereien. Marcel wollte den Gedanken beiseiteschieben, doch fiel es ihm schwer. Er blieb kurz stehen und atmete tief durch, bevor sein Kopf noch verrückter wurde. Er blickte den Hang hinab. Es ging nur noch bergab bis zu seinem Zuhause, in dem er mit seinem Vater lebte. Der junge Mann sprang kurz dreimal auf, dann lief er mit einem schnelleren Tempo als den Rest der Strecke den Endspurt. Die Häuser zogen an ihm vorbei und Marcel war wie in Trance. Er lief und lief und in seinem Hinterkopf war dennoch ein kleiner, aber wirkender Gedanke.

Als Marcel einige Minuten später aus der Dusche kam, sich abtrocknete und das Handtuch um seinen Körper schlug, nahm er sein Handy in die Hand. Er meinte, er hätte noch von irgendeiner Geburtstagsgruppe die Nummer von Paul abgespeichert. Paul ging auch in den Jugendraum, das wusste Marcel. Sie kannten sich noch aus dem Kindergarten und der Grundschule und wenn sie sich trafen, konnten sie immer ohne Probleme ein Gespräch füllen. Nach kurzer Suche fand er den Kontakt auch.

> Hi Paul, Marcel hier, habe überlegt mal in den Jugendraum zu kommen. Schreibst du mir, wenn du morgen da bist? Würde gerne zumindest einen da kennen. 😃

> Yo Marcel, kommst du endlich zu Vernunft und kommst mal vorbei? Finde ich gut. Ich schreib dir wenn ich da bin. Denke Leon, Jeffrey und Max werden auch da sein.

> Alles klar, vielen Dank, Paul. Dafür gebe ich dir dann einen aus. Bis morgen.

Das war für Marcel sehr gut. Nüchtern fiel es ihm schwer, einfach so auf neue Leute zuzugehen. Auch wenn diese Personen ihm nicht wirklich fremd waren, waren sie doch mittlerweile fast zehn Jahre älter als zu dem Zeitpunkt, als er sie das letzte Mal gesehen hat. Mal abgesehen von Paul und Lina. Aber dennoch, wenn er auf jeden Fall Paul auf seiner Seite hatte, würde es mit höherer Wahrscheinlichkeit ein guter Abend werden, als vollkommen ohne Plan. Und es würde nicht direkt für Aufsehen sorgen, wenn er unmittelbar mit Lina redet. Das wäre guter Stoff, um ein Thema im Jugendraum zu werden, was Marcel nicht wollte.

Dann erst fiel ihm auf, dass er etwas vergessen hatte. Er hatte nicht Linas Nummer. Marcel musste also in den Jugendraum, um sie wiederzusehen, oder wenn er sie nochmal treffen wollte. Denn wenn jeder Moment mit Lina so war wie die paar Minuten mit ihr am heutigen Tag, dann könnte sie noch ewig lange in seinen Tagträumereien weiter schwelgen.

2

Der Freitagabend war nun gekommen. Paul hatte bereits Marcel geschrieben, er sei schon im Jugendraum. Er war um acht Uhr abends bereits da gewesen. Marcel ging dann erst, als er die Nachricht las, duschen und machte sich fertig. Er wollte nicht auf Kommando heruntergehen. Er machte sich Gedanken, wie das wohl auf die anderen dort wirken würde. Vermutlich so, wie er es sich vorstellte: Er kommt direkt und hat es wohl nötig, dort zu erscheinen. Vielleicht hat er keine Freunde oder vielmehr benötigt neue Freunde. Und genau das wollte Marcel vermeiden.

Er stand vor dem Kleiderschrank. Er hatte sein coolstes T-Shirt an, zumindest seinem Empfinden nach und eine schwarze Jeans. In der linken Hand hielt er eine Jeansjacke mit Stoffärmeln und Kapuze, in der rechten eine gängige Jeansjacke in einem ausgewaschenem blau. Marcel entschied sich für die klassische Variante. Er packte seine Packung Zigaretten in die Brusttasche und seinen Geldbeutel in die Gesäßtasche seiner Jeans. Handy rein, Schlüssel in die andere Tasche. Es konnte losgehen.

Der Jugendraum lag am Fuße des Tals. Es waren einige Hundert Meter bergab von Marcels Haus aus. Auf dem Weg hinunter bereitete er sich innerlich vor, obwohl er sich den Abend bereits mehrmals den Tag über ausgemalt hatte. Ein paar Bierchen mit Paul und den anderen, dann irgendwann das persönliche Gespräch mit Lina. Er hatte sich als Ziel gesetzt, ihre Nummer zu bekommen, damit er ihr schreiben konnte und ein Date mit ihr vereinbaren konnte. Marcel wollte sich nur zu gerne mit ihr treffen und das, obwohl er sie noch nicht einmal wirklich kannte.

Als er nur noch wenige Meter von der Tür des Raums entfernt war, ging diese auf und Paul kam heraus. „Hey Marcel, was geht? Da bist du ja!", meinte Paul mit etwas lauterer Stimme. Sie begrüßten sich mit einem kurzen Handschlag, dann stellte Paul sein Bier ab und zündete sich eine Zigarette an. „Hey man. Ja, alles gut und selbst?", erkundigte sich Marcel. Er stellte sich neben Paul und zündete sich ebenfalls eine Zigarette an. „Du rauchst ja! Das wusste ich ja gar nicht. Ich sehe schon, wir verstehen uns.", antwortete Paul und hielt Marcel die Faust hin. Er schlug ein und lachte. „Ja, es gibt einiges, was du nicht weißt, haben uns ja schließlich Ewigkeiten nicht mehr gesehen. Außerdem hat jeder ja sein Laster.", meinte Marcel. Paul schmunzelte „Ja, das stimmt wohl. Ich hab aber mal ein Jahr aufgehört." „Warum hast du dann wieder angefangen?", fragte Marcel, „und wieso hast du aufgehört?". „Ja ich habe eine Wette mit meinem Vater abgeschlossen und habe dann dafür fünfhundert Euro bekommen. Aber es ist echt hart, nicht zu rauchen, wenn du im Jugendraum ständig bist, der Großteil der Leute raucht hier" erklärte es Paul ihm. Marcel nickte verständnisvoll „Sympathisch." „Wie lange rauchst du denn schon, Marcel?", wollte er nun von ihm wissen. Marcel zögerte einen Moment „Schon viel zu lange, aber ich glaube etwa zwei Jahre, aber sehr lange auch heimlich, da ich nicht wusste, wie meine Eltern reagieren." „Ich glaube, das ist bei jedem so. Ich hab noch früher angefangen, da war es dann umso krasser.", schilderte Paul ihm. Beide drückten zeitgleich die Zigarette aus. „Lass uns hereingehen, du wolltest mir noch ein Bierchen ausgeben." „Ja, das stimmt. Auf geht's!", lachte Marcel.
Hinter der Tür wartete noch ein Vorhang, den die beiden zur Seite schoben. Der Geruch von Bier und Schnaps

stieg Marcel in die Nase, als er sich umsah. Es war, wie Paul gesagt hatte, Leon, Max und Jeffrey waren da und auch Celine und Lina. Ein Schmunzeln legte sich auf Marcels Lippen. Daraufhin ging er mit Paul zu den Jungs und begrüßte sie, jeden Einzelnen. Zu seiner Überraschung schienen sie überaus erfreut, dass Marcel auch mal in ihren Jugendraum kam. Als er sich umdrehte, stand Lina hinter ihm. „Hey!", meinte Marcel und umarmte sie. Er musste etwas in die Hocke gehen, da sie mit ihren 1,50 Meter doch ein paar Köpfe kleiner war als er. Als sie sich drückten, begrüßte sie ihn ebenfalls mit einem freundlichen „Hey". Auch wenn Marcel in diesem Moment nicht Linas Gesicht sehen konnte, war er sich sicher, dass sie genauso ein Lächeln zeigte. Als er sie losließ und sich aufrichtete, schaute er kurz Richtung Celine, welche nicht zu ihm gekommen war und winkte ihr flüchtig zu. „Ich gebe eine Runde, willst du auch ein Bier? Auf meine Kosten natürlich.", fragte er sie. „Klar, da sag ich nicht nein. Holst du Celine auch eins mir?", antworte sie lächelnd. „Sicher, kein Problem.", schmunzelte Marcel. „Paul, sieben Bier auf meine Kosten bitte.", orderte er folgend. Und kurz darauf brachte Paul sie auch und das sorgte dadurch dafür, dass nun alle gemeinsam an einem Tisch saßen. Sie stießen zusammen an und es entwickelte sich zu einem entspannten, aber zudem sehr lustigen Abend.

Später, im Verlaufe der Zeit, kam irgendwann Leon mit einer interessanten Frage. „Sag mal Marcel, hast du eigentlich irgendeinen Spitznamen? Ich finde, Marcel ist so ein gewöhnlicher Name. Wir alle haben einen coolen Jura-Spitznamen, ich bin der Leon oder Leonbert, der Jeffrey ist der Schienbein-Jeff, Max ist Gorroff und Paul ist Paulsen. Also wie sieht es aus?", erklärte Leon ihm.

„Nein, hab ich nicht. Ich bin einfach nur Marcel.", lachte er. Dann schaltete sich Jeffrey ein „Hast du denn nichts, was dich ausmacht und woraus man einen Spitznamen machen kann?". Marcel zuckte nur mit den Schultern und überlegte einen Moment. „Naja ich mach Wrestling …", begann er, doch dann schaltete sich Lina ein. „Du meintest doch, du hast eine Sammlung Jeansjacken.". Auf einmal schien Leon in Aufregung „Oh, wie wäre es mit Jeansy oder Jeansman? Das wäre doch genial." Tatsächlich erhielt die Idee Beifall von den anderen Jungs und Marcel musste grinsen, als sein Blick rüber zu Lina wanderte. Diese lächelte ihn an und ihr Gesichtsausdruck ließ nur darauf schließen, dass sie es genoss, dass Marcel so schnell integriert wurde. Max fing auf einmal an zu schreien und riss seine Flasche in die Luft „Auf den Jeansy, der uns die Runde gegeben hat!". Erneut stießen alle an, während die zweite Runde, die Marcel gegeben hatte, die Kehlen herunterlief.

Eine kurze Zeit später gingen Paul und Marcel hinaus eine Zigarette rauchen. Sie ließen die Tür und den Vorhang offen um die Musik, die gerade lief, weiter zu hören. „Ich finde es cool, dass du hier bist, Jeansy.", deklarierte Paul bereits etwas angetrunken und brachte Marcel zum Lachen. „Danke, das freut mich zu hören", meinte er darauf. „Kann ich dich was fragen?", spielte Paul nun auf etwas an. Marcel nickte „Sicher, um was geht es?". „Wir haben gehört, dass du ziemlich gut mit Mädels kannst. Stimmt das?", fragte er Marcel. „Naja schon, aber zwei Sachen, erstens, von wem? Und zweitens, das scheint doch Leon auch gut zu können.", bei Zweiterem deutete Marcel auf Leon und Lina, die sich gerade sehr offensichtlich zu amüsieren schienen. Das Bild ließ in Marcel doch eine kleine Eifersucht aufleben und manche Befürchtungen weckten sich in ihm. Hatte er irgendwas übersehen zwischen den beiden? Waren Sie zusammen? „Quatsch. Der Leon wird sich niemals auf eine hier aus dem Jugendraum einlassen und ist auch nicht unbedingt gut darin, bei den Mädels final zu landen. Und der Jeffrey hat da was aufgeschnappt, aber keine Ahnung, woher er das hat.", klärte Paul Marcel nun auf. Sie schauten immer noch gespannt den auffälligen Gestiken von Leon zu, als Linas Blick hinaus schweifte und die beiden ansah. Sie musste leicht schmunzeln. Daraufhin schaute auch Leon raus und schien ihr zu sagen, dass er schnell rausging. Kurz darauf stand er schon bei ihnen und zündete sich ebenfalls eine Kippe an. „Also über was redet ihr?", fragte Leon mit einem schelmischen Grinsen im Gesicht. „Ha, du wirst es nicht glauben, aber der Jeansy dachte zwischen dir und der Lina läuft was.", meinte Paul ohne große Gedanken. Marcel fragte sich, ob man es noch offensichtlicher und peinlicher erklären könnte, und rollte die Augen. „Da brauchst du dir keine Gedanken machen, Jeansy. Für mich gibt es nur die eine, und die will mich zurzeit nicht.", beruhigte Leon Marcel. „Ja aber hör mal, ich könnte echt mal Hilfe gebrauchen bei Celine. Ich baggere da seit zwei Jahren, aber ich bekomme es einfach nicht hin. Weißt du da was?", meinte Paul um Rat suchend zu Marcel. Er überlegte einen Moment, dann fing er an, seinen Ansatz zu erklären „Nun ja, die einfache Variante wäre natürlich abfüllen und ausnutzen, aber das würde ich an deiner Stelle nicht machen. Das ist immer scheiße, vor allem wenn du dir etwas Langfristiges mit ihr gerne hättest. Aber ich würde sie einfach mal ehrlich fragen, ob ihr was machen wollt. Direktheit bringt meiner Erfahrung nach am meisten." „Mal abwarten", meinte Paul, aber es wirkte nicht so, als würde er eines von beiden auch nur in Betracht ziehen. Leon drückte seine Zigarette aus „Lass uns wieder hereingehen.", und als er schon halb wieder drinnen war, fügte er noch mit einem Zwinkern hinzu „Und Jeansy, glaub mir, das wird was." In dem Moment schien es Marcel so, als wüssten die beiden genau, dass er wegen Lina im Jugendraum wäre, doch andererseits war es mehr als nur beruhigend für ihn. Es gab ihm viel Mut.

Demzufolge dauerte es auch nicht lange, bis Lina zu ihm kam. Es war kurz vor eins. „Hey, ich muss gleich heim, aber können wir kurz miteinander reden?", meinte Lina zu ihm. Marcel nickte und antwortete „Klar kein Problem. Ich wollte dich sowieso noch nach deiner Nummer fragen." Sie musste lächeln, dann schaute sie auf den Boden, um ihm nicht zu zeigen, dass sie sich darüber freute. Lina griff hinter sich in ihre Hosentasche und nahm ihr Handy raus. Marcel tat es ihr gleich und tippte ihre Nummer ab. Ganz offensichtlich hatte sie kein Problem damit und war vielleicht sogar auf dasselbe aus. „Aber wehe, du schreibst mir nicht.", drohte sie ihm mit einem Lachen. „Ich weiß noch was Besseres.", antwortete er ihr, als Linas Handy anfing zu vibrieren und angerufen wurde. „Oh die Nummer kenne ich nicht, ich geh kurz ran.", erklärte sie. Lina meldete sich mit einem einfachen „Ja?", bis dann Marcel sein Handy auf einmal an sein Ohr hielt und mit verstellter Kermit-der-Frosch ähnlicher Stimme „Halloooo?" in sein Telefon rief. Lina legte auf, guckte ihn mit einem Blick an, der so viel hieß wie „Ernsthaft?" und schubste ihn wieder einen Schritt nach hinten. Marcel prustete los vor lachen und Lina musste sich das Selbige verkneifen. Er erkannte, dass sie ihr Lachen zurückhalten musste. und packte sie und schmiss sie über seine Schulter. „Weißt du was? Wer sich das Lachen verkneift, wird rausgeschmissen. Also lach!", spaßte er mit ihr. Tatsächlich konnte sie dann nicht mehr das Lachen unterdrücken, aber wehrte sich mit aller Kraft. Sie trommelte gegen seinen Rücken mit ihren Händen, doch kam nicht von ihm fort. An der Tür setzte Marcel sie ab und umarmte sie. „Dann komm gut nach Hause", verabschiedete er sich von ihr. Sie stieß unter dem Lachen ein „Tschüss, mach's gut." hervor, bevor sie mit Celine nach Hause ging.

Marcel blieb noch zwei weitere Stunden mit den Jungs dort. Es war zum Schluss mehr ein Kampftrinken zwischen ihnen, was nicht unbedingt Marcels Art war, weswegen er sich dann zeitnah nach Hause begab. Aber es war für ihn ein gelungener Abend und auch der Teil, in dem er nur mit den Jungs im Raum saß, war es seiner Meinung nach eine gute Entscheidung in den Jugendraum zu gehen. Es führte dazu, dass er sich fragte, ob er etwas verpasst hatte, dass er noch nicht vorher den Jugendraum besucht hatte. Doch zu diesem Zeitpunkt, zu dieser späten Stunde war sein Kopf nicht klar genug, um über solche Themen noch nachzudenken. Er zog sich nur noch die Jacke und die Jeans aus und ließ sich daraufhin lediglich noch auf sein Bett fallen und schlief dort ein. Er schlief, bis die Sonne ihn am nächsten Tag wecken sollte.

Das pralle Licht schien Marcel ins Gesicht und riss ihn zu früh aus einem traumlosen Schlaf. Langsam führte er seine Hand vor sein Gesicht, um es vor der Sonne zu schützen. Er drehte sich zur Seite und griff benommen nach seinem Handy, um einen Blick auf die Uhr zu werfen. Es war noch neun Uhr in der früh und sein Kopf dröhnte. Er kam zu der Erkenntnis, dass er es gestern übertrieben hatte. Marcel drehte sich wieder um und versuchte weiterzuschlafen, doch es ging nicht. Ein Griff neben sein Bett brachte ihm die Fernbedienung für den Fernseher und ein weiterer dann einen noch halb vollen Energy-Drink. Er nahm einen Schluck und stellte den Fernseher an und schaltete ein Wrestling Event ein. Daraufhin richtete er sich auf und lehnte sich sitzend an die Wand. Dann griff Marcel an sein Handy und blickte auf den Chat mit Lina.

Hey, war echt ein schöner Abend mit dir, und den anderen, im Jugendraum. Sollten wir auf jeden Fall wiederholen. Gute Nacht 😊

Hi, ja auf jeden Fall. Du solltest öfter kommen. War echt cool mit dir. 😊

Ja gerne, auch wenn mein Kopf gerade sich anfühlt als hätte einer mit einem Vorschlaghammer drauf gehauen. 🤕

Haha, ich hatte noch nie einen Kater. Hast du es so sehr übertrieben? 🤕

Ne, hatte schon schlimmere Abende. Heute wieder? 😊

Rede noch mit Celine. Aber denke schon. Hätte auf jeden Fall Lust. Du kommst auf jeden Fall? 😄

Marcel wusste nicht, ob er auf diese Art und Weise mit ihr schrieb, weil er Interesse an Lina hatte oder ob es an dem restlichen Alkohol lag. Er war sich aber sicher, dass er den Kater schnellstmöglich auskurieren wollte. Eine halbe Stunde später stand er auf und ging in die Küche. Sein Vater war bereits wach. „Lange Nacht gehabt?", fragte er mit einem schadenfrohen Grinsen. „Ohja. Genau das. Ich muss jetzt erst einmal den Kater wegbekommen.", antwortete Marcel ihm sichtbar verkatert. Sein Vater lachte und ließ ihn machen. Er stellte sich vor die Küchenplatte, baute den Mixer vor sich auf und holte taumelnd ein paar Früchte. Er schnitt sie klein, tat sie hinein und startete das Gerät. Währenddessen schlug er zwei Eier auf in eine Pfanne und lief noch schnell zum Kühlschrank einen weiteren Energy-Drink holen. Sein Katerfrühstück war dann zwei Spiegeleier auf Toast, ein halber Liter Smoothie und ein Energy-Drink. Danach noch eine Dusche und er fühlte sich tatsächlich fit. Marcel war froh, wieder durchatmen zu können. Er machte noch mit Paul und den anderen Jungs aus, dass sie sich abends erneut im Jugendraum treffen würden, dann zog er sich Sportklamotten an, sprang etwas Auf und Ab und dehnte sich. Daraufhin lief er los.

Das Joggen war etwas schwerer als sonst, wenn er nicht am Abend zuvor sich betrunken hat, doch auch an den anderen Tagen, wenn er vorher weg war, war es nicht so wie heute. Der Jugendraum war für ihn ein ganz ungewohntes Level, was den Alkoholkonsum anging. Eine Stunde später kam er völlig verschwitzt und außer Atem an das Waldstück. Erneut saß jemand auf der Bank. Diesmal war es allerdings nicht Lina. Es war Celine. Was machte sie hier? Eine Frage, auf die Marcel keine definitive Antwort hatte. Wartete diesmal sie auf Lina? Er stoppte bei ihr und zog sich die Kopfhörer aus den Ohren, sodass sie an seinem Pulli herunterbaumelten. „Hey, wartest du auf Lina?", begrüßte und fragte er sie zugleich. „Ja richtig, aber ich bin etwas früher hierher, da ich mir dachte, dass du hier vorbeiläufst", antwortete sie ihm. Marcel runzelte die Stirn „Hat Lina dir gesagt, dass ich hier entlang laufe, oder hast du mich gestern schon gesehen?". „Sowohl als auch", erklärte Celine „aber ich muss mit dir reden." „Klar, wie kann ich helfen?", meinte er. „Weißt du, ich kenne Lina schon seit ich denken kann, und sie mich ebenso, und ich weiß, was sie braucht und was sie will. Und bevor du dir Hoffnungen machst, wollte ich dir erklären, wie sie tickt.", schilderte Celine ihm. Marcel war verdutzt, ihm warfen sich gerade eine Million Gedanken im Kopf auf, was sie damit meinen könnte. Er musste einfach nachfragen „Was meinst du damit?". „Na ganz einfach", begann sie „Lina braucht keinen Macho, der seine Freizeit voll mit Sport und dämlichen Interessen pumpt. Sie ist auch keine, die sich einen Freund suchen will oder einen benötigt. Und mit Sicherheit will sie nicht dich." „Wow …", Marcel klang verunsichert „woher kommt der Hass? Du kennst mich doch gar nicht." „Ich sehe durch deine Fassade hindurch, die du gestern an den Tag gelegt hast. Du bist einer von denen, der sie nur einmal haben will und dann fallen lässt. Lass die Finger von ihr, hörst du?", meinte Celine zu ihm. Sie klang irgendwie aggressiv und böswillig ihm gegenüber. „Ich denke, das sollte sie entscheiden. Und sie sollte mich kennenlernen und nicht irgendwelche trügerischen Schlüsse ziehen, die nicht wahr sind.", entgegnete Marcel ihr. Immerhin wusste er nun, woher die Jungs wussten oder dachten, dass er gut mit Mädels klarkommt. „Weißt du was Celine?", begann er sich zu verabschieden „Lass das einfach alles Linas Sorge sein. Wir sehen uns heute Abend." Sie guckte ihn verwundert hinterher, als hätte sie ihn nicht verstanden.

Aber Celines Plan ging dennoch auf. Marcel war verunsichert und verwirrt von ihr. Als er weiter lief, beschäftigte ihn das, was Celine zu ihm gesagt hatte. War er wirklich ein Macho? Er war der Meinung, dass er das nicht war. Aber war Lina wirklich so, dass sie kein Interesse an ihm hatte? Das, was beide gesagt hatten, dass er und Lina sich nicht kannten, war schon ein guter Grund, sich Gedanken zu machen. Er wusste nicht, wie sie tickt und sie hatte noch keinen wirklichen Einblick darüber, wie Marcel gestrickt war. Da konnte er sich noch so sehr einreden, dass eine Chance für die beiden bestand. Schließlich hatten Sie noch keinerlei Gelegenheit zu testen, ob sie zueinander passen. Bisher schien es nur so, dass sie sich gegenseitig anziehend fanden. Als er wieder auf dem Endspurt war, malte er sich in seinem Kopf den heutigen Abend aus. Diesmal würde er früher in den Jugendraum gehen. Marcel wollte sich weiter mit den Jungs dort anfreunden. Sie schienen cool zu sein und es erweckte den Anschein, als würden sie ihn ebenso mögen. Für heute setzte er sich andere Ziele. Marcel wollte herausfinden, ob Lina und er harmonierten. Und in seiner Träumerei war es ausschließlich perfekt. Das, was zwischen ihnen beiden sein könnte, war in seiner Fantasie bilderbuchmäßig und einfach zu schön, um es je zu erreichen. Doch dies blieb für die beiden nur abzuwarten.

Marcel saß im Jugendraum. Nur er und die Jungs waren da. Lina ließ noch auf sich warten. Die Jungs spielten ein Trinkspiel. Es war letztendlich eine Version von Mensch-ärger-dich-nicht nur mit Feldern, bei denen man selbst oder die anderen trinken mussten. Es machte sehr viel Spaß, nicht zuletzt, da sie immer betrunkener wurden, je später es wurde und je länger Marcel auf Lina warten musste. Erst gegen halb zwölf ging auf einmal die Tür auf und Lina und Celine kamen hindurch. Sie ließen beide ein lautes „Whoooo!" durch den Raum. Sie schienen beide schon gut einen getrunken zu haben und in Party-stimmung zu sein. Einen nach den anderen begrüßten sie, bis Lina sich letztendlich neben ihn auf die Bank saß, während Paul, zu Marcels Überraschung, Celine über-zeugte, sich neben ihn zu setzen. Vielleicht hatte er sich für die Variante mit dem Abfüllen entschieden. Lina legte gut angetrunken den Kopf auf Marcels Schulter, und als er seinen zu ihr neigte, schaute sie ihn mit ihren wunder-vollen, blauen Augen an und stieß ein „Hiiii" aus. Dabei stieg ihm ein leichter Wodka Geruch in die Nase. Er grinste sie nur an „Na? Hat da jemand etwas zu viel ge-trunken?". Sie versuchte, mit dem Kopf etwas näher an ihn ran zu kommen, während sie sich gleichzeitig mehr zu ihm hindrehte. Sie zeigte mit ihren Fingern einen klei-nen Abstand und meinte „Nur gaaaanz bisschen.". Beide lachten. „Du bist einfach genial", sagte Marcel zu ihr. „Ich weiß", meinte sie nur und stand auf und ging auf eine freie Fläche, während sie allein anfing zu tanzen. Ir-gendwie fand Marcel das sympathisch. Celine brauchte einen Moment, dann kam sie zu ihr und machte gemein-sam mit ihr Party. Es war ein unvergleichbares Spektakel und war für die Jungs, die auch schon mittlerweile gut dabei waren, einfach nur zum Wegschmeißen. Als sie gegen halb eins endlich fertig waren und keiner von ihnen mehr nüchtern, wollte Celine heim. Sie wollte, dass Lina mit ihr kommt und sie gemeinsam heimgehen. Doch zu Marcels Überraschung meinte diese zu Celine „Nein, ich will noch ein bisschen bleiben. Aber du kannst ruhig schon gehen. Ich gehe später allein heim.". Marcel sah die Gelegenheit und ergriff sie „Paul kann dich mit Sicherheit heimbringen, nicht war?". „Ja genau!", stimmte Lina ihm zu und Paul ergänzte noch „Ja klar, gar kein Thema." Und es war beschlossene Sache. Ein paar Minuten später, als Paul und Celine weg waren und die anderen drei Jungs gerade mitten in einer Diskussion über die beste Pizza waren, drehte sich Marcel zu Lina „Reden wir kurz draußen?". Er lächelte sie leicht betrunken, aber vertrauenswürdig an. Lina stimmte zu. Sie gingen raus und als Jeansy die Tür schloss, griff er Lina an die Hand und führte sie an eine Treppe, auf welche sie sich nebeneinandersetzten. „Ich muss dich was fragen", meinte er zu ihr. Lina schaute ihn fragend an „Was denn?". „Nun ja" begann er „ich hab heute beim Laufen Celine getroffen und sie wirkte irgendwie so, als hätte sie was gegen mich. Ich will gar nicht wissen, was sie machen würde, würde sie sehen, wie ich gerade deine Hand halte. Welche nebenbei vor Aufregung gerade schwitzt ohne Ende". „Zuerst einmal ist das eklig. Und zweitens brauchst du dir da keine Sorgen zu machen. Sie ist ein bisschen crazy, aber sie will nur das beste für mich.", erklärte sie, während sie spaßeshalber ihre Hand an Marcels Jeansjacke abstreifte. Er schaute sich die genaue Handbewegung ihrerseits an und meinte dann „Würde ich an deiner Stelle nicht nochmal machen. Aber bisschen crazy ist gut. Eine ganz leichte Untertreibung.". Beide grinsten sich an. „Und was, wenn doch?", fragte sie neckend, daraufhin streifte sie ihn erneut mit ihrer Hand, dann pikste sie ihn in den Bauch und schubste ihn letztendlich, sodass Marcel zur Seite rutschte. „Okay jetzt reicht es, Lina.", lachte er und griff ihre Hand. Marcel stand auf und hob sie auf seine Schultern. „Lass mich runter", kreischte sie jedoch mit einem Schwung Freude zugleich. „Vergiss es. Jetzt kommt die Rache", meinte Marcel, während er begann, sich im Kreis zu drehen. Nach drei Runden rief Lina bereits „Lass mich runter!" mehrmals. Marcel setzte sie auf der zweiten Treppenstufe ab, sodass sie fast auf gleicher Höhe waren. Er hielt sie an der Jeansjacke fest, damit sie nicht umfiel vor Schwindel. Doch Lina war nicht wirklich schwindelig. Ihre Hände begaben sich an die hintere Seite seines Kopfs und Hals und zog ihn näher zu sich. So weit, dass sie ihre Lippen auf die von Marcel pressen konnte. Ein Kuss. Ein intensiver Kuss. Als sie von ihm abließ, stieß Marcel nur ein „Wow!" hervor, während Lina eine Augenbraue hob und leicht selbstverliebt schmunzelte. Marcel schaute ihr währenddessen in ihre leuchtenden Augen, die in der Dunkelheit genauso atemberaubend waren wie bei Tag. Das war ein Moment. Marcel konnte in Linas Augen sehen, was da alles zwischen ihnen war und noch sein könnte. Sie war einfach bezaubernd und hatte ihn vollkommen in ihrem Bann. Doch noch bevor sich Stille legen konnte, hob Marcel sie an den Beinen zu sich und küsste sie erneut.

Die beiden hörten erst auf, als sie hörten, dass die Türklinke vom Jugendraum gedrückt wurde. Marcel ließ von ihr ab und setzte sie auf den Boden. Jeffrey kam heraus und inspizierte die beiden genau. „Was macht ihr zwei Süßen hier draußen?", fragte er, sichtlich betrunken. „Wir haben nur …", fing Lina an, dann führte Marcel den Satz zu Ende „… Geredet. Wir haben nur geredet." Jeffrey hob die Augenbrauen, man konnte nicht erkenn, ob das aufgrund seines Gemütszustandes lag oder aber daran, dass er ihnen nicht glaubte. „Ich rauche jetzt erst mal eine. Hier.", meinte Jeffrey und hielt Marcel eine Zigarette ins Gesicht. Er zuckte mit den Schultern, nahm die Kippe und steckte sie sich an. Marcels linke Hand wanderte unbemerkt an Linas Rücken runter und weiter an ihre Hüfte. Jeffrey bemerkte es scheinbar nicht. Doch als er ein paar Minuten später wieder hineinging, meinte er noch „Jeansy du hast da was Rotes an der Lippe. Vielleicht Lippenstift?", und sprang lachend zurück in den Jugendraum. Lina und Marcel schauten sich an und grinsten beide peinlich berührt. Doch der Schwung an Endorphinen war einfach nicht aufzuhalten. Da war etwas zwischen ihnen.

Gegen zwei Uhr brachte Marcel Lina nach Hause. Sie liefen Händchen haltend den Berg hinauf. „Sag mal, triffst du dich mal mit mir auf ein Date?", fragte Marcel sie endlich. „Hmmm", stieß Lina nur hervor. Sein Blick wanderte rüber zu ihr und schaute sie beim Gehen an „Was heißt das jetzt genau?". „Nein", antwortete sie ihm. Marcel lief ein Schauer über den Rücken und er war verdutzt. Sie drehte sich zu ihm um, sie waren bei ihrem Grundstück angekommen. „Ich gehe nicht auf Dates", erklärte sie ihm „Aber wir können uns gerne treffen, nachdem wir ausgeschlafen haben." Sie lächelte ihn auf eine Art und Weise an, als würde sie sich innerlich gerade zu Tode lachen, da sie wusste, wie geschockt Marcel zunächst war. „Okay machen wir", antwortete er dann aber doch mit einem sichtlich erleichterten Grinsen. „Gut" meinte Lina nur „Danke fürs Heimbringen." Bevor Marcel die Chance hatte, sie zu küssen, ging sie den Pfad zur Haustür schon entlang. „Hey!", rief er ihr hinterher, „ich wollte dir noch einen Gute-Nacht-Kuss geben." Lina drehte sich um und lächelte ihn an „Tja. Dann musst du dich wohl bis morgen gedulden." Sie ließ ihn mit einem Lächeln hängen, doch Marcel konnte es auch nicht unterdrücken und schüttelte lachend den Kopf. Als Lina durch die Tür verschwunden war, lief er weiter zu sich nach Hause. Im Gegensatz zur letzten Nacht ging er mit einem noch breiten Lächeln ins Bett und fiel nicht nur hinein. Es war bis dahin der schönste Abend in Marcels Leben. Er hatte neue Freunde gefunden beziehungsweise Freundschaften wieder aufleben lassen und hatte die Gelegenheit, das schönste Mädchen der Welt zu küssen. Marcel war im siebten Himmel.

3

Ein Lächeln legte sich auf Marcels Gesicht, als er am nächsten Morgen aufwachte. Im Halbschlaf hatte er schon vom heutigen Tag geträumt, wie er sich mit Lina später treffen würde. Er war besonders gut gelaunt. Der gestrige Abend war für ihn ein wunderbares Erlebnis. Noch bevor er daran nur dachte aufzustehen, griff er an sein Handy, um mit Lina zu chatten.

> Hey, hast du schon daran gedacht, wir nachher machen wollen? 🙂

> Nein, aber ich bin für Vorschläge offen. Was denkst du? 🙂

> Naja möchtest du vielleicht rüber kommen und einen Film gucken? Oder eher Richtung ein wenig spazieren gehen und Reden? 🙈

> Entscheid du 🙂

> Aber ich will ja, dass du Spaß hast. Also sag einfach, was du machen möchtest. 🙂

> Ist egal, entscheide du einfach. 🥴

Na schön, dann treffen wir uns
An der Bank von neulich
Erstmal und dann schauen wir
Weiter, in Ordnung? ☺

Oki, wie viel Uhr? ☺ ☺

15:00 Uhr dann? ☺

Als Marcel endlich aufstand, war er bereits viel zu gut gelaunt, als dass es irgendjemand übersehen konnte. Doch es war niemand da, der es bemerken hätte können. Sein Vater war bei seiner Freundin, eine Stunde Autofahrt entfernt. Er stellte sich unter die Dusche und vor solch hervorragender Stimmung sang er laut zu den Liedern, die aus den Lautsprechern seines Handys kamen mit. Nichts konnte ihn heute aufhalten oder seine Laune verderben. Als er fertig war, ging er weiter in die Küche und belegte sich ein paar Sandwichs. Schön ordentlich mit allem, was dazu gehört. Noch etwas Wrestling dazu und es war bereits ein guter Start in den Tag. Als er an seinem Schreibtisch hin und her blickte, sprangen ihm ein paar Blätter ins Sichtfeld. Es waren ein paar alte Kurzgeschichten von ihm. Er nahm sich die Blätter vor sich, richtete sie kurz und legte sie vor sich ab. Marcel begann sie erneut durchzulesen. Die erste Geschichte handelte von seiner Schulzeit und seiner Entwicklung, als er früher zwanzig Kilo abnahm und verschiedene Videos sich ansah, wie auch Bücher las, um zu diesem neuen Mann heranzuwachsen. Sie war seiner Meinung zwar nicht perfekt gelungen, aber sie brachte die Emotionen und Erfahrungen rüber, die er damals durchlebt hat. Er legte sie nach hinten, ans Ende des Stapels.

Auf dem nächsten Blatt fand sich ein Gedicht wieder. Marcel las es in aller Ruhe durch. Es war ein kleines, unpersönliches Sonett über die Trennung seiner Eltern. Ihn hatte es nicht besonders belastet, da er es innerlich schon geahnt hatte. Er hatte einige Jahre zuvor, bevor es dazu wirklich kam, die Vermutungen gehabt, aber seine Befürchtungen wurden damals nicht erfüllt. Erst als er vor zwei Jahren von einer Klassenfahrt zurückkam, erfuhr Marcel von der Entscheidung und Scheidung seiner Eltern. Es belastete ihn nur kurze Zeit, da es nicht wirklich lange dauerte, bis diese von sich loskamen und weiterzogen.

Als Nächstes erwartete ihn eine weitere Kurzgeschichte darüber, wie er mal ein Mädchen kennengelernt hatte, von dem er sich mehr erhofft hatte, aber bitter enttäuscht wurde. Sie wohnte eine ewig weite Entfernung weg und es hätte ihm damals eigentlich klar sein müssen, dass daraus nie etwas werden würde. Auf den letzten paar Blättern fand Marcel die ersten Ideen und Ansätze für sein Buch. Er hat vor kurzer Zeit einen Fantasy-Roman fertiggebracht, über eine fiktive Welt, in der mittelalterliche Helden nach der Macht über das von ihm geschaffene Reich griffen. Es war sein bisher bestes Werk und hatte schon oft darüber nachgedacht, es an einen Verlag zu bringen oder zumindest den Versuch zu starten, doch er hatte sich bislang nicht getraut.

Als er all das sich angeschaut hatte, waren bereits ein paar Stunden vergangen. Er blickte auf die Uhr. Die Zeit war bereits gekommen, dass er sich fertig machen konnte für sein erstes Treffen zu zweit mit Lina. Er begab sich ins Bad und machte sich fertig. Als er sich letztendlich die Jeansjacke überstreifte und noch ein paar Spritzer Parfüm an sich gab, stellte er sich vor die Haustür. Er zog sich die Schuhe an, tat einen letzten Blick in den Spiegel, während dem er sich ein letztes Mal mit der Hand durch die Haare fuhr, und verließ sein Haus.

Es war komisch für ihn, einen kürzeren Weg zur Bank zu nehmen und überhaupt war er es nicht gewohnt, nachmittags durch den Ort zu laufen, ohne zu joggen. Als er um die letzte Ecke bog, um auf den Weg zur Holzbank zu kommen, sah er bereits Lina etwa hundert Meter vor ihm. Sie hatte ihn nicht bemerkt, drum fing er an zu laufen. Als er ihr näherte, gab er sein bestes leise zu sein, damit sie ihn nicht entdeckt. Als er in Griffweite von ihr war, drehte sie ihren Kopf beim Gehen um, genau gleichzeitig, als er sie mit beiden Zeigefingern von den Seiten in den Bauch pikste und versuchte sie zu erschrecken. Dadurch, dass Lina ihn bereits gemerkt hatte, zuckte sie allerdings nur zusammen und begann laut zu lachen. „Hey, was soll das?", meinte sie schelmisch zu ihm. „Ich wollte dich erschrecken", zuckte Marcel mit den Schultern. „Pfff, geht gar nicht, du Idiot.", lachte Lina. Er schaute sie mit einem schrägen Grinsen an „Beleidigen wir uns jetzt schon?". „Nö, das war lieb gemeint", antwortete sie mit einem Lachen. Sie lächelten sich an. Marcel griff nach ihrer Hand, doch Lina meinte nur „Ich bin schon so weit gelaufen, trägst du mich auf den Schultern?". Er musste lachen. „Ernsthaft?", fragte er sie. Sie nickte „Ich mag es getragen zu werden. Komm schon, ich bin dein Rucksack." „Dann spring rauf", lachte Marcel, während er einen Satz vor Lina machte und sich nach unten neigte. Sie sprang auf und Marcel fing an zu laufen. Er rannte mit ihr so schnell er konnte zur Sitzbank am Waldrand. Als er ankam, war er außer Puste und setzte sie direkt auf der Bank ab. Marcel atmete tief durch und Lina fragte ihn besorgt „Bin ich etwa zu schwer für dich?". Sie lächelte verlegen, doch Marcel versuchte sie zu beruhigen „Nein, ich bin es nur nicht gewohnt, beim Laufen jemanden auf dem Rücken zu tragen." Er ging einmal um die Bank herum und setzte sich neben sie und legte den Arm um Lina. Sie wehrte sich nicht. „Ich finde es cool, dass wir uns zu zweit treffen. Auch wenn du nicht auf Dates gehst.", meinte Marcel zu ihr und schob noch ein nettes Zwinkern hinterher. „Ich treffe mich auch nicht mit jedem Typen. Also kannst du dich geehrt fühlen.", lachte sie ihn an. „Aha, so ist das also. Vielleicht ist das ja bei mir genauso.", sprach Marcel seinen Gedanken laut aus. Lina wandte ihren Blick nach vorne auf die Aussicht und sagte „Das will ich für dich hoffen." Marcel zeigte ein vertrauensvolles Lächeln. „Ich bin mir sicher, dass es so ist.", versuchte er, ihr Vertrauen zu gewinnen.

Sie redeten eine gefühlte Ewigkeit über alle Möglichkeiten, doch es wirkte für Marcel wie gerade mal ein paar Minuten. Es war mehr als nur angenehm, die beiden waren auf einer Wellenlänge. Sie lachten zusammen, teilten Erfahrungen miteinander und erzählten lustige Geschichten, die ihnen mal passiert sind. Die Sonne legte sich über die weit entfernten Hügel und das Abendrot war am Horizont zu sehen. Es war ein wunderschöner Anblick. Marcel griff nach Linas Hand und drehte sich zu ihr. Sie schaute zu ihm auf. Ihre Augen zogen ihn an. Diese bezaubernden, blauen Augen waren das atemberaubendste und wunderschönste, was er je gesehen hatte. „Es wird langsam kühl, oder?", fragte sie ihn. Marcel nickte „Sollen wir uns auf den Weg machen?". „Ja, lass uns gehen", antwortete Lina ihm, „na komm." Sie sprang von der Bank runter und zog ihn an seiner Hand neben sich. Hand in Hand gingen sie dem Abendrot der Sonne entgegen. „Soll ich dich heimbringen?", erkundigte sich Marcel.

Lina überlegte kurz, dann schüttelte sie den Kopf. „Sollen wir dann zu mir? Film anmachen, Pizza bestellen?", schlug Marcel ihr vor. Sie schaute ihn an und nickte erfreut „Ja, das klingt gut."

Bei Marcel angekommen, ging er durch die Tür und hielt sie Lina offen. Er wollte weiterhin einen guten Eindruck bei ihr hinterlassen. Im Essbereich holte er eine Speisekarte „Was für eine Pizza hättest du gerne?". „Pizza Ravers, das ist meine Lieblingspizza.", beantwortete sie ihm mit Lächeln im Gesicht die Frage, aber fügte noch hinzu „Ich weiß aber nicht, ob ich eine ganze Pizza alleine essen kann." „Kein Problem, dann teilen wir uns eine. Aber dann muss ich eine Große bestellen.", grinste Marcel sie an. Nachdem er bestellt hatte, führte er sie nach oben in sein Zimmer. Lina stellte sich in die Mitte des Raumes, drehte sich langsam einmal im Kreis, alles genau inspizierend. „Sind das deine Gürtel?", fragte sie ihn, zeigend auf die Wrestling-Titelgürtel, die an Marcels Wänden hingen. Dieser musste lachen und schüttelte den Kopf „Nein, das wäre zu schön. Wären das Meine, wäre ich bereits reich und berühmt und würde nicht mehr hier wohnen. Das dort sind nur Fan-Artikel." Daraufhin musste auch sie schmunzeln. Lina trat ein paar Schritte näher an die eine Wand und schaute sich die eingerahmten Bilder an. „Oh, wie süß du warst als Kind.", lachte sie. „Das ist mein Sohn", sagte Marcel trocken. Ihr geschockter Blick war unbezahlbar, doch als Marcel das Lachen nicht mehr zurückhalten konnte, erkannte sie, dass es nur ein Spaß war, und musste ebenfalls lachen. „Ja genau. Und wer ist das Mädchen, das da auf manchen Bildern drauf ist?", fragte Lina ihn. Sie deutete auf die Fotos mit Emma. Sie war Marcels beste Freundin. Das gleichaltrige Mädchen ging bei ihm auf die Schule und die beiden lernten sich durch einen von Marcels Klassenkameraden kennen. Emma war ein kleines Rocker-Girl, dass viel zu viele Gemeinsamkeiten mit ihm teilte und einfach genauso verrückt wie er war. Bei ihr hatte Marcel immer das Gefühl, verstanden zu werden, und er war froh, sie in seinem Leben zu wissen. „Das ist Emma, meine beste Freundin. Vielleicht lernst du sie mal eines Tages kennen.", erklärte Marcel Lina. „Achso gut", antwortete sie ihm. Marcel schmunzelte „Gut?". Ob sie mit gut meinte, dass sie sich freute, keine Konkurrenz in ihr befürchten zu müssen, wusste er nicht. „Tja. Wirst du schon noch erfahren, was ich damit meine.", neckte sie ihn. Er näherte sich ihr von hinten, während sie weiter die Bilder betrachtete. Er legte die Arme um sie und schaute hinab zu ihr. Sie richtete den Kopf auf und blickte ihm in die Augen. Gerade als sich ihre Gesichter näher kamen, läutete es an der Tür. Marcel kniff enttäuscht und sauer auf die Person, die klingelt, die Augen zusammen. „Pizza ist da", lachte Lina. Er ließ von ihr ab und griff nach seinem Geldbeutel. „Scheint so", meinte er leicht verlegen, aber dennoch mit Lachen im Gesicht.

Als Marcel wenige Augenblicke später wieder in sein Zimmer kam, kniete Lina aufrecht in seinem Bett, mit dem Rücken zu ihm. Sie inspizierte gerade die Bilderwand, die er über seinem Bett angebracht hatte. „Du hast ein Tattoo?", fragte sie ihn erstaunt, während Marcel sich zu ihr aufs Bett setzte und den Pizzakarton öffnete. „Einen Phönix, ja", antwortete er ihr. Lina hakte daraufhin nach „Und was bedeutet er für dich?". Marcel erzählte ihr folgend die ganze Geschichte, die er ebenso in seiner Kurzgeschichte wiedergab. Es war das erste Mal, dass er einem Menschen so ausführlich das Ganze beschrieb und auch überhaupt laut aussprach. Zu seiner Freude schien sie mit ihm zu fühlen, doch nicht auf eine Art des Mitleids, sondern viel mehr, dass sie ihn nachvollziehen konnte und für ihn da sein wollte. Das war aber mittlerweile nicht mehr notwendig und dennoch war es eine unglaublich nette Geste. Als Marcel das letzte Stück in der Mitte teilte und Lina die Hälfte hinhielt, hatte sie eine weitere Frage an ihn „Und wer ist der ältere Mann auf dem Krankenhausbett?". „Das ist mein Opa, er ist im Sommer verstorben.", erklärte Marcel, während sein Blick nach unten sank. Lina legte den leeren Karton auf den Boden neben das Bett und griff nach seiner Hand. Marcels Kopf richtete sich wieder auf und schaute Lina an. Sie hatte dicke Backen, da sie sich das ganze Pizzastück in den Mund geschoben hatte. Lina versuchte zu sprechen und ihr „Nicht traurig sein." hörte sich nur nach „Niff rauchicchff pfein." an. Als Marcel lachen musste, hielt Lina sich die Hand vor ihr Gesicht und gab alles, damit die Pizza beim Totlachen nicht aus ihrem Mund fiel. Nun tat es Marcel ihr nach und grunzte „Waff vör aihnenn Philm pfllst fu fukken?". Lina verstand, dass er wissen wollte, welchen Film sie gucken möchte und sie konnte ihm nach einem schweren Schluck auch antworten. „Ich will einen Horrorfilm sehen", enttäuschte sie Marcel mit ihrer Antwort. „Ich hasse Horrorfilme", meinte er „aber, ich befürchte, heute werde ich mir das wohl antun.". Sie schien zufrieden mit seiner Antwort. Er öffnete Netflix an seinem Fernseher und ging auf die Spalte mit den Horrorfilmen. Bei nahezu jedem Film, meinte Lina zu ihm „Den hab ich schon mit Celine gesehen.", wodurch es ein paar Minuten dauerte, bis sie einen noch ungesehenen gefunden hatten. Mit dem Beginn kam Marcel wie jedes Mal klar, diese Horrorfilme waren schließlich immer gleich aufgebaut. Langweiliger Anfang, halb-

wegs aufregender Mittelteil, brutales Ende. Als sie in der Mitte des Horrorfilms angekommen waren, richtete sich Marcel auf und meinte offensichtlich ironisch „Können wir nicht Wrestling oder so gucken?". Lina lachte und schlug ihm diesen Wunsch ab. „Nein, wir gucken den Film jetzt fertig.", beschloss sie und grinste, als sie sich neben ihn aufrichtete. „Na schön" rollte Marcel die Augen „Aber weißt du was?". Sie schaute ihn verwirrt an. „Nein, was?", fragte sie ihn. Marcel meinte nur „Das!" und nahm sie in einen Schwitzkasten und sie rangen und rollten sich auf dem Bett. Sie lachten sich beide schlapp, bis sie letztendlich aufeinanderlagen und sich anlachten. Marcel, der oben lag, schaute Lina in ihr wunderbares Augenpaar und streifte eine blonde Haarsträhne aus ihrem Gesicht. Sie lächelte ihn an. Er erwiderte ihr Lächeln mit Freude und ein weiteres Mal kamen sich ihre Gesichter und ihre Lippen näher. Ein zarter Kuss. Zunächst küssten sie sich sehr langsam, doch es entwickelte sich zu einem wilden Rumgemache. Der Film konnte weiterlaufen, es interessierte die beiden nicht, sie waren in dem Moment in ihrer eigenen kleinen Welt. Selbst als er zu Ende war, machten sie weiter und es dauerte noch eine Weile, bis sie voneinander ließen.
Sie lagen nebeneinander im Bett und schauten sich in die Augen. Marcel zog sie näher an sich. Er war hin und weg. Die Hormone strömten nur so durch die beiden. Sie sahen beide ein wenig verwüstet aus, obwohl es lediglich bei dem Küssen geblieben war. Linas verstrubbeltes Haar machte einen so süßen Eindruck auf ihn und er konnte sich ein überglückliches Lächeln nicht verkneifen. In einem Moment der Ruhe hörte er sein Herz schlagen. Es pochte wild. Es schlug noch schneller als bei jedem ande-

ren Mädchen, dass er bislang in seinem Leben geküsst hatte.

Die beiden Jugendlichen lagen sich hoffnungslos glücklich in den Armen und lächelten sich gegenseitig ins Gesicht. Langsam streichelte Lina mit ihrer Hand über Marcels Körper. Irgendwann wanderte diese unter sein T-Shirt. Es verschaffte ihm am ganzen Körper Gänsehaut, wie ihre Finger langsam über sein Sixpack strichen. Sein Herz fing noch schneller an zu klopfen, da es Marcel auf eine besondere Art und Weise erregte. Er schaute zu ihr, während ihr Kopf auf seiner Brust lag. Sein rechter Arm drückte sie an sich und darauf beginn auch er langsam mit seiner Hand von ihrem Bauch zu ihrer Hüfte sie zu streicheln. Linas Kopf hob sich und sie blickte ihn an. Ein Lächeln zeigte sich auf ihren Lippen. Erneut näherten sie sich und Marcel küsste sie. Ihre zarten Lippen fühlten sich so gut auf den seinen an. Die Spannung, die er zwischen ihnen spürte, haute ihn um und Marcel konnte sein Glück kaum fassen, als er sie erneut fest an sich drückte. Trotz ihrer kurzen gemeinsamen Zeit, diesen wenigen Tagen, war er bereits verrückt nach ihr.

Gegen zehn Uhr erschien eine Nachricht auf Linas Handy von ihrer Mutter. Sie wollte wissen, wo sie blieb. Eine besorgte Mutter, die sich Gedanken um ihre älteste Tochter machte. „Ich muss wohl los", sagte sie zu Marcel mit einem betrübten Gesicht. Er richtete sich neben ihr auf und legte die Hand um sie. Er gab ihr einen Kuss und meinte dann „Ich bringe dich heim.". Nun war sie es, die ihn küsste. „Brauchst du nicht", antwortete Lina ihm. Dieser schüttelte den Kopf „Aber ich mache es trotzdem." Er erzeugte ein Lächeln in ihrem Gesicht. Marcel nahm sie an der Hand und zog sie vom Bett herunter, daraufhin ging er zum Sessel, auf dem Linas Jacke hing und hielt sie ihr hin, damit sie direkt reinschlüpfen konnte. Als sie sich zu ihm drehte, hob er sie hoch und küsste sie erneut.

Sie gingen Hand in Hand durch die Dunkelheit, in welcher nur noch die Straßenlaternen den Weg wiesen. „Sehen wir uns wieder?", fragte Marcel sie. Sie nickte „Wenn du willst." „Natürlich will ich, ich frage nur, weil …" beendete er abrupt den Satz. „Ja, weiter?", wollte Lina von ihm wissen. „Weil es auch Mädchen gibt, die mit einem ein nettes Wochenende verbringen und danach einem nicht mehr schreiben.", erklärte Marcel. „Nett?", schaute sie ihn verdutzt, aber mit leichtem Lächeln an. „Ja gut, du hast recht", schmunzelte er „Das Wochenende mit dir war spannend. Mehr als das. Es war wunderbar." „Schon besser", grinste sie. „Also stimmst du dem zu?", fragte er, um sich abzusichern. „Ja!", lachte sie ihn an. Marcel lächelte und war gerade einfach nur glücklich.

Als sie an diesem Abend an Linas Grundstück ankamen, bekam er die Chance auf einen Gute-Nacht-Kuss. Sie drehte sich zu ihm um und zog ihn an den Schnüren seiner Kapuze zu sich runter. Sie küsste ihn zärtlich und flüsterte „Gute Nacht." Er erwiderte „Gute Nacht." und gab ihr einen letzten Kuss, bevor sie zur Haustür ging und verschwand. Erst als sie die Tür hinter sich schloss, drehte er sich um für den Weg nach Hause. Zuvor bemerkte er jedoch eine Gestalt am Fenster. Eine von Linas kleineren Schwestern und ihre Mutter hatten sie beobachtet. Er grinste verlegen und winkte kurz, während er fortging. Zu seinem Glück winkten diese zurück, also war es wohl nur halb so schlimm.

Als er ein paar Minuten später nach Hause kam, griff er an sein Handy und schrieb Lina.

Deine Mum hat uns beobachtet. Und deine Schwester auch.

Ja ich weiß. Sau peinlich…

So schlimm für dich? Auf mich wirkte es nicht schlimm für sie. 🙈

Ich will aber nicht, dass sie denken, dass ich einen Freund hätte. 🐶

Wäre etwas früh, was? Aber vielleicht ja eines Tages..? 😅

Richtig. Dauert aber noch. 😃 🙂

Mir ist schwer zu widerstehen 😌

Damit hast du ausnahmsweise mal sogar Recht 🙂

Treffen wir uns die Tage wieder? 🙂

Muss gucken. Morgen mach ich was mit Celine und meine Mama brauch noch meine Hilfe. Ich schreib dir morgen, okay? 🙂

Ja, ich bitte darum. Gute Nacht 🙂

Gute Nacht, schlaf gut. 🙂

41

4

Am Montagmorgen konnte Marcel es kaum erwarten, Emma von Lina zu erzählen. Doch zuvor folgte er seiner Morgenroutine. Zunächst ging er ins Bad. Er duschte sich, zog sich um und machte sich fertig. Etwas Gel in die Haare, Nivea Creme ins Gesicht und die Pickel abdecken. Zum Schluss noch etwas Deo und Parfüm. Er machte gerne einen perfekten Eindruck. Darauf folgte ein gesundes Frühstück: zwei Äpfel, eine Birne und eine Banane zu einem Actimel und einem Tee. Während er frühstückte, stöberte er noch ein wenig auf den Social-Media Kanälen, um sich ein paar Beiträge anschauen. Als er Instagram öffnete, sah er, dass Lina ihm eine Nachricht gesendet hatte. Sie hatte die Nacht ihm noch einen Beitrag geteilt, in welchem stand „@M muss mit dir Pizza bestellen!". Marcel musste schmunzeln. Er schrieb ihr als Antwort „Schon wieder? :D Wann denn?". Danach steckte er sein Handy ein, räumte ab und zog sich seine Schuhe an. Er war bereit für den Tag.

Bevor er in sein Auto einstieg und losfuhr, rauchte er noch eine Zigarette und ging im Kopf seinen Stundenplan durch. Montags hatte er immer seine ganzen Leistungskurse, dann eine längere Mittagspause und zum Abschluss später am Nachmittag zwei Stunden Kunstunterricht. Marcel ging davon aus, dass es ein entspannter Tag werden würde. Besonders da er in der Hälfte der Fächer sowieso schon aufgegeben hatte und in der anderen Hälfte einfach talentiert genug war, um immer ohne zu Lernen eine gute Note erlangte. Das waren Englisch und Deutsch, die literarischen Fächer, in denen er es irgendwie im Blut hatte, gut zu sein. Daher kam auch sein Hang zum Schreiben. Seine Lehrer hatten ihn stets ermutigt, doch auch ihnen hatte er nie etwas von seinen eigenen Werken gezeigt. Vielleicht, weil sie immer eine starke persönliche Note hatten. Abgesehen von seinem Buch.

Als er dann zwanzig Minuten vor Unterrichtsbeginn an der Schule ankam, wartete Emma schon bei seinem Standardparkplatz. Einer der Vorteile, wenn man immer zu früh da war. Er zog sein Handy von der Musikanlage ab und stieg federnd aus. Er grinste und begrüßte Emma überglücklich mit einem „Heeey, was geht?“. Als er an seinem Kofferraum ging, um seinen Rucksack herauszunehmen, kam Emma auf ihn zu und fragte „So ein gutes Wochenende gehabt oder was ist mit dir los? Es ist Montag, da ist man müde und mies gelaunt.“ „Ohja. Das beste Wochenende seit Langem“, begann er „Ich hab ein Mädel kennengelernt und mich mit ihr getroffen.“ „Oh das freut mich für dich. Wie heißt sie?“, lächelte Emma überaus interessiert an dem, was er zu erzählen hatte. „Lina heißt sie. Die wohnt bei mir im Dorf. Ich hab sie beim Laufen getroffen und sie hat mich in den Jugendraum von unserem Ort eingeladen.“, klärte Marcel sie auf. Emma zog an ihrer Zigarette, dann schnaubte sie ihn an „Ich sag dir seit Monaten, du sollst mal in den Jugendraum bei dir gehen.“ Sie rollte mit einem Lachen im Gesicht die Augen, als sie ihre Kippe am Boden ausdrückte. „Und ein Mädel kommt vorbei und sagt, du sollst vorbeikommen und du springst? Das ist so typisch du!“, grinste Emma ihn an. „Tja, sie ist halt einfach hübscher als du“, ärgerte Marcel sie „Nein, um ehrlich zu sein, ist sie sogar das hübscheste Mädchen, das ich je gesehen habe und vielleicht je kennenlernen werde. Und ich glaube das mit ihr und mir hat Potenzial für eine rosige Zukunft.“ „Uuuh erzähl mir mehr“, forderte Emma von ihm. Er lachte, zündete sich eine Zigarette an und hielt Emma das Päckchen hin, damit sie sich eine Neue herausnehmen konnte. Dann erzählte er ausführlich Emma die Geschichte von seinem beglückenden Wochenende. Sie war begeistert von Marcels Erzählungen und freute sich auch ganz offen für ihn. Emma meinte lächelnd zu ihm „Wenn das wirklich was werden könnte, will ich die dann aber auch bald kennenlernen, das weißt du?". „Das darfst du dann, aber leider müssen wir noch ein wenig abwarten. Aber es wäre schön, wenn das zeitnah passieren könnte.", antwortete Marcel ihr.

Ein paar Schulstunden später, als Marcel sich langweilte, warf er einen Blick auf sein Handy. Zwischen den ganzen Benachrichtigungen fand sich auch Linas Antwort wieder auf seine Nachricht zu ihrem Beitrag. Er entsperrte sein Telefon und öffnete die Benachrichtigung. Er hatte eigentlich nur ein paar Lachsmileys erwartet, doch zu seiner Überraschung war die Antwort etwas länger. „Pizza geht immer. Also wenn es bei dir passt, ich hätte Mittwoch Abend Zeit.", las Marcel sich durch. Es legte sich ein leichtes Grinsen auf sein Gesicht. Er war zufrieden. Marcel gab ihr eine positive Rückmeldung und packte glücklich sein Handy wieder ein.

Als die Stunde vorbei war und seine mehrstündige Mittagspause begann, begab er sich nach draußen. Bevor er die Hausaufgaben machte, wollte er noch in aller Ruhe eine Zigarette rauchen. Durch seine außergewöhnliche Kurskombination hatte er immer montags die sechste Stunde als einziger seiner Stufe frei. Er setzte sich in die Sonne und zündete sich eine Gauloises an. Ein tiefer Atemzug folgte dem, und er dachte erneut zurück an das Wochenende. Lina verschwand einfach nicht aus seinen Gedanken. Sie war dort fest verankert, obwohl er sich nicht festlegen konnte, seit welchem der letzten paar Tage. Aber er war sich sicher, dass jeder Gedanke an sie, ihm ein Lächeln auf seine Lippen zauberte.

Marcel kam am späten Nachmittag zu Hause an. Zu gerne hätte er sich nun mit Lina getroffen, doch das ging nicht, weil sie ja schon etwas mit Celine geplant hatte, und er wollte sich ihr nicht aufdrängen. Darum machte er seinen Fernseher an und schaltete mal wieder Wrestling ein. Nebenbei nahm er sein Handy in die Hand und ging auf den Chat mit Lina, um zu sehen, ob sie vielleicht offen dazu war, mit ihm zu chatten während ihrem Treffen.

Lina saß auf ihrem Bett, Celine ihr gegenüber. Ihr Treffen begann schon einige Stunden zuvor und sie waren immer noch dabei, Musik zu hören und zu lästern. Bis sie irgendwann zum Thema Jungs kamen. „Hat Paul dir eigentlich irgendwas noch geschrieben, seit Samstag?", erkundigte sich Lina. „Ne, warum sollte er?", entgegnete Celine ihr. Lina war etwas verdutzt über die Gegenfrage und musste nachhaken „Na vielleicht, weil er dich am Wochenende heimgebracht hat?". Celine schien nicht zu verstehen. „Ja und?", fing sie an „Da war ja nichts zwischen uns." „Hat er denn nichts versucht?", fragte Lina weiter und war sich unsicher, ob Celine wirklich nicht verstand oder etwas nicht preisgeben wollte. Sie zögerte verwirrt „Warum hätte er sollen? Nur weil er ein Typ ist oder was meinst du?". „Nein.", die Blondine wollte ihre beste Freundin aufklären „Marcel hat mir erzählt, dass Paul dich wohl ziemlich toll findet. Und Paul scheint der Meinung zu sein, bereits es öfters versucht zu haben, bei dir etwas zu erreichen." Lina musste schadenfroh grinsen. Celine überlegte, wie sie ihrer besten Freundin darauf antworten sollte. Dann kam sie doch zu einer Antwort.

„Also zunächst einmal bin ich nicht diejenige, die schon einmal bei ihm auf dem Schoß saß", begann sie „Und des Weiteren ist Paul absolut nicht mein Typ. Vielleicht habe ich deswegen das noch nie wahrgenommen." „Okay na gut. Aber du hast bisher mir gegenüber noch nie gesagt, dass du einen Typen gut findest. Was ist denn dann dein Typ?", fragte Lina ihre beste Freundin aus reinem Interesse. Celine zuckte mit den Schultern und gab keine Antwort. Ein Moment der Stille. Dann beschloss sie sich bei Lina zu erkundigen, was zwischen ihr und Marcel noch passiert war. „Was war denn zwischen dir und Marcel noch? Ist da noch was zwischen euch gelaufen oder wie?", fragte sie mit einer überraschenden Direktheit Lina. Sie war etwas verlegen und wusste nicht, was genau sie erzählen sollte, von dem, was zwischen ihr und Marcel passiert ist. „Naja" begann sie immer noch am Überlegen „wir haben uns Samstag noch geküsst und dann eben am Tag darauf noch getroffen." "Ja und weiter?", wollte Celine von ihr nun weiter wissen. Lina wartete erneut einen Moment, bevor sie antwortete. „Haben halt uns an der Bank getroffen, bisschen geredet, dann noch Pizza bestellt … Ja und später haben wir uns wieder geküsst.", schilderte sie dann. Celines Gesicht verzog sich ein wenig in eine leicht verbissene Miene. „Auf unserer Bank?", stieß sie dann mit angesäuerten Unterton vor. „Ja, auf der am Waldrand", meinte Lina zunächst, macht jedoch eine kurze Pause „Aber wir waren auch nur zweimal auf der Bank." Celine räusperte sich kurz, um unterschwellig ihr Missfallen anzudeuten. Erneut herrschte Stille zwischen den beiden, dann meinte Celine leise, während sie an ihren Fingernägeln herumkratzte „Und? Wie war es?". Lina musste lächeln, als sie zurückdachte, was passiert war. „Es war sehr, sehr schön. Wir

konnten super miteinander reden und haben auch viel ge-
lacht und einfach Spaß gehabt. Ich hab das Gefühl, er
versteht mich. Und er kann hervorragend küssen. Also es
war einfach nur cool mit ihm.", erklärte sie Celine. Diese
nickte nur und meinte dann vorsichtig „Kannst du dir was
Festes mit ihm vorstellen?". Lina musste kurz ihre Gedanken sortieren. Dann antwortete sie „Schon. Aber ich
will nichts überstürzen. Ich brauche erst mal Zeit, um ihn
kennenzulernen und will sehen, wie sich das Ganze entwickelt. Ich hoffe, er denkt genauso." Ihre beste Freundin
nickte verstehend und meinte dann „Ja, das sehe ich genauso. Man sollte nicht zu schnell sich binden und vor allem sich alle Zeit lassen. Ich finde, man muss erst alle
Seiten eines Menschen kennenlernen. Man muss quasi
beste Freunde sein." Lina lächelte sie an „Ja, das stimmt,
ich glaube, das werden wir aber hinbekommen. Er hat
gute Chancen." Während sie lachte, drückte Celine nur
ein verlegenes Schmunzeln über ihre Lippen.
Als die beiden sich am Abend eine Casting-Show im
Fernsehen ansahen, bemerkte Lina, dass sie eine Nachricht von Marcel hatte. Sie öffnete sie, las diese sich
durch und antwortete.

> Hey, also Mittwoch dann? ☺

> Jaaa auf jeden Fall. ☺

> Gut, ich freue mich darauf. ☺
> Was machst du so mit Celine?

> Gucken Fernsehen und reden
> ein bisschen. Und du? 🙊

Wrestling gucken. Gibt's denn was wichtiges zu bereden? 😌

Ich wurde schon ausgefragt 🙄

Und was hast du so gesagt? 🙄

Nur gutes eben. Das es halt lustig war und schön. 🙂

Das will ich hoffen. Aber stimmt, auf jeden Fall. 🐶

Jaaaa, was machen wir denn dann am Mittwoch? 🙂

Na Pizza bestellen 🙄 Bei dir oder bei mir? 🙂

Bei dir. Holst du mich trotzdem ab? 🙂

Gerne, kein Problem. 🙂

Lina musste lächeln, während sie mit Marcel schrieb, doch erzählte sie Celine davon nichts. Als sie vorhin über ihn geredet hatten, wirkte sie komisch. Sie war sich unsicher, ob Celine ihn nicht mochte oder was mit ihr los war. Aber Lina beschloss, dieses Thema außen vorzulassen, bis es etwas Konkretes zu bereden gab oder etwas Spannendes passierte. Es war reine Sicherheitsmaßnahme von ihr, denn sie wusste nicht, was sie machen sollte, wenn ihre beste Freundin den Kerl, den sie mag, eben nicht mochte. Allerdings blieb dies noch abzuwarten.

Am Mittwochabend stand Marcel vor Linas Haus. Er atmete tief durch, bevor er die Treppenstufen hinaufstieg und an der Tür klingelte. Er ging wieder zurück auf den ebenerdigen Boden und sah sich um. Zumindest tat er so, um einen coolen Eindruck wirken zu lassen. Die Tür öffnete sich und Lina kam vollkommen fertig angezogen heraus. Sie trug wieder ihre Jeansjacke und Marcel musste lächeln. Er begrüßte, sie und als sie um die Ecke bogen, wo sie nicht von ihrer Familie beobachtet werden konnten, nahm er ihre Hand. Marcel wollte nicht zu offensichtlich vor ihnen zeigen, dass zwischen den beiden etwas lief, auch wenn es dafür eigentlich schon zu spät war.

Bei ihm angekommen legten sie sich auf sein Bett, Marcel hatte die Pizza bereits geholt. „Sollen wir einen Film anmachen?", fragte er Lina. Sie stimmte zu, während sie nach dem ersten Stück Pizza griff. „Ja mach an, was gucken wir?", entgegnete sie ihm. Marcel überlegte kurz, dann kam er auf eine Idee „Was ist dein Lieblingsfilm?". Lina musste überlegen, doch kam zu keinem Entschluss. Das sagte sie ihm auch „Ich glaube, ich habe keinen wirklichen Lieblingsfilm. Was ist dein Lieblingsfilm? Den können wir gucken.". „The Great Gatsby.", lächelte er sie an „Kennst du den?". Sie schüttelte den Kopf „Nein, um was geht es denn da?". „Es geht da um einen Schriftsteller, der neben einen Milliardär einzieht und seine Geschichte erzählt. Der wiederum ist seit langer Zeit in eine Frau verliebt, welche er vor vielen Jahren kennenlernte. Die ist aber mittlerweile verheiratet, aber er schmeißt die ganze Zeit Partys in der Hoffnung, dass sie dort auch einmal auftaucht. Das ist ein sehr süßer Film, ich finde den mega.", erklärte Marcel. „Okay, dann mach ihn an.", stimmte Lina zu, während sie die Decke über sich zog und den Pizzakarton vor sich abstellte. Marcel machte den Film an, kuschelte sich neben sie unter die Decke und nahm sich ein Stück Pizza.

Als die Pizza weg war, schmiss Marcel den Karton neben das Bett und schmiegte sich wie der große Löffel an Lina. Aufgrund des Größenunterschieds war es so, als würde ein Bär sich um sein Junges rollen. Es musste von außen ein überaus süßes Bild abgeben. In dem Moment im Film, als sich Gatsby und Daisy das erste Mal wieder küssen, drehte sich Lina noch in seinen Armen um und schaute Marcel in die Augen. Sie packte ihn am Hals und zog seinen Kopf zu sich und küsste ihn. Beide lächelten sich an. Lina hatte einen so unerwartet romantischen Moment herbeigeführt, dass Marcel sprachlos war. Dennoch konnte er nicht widerstehen, etwas von sich zu geben. Bevor er etwas Falsches sagte, meinte er jedoch nur „Du bist so verdammt cool.". Sie lachte und schob sein Gesicht beiseite. Nun war Marcel dran zu lachen und schmiss sich auf sie. Er schaute ihr in die Augen und versuchte Lina zu küssen. Diese drehte sich weg und lachte. Er versuchte es weiter und weiter, doch Lina drehte sich jedes Mal weg und ihr Lachen wurde immer lauter. Irgendwann hielt Marcel sie an den Beinen fest und drehte sich mit ihr um 180 Grad, sodass nun sie oben lag. Sein Griff ging weiter an ihre Wangen und er zog sie zu sich, sodass sie sich dieses Mal nicht wegdrehen konnte. Zunächst war sie immer noch am Lachen, doch kurz darauf erwiderte sie den Kuss. Seine Hände glitten weiter an ihre Hüften und Marcel musste sich beherrschen, seine Erregung zu sehr zu zeigen. Doch Lina ging es genauso, als sie den Kuss unterbrach und auf ihm liegen blieb, den Kopf und die rechte Hand auf seiner Brust. Mit der anderen hievte sie sich von ihm runter und kuschelte sich von der Seite an ihn. Marcel gab ihr einen Kuss auf die Stirn. Sie blieben für den Rest des Films so liegen, doch schlummerten beide ein, bis irgendwann Linas Wecker klingelte, welcher verlauten ließ, dass es für sie Zeit war zu gehen. „Musst du wirklich schon weg?", fragte Marcel, während er bereits bereute, die Frage überhaupt gestellt zu haben, in der Hoffnung, dass sie von sich aus einfach auf ihm liegen geblieben wäre. Sie nickte mit trauerndem Blick, doch dann setzte sie sich auf ihn, beugte sich zu ihm runter und gab ihm einen letzten langen Kuss, bevor die beiden aufstanden.

5

Zwei Monate später.

Es war der Tag von Silvester. Marcel war mit den anderen Jungs aus dem Jugendraum auf dem Weg in eine Ferienanlage, in welcher sie sich ein Haus gemietet haben, um dort gemeinsam in das neue Jahr reinzufeiern. Sie waren zu siebt, Paul, Leon, Max, Jeffrey, Moe, Pascal und er. Logischerweise fuhren sie mit zwei Autos. Pascal und Moe kamen nur selten in den Jugendraum, obwohl sie so alt waren wie Lina.

Zwischen Marcel und Lina lief es einfach großartig. Sie trafen sich alle paar Tage und an einem Tag, an dem sie sich nicht sahen, telefonierten sie abends. Er war froh, dass sie sich nach den Weihnachtsfeiertagen noch treffen konnten, bevor er mit den Jungs wegfuhr. Wenn Marcel ehrlich zu sich war, fühlte es sich mit Lina schon so an, als wären sie in einer Beziehung, obwohl sie bislang nie dieses Wort laut ausgesprochen haben, und er hatte Angst, der Erste zu sein, der es sagte. Bezüglich seiner Gefühle für Lina war er auch noch unschlüssig. Marcel wusste nicht, ob es Liebe war, oder doch nur eine überaus große Sympathie für sie. Dennoch tendierte er zu Ersterem.

Die Gruppe war bereits bei Morgengrauen, als die Sonne gerade so am Horizont zu sehen war, losgefahren. Und zeitgleich hatten sie auch schon das erste Bier geöffnet. Es sollten 48 Stunden voller Trinkerei werden. Am Nachmittag kamen sie in der Anlage an. Es war grandios. Ein Schwimmbad, ein Shop für Lebensmittel daneben und dann ihr Haus. Vier Schlafzimmer, drei davon im Obergeschoss, ein geräumiger Wohnbereich und eine Terrasse. Es schien das perfekte Szenario für ihre Silvesterfete. Sie luden zunächst ihr gesamtes Zeug aus und es war vermutlich eine größere Menge an Alkohol im Kofferraum als Kleidung. Als sie alles abgestellt hatten, konnte sich Marcel darüber freuen, ein Einzelzimmer zu haben. Er kam zwar gut mit den Jungs aus, doch bevorzugte er es, seinen Rückzugsort für sich zu haben. Das waren die Überreste seines alten Ichs. Er brauchte ab und zu mal eine Auszeit von den Menschen um ihn herum und er war sich sicher, dass er über diese zwei Tage nicht dazu kam, laufen zu gehen, um seine Gedanken zu ordnen und den Kopf freizubekommen. Marcel packte seine Sachen auf dem Bett aus und atmete tief durch. Dann ging er jedoch zu Leon auf die Terrasse. Er nahm sich zuvor noch zwei Bier aus der Kühltasche. Jeansjacke über und raus auf die gefliese Fläche. Marcel stellte sich neben Leon und hielt ihm das Bier hin, das er mit rausgeholt hatte. „Hier bitteschön, Herr Fahrer.", meinte er zu ihm. Dieser machte kaum halt endlich auch ein Bier trinken zu können. „Danke Jeansy, echt nett von dir.", bedankte dieser sich bei Marcel und stieß mit ihm an. Er zündete sich ebenfalls eine Zigarette an und hauchte den Rauch weit raus. „Wie läuft's denn mit der Lina?", fragte Leon ihn. Marcel hatte es bisher vermieden, das was zwischen ihnen lief, öffentlich zu zeigen. Ausnahmen waren nur die Heimwege und wenn sie gemeinsam durch ihren Ort spazierten. Dennoch schien es jeder aus dem Jugendraum zu wissen. Tratsch ging dort überaus schnell herum. „Ja ganz gut. Ich glaube, es steuert auf eine Beziehung zu. Es ist aber noch unsicher.", antwortete er Leon letztendlich auf die Frage. Dieser nickte, während er an seiner Kippe zog. Dann meinte er „Warum ist das denn unsicher? Ihr passt doch gut zusammen?". Marcel überlegte kurz, wie er darauf antworten sollte, doch beschloss es mit Ehrlichkeit zu versuchen „Wir haben noch nicht darüber geredet, obwohl es sich schon ziemlich nach Beziehung anfühlt. Aber ich weiß auch nicht sicher, wie sie darüber denkt, ich kann nur hoffen, dass sie es genauso sieht." Leon schien überrascht von der Antwort. „Hm, okay. Ja, das wird schon Jeansy.", versuchte er ihm Mut zuzusprechen, bevor er die Zigarette ausdrückte und drinnen verschwand.

Ein paar Stunden später warfen sie den Raclette-Grill an und aßen gemeinsam zu Abend. Es war bereits eine ausgelassene Stimmung und es war lustig, wie sie schon die Trinkspiele für die nächsten Stunden planten. Max und Jeffrey räumten für die anderen ab, eine überaus freundliche Geste, Marcels Meinung nach. Es war alles cool zwischen ihnen, bis Moe auf einmal eine Frage in den Raum warf. „Sag mal, Jeansy, wie findest du das eigentlich, wenn ein Typ mit deiner Freundin schreibt?", fragte er Marcel. „Zunächst ist sie nicht meine Freundin", begann er die anderen aufzuklären „Aber solange das nichts Schlimmes ist und der Typ weiß, dass sie mir ist, und nicht ihm, ist alles gut." Plötzlich schwangen alle Blicke rüber auf Pascal und als Marcel dies bemerkte, hob er nur eine Augenbraue. „Was heißt das?", wollte er wissen. Zu seinem Glück in diesem Augenblick, hielt Pascal gerade sein Smartphone in der Hand und Marcel ließ die Gelegenheit nicht entgehen, ihm dieses zu entreißen. Pascal machte Tumult und meinte, Marcel solle ihm das Handy zurückgeben. Dieser ignorierte ihn vollkommen, da er sich gerade durchlas, wie Pascal Lina in den letzten Wochen immer wieder fragte, ob sie sich treffen wollen. Zu seiner Beruhigung hatte Lina daran absolut kein Interesse. Er hielt jedoch nichts davon, dass Pascal auf solche Ideen kam. Vielleicht lag es an den paar Bier, die er bereits über den Tag getrunken hatte, doch er hatte das Gefühl, seinen Mann stehen zu müssen und sein Revier zu markieren. Marcel legte in aller Ruhe Pascals Telefon neben sich auf den Tisch. Als Pascal den Versuch wagte, nach diesem zu greifen und überwiegend mit seinem Oberkörper über den Esstisch gebeugt war, griff Marcel ihm am Kragen seines T-Shirts und zog ihn mit dem halben Körper auf den Tisch. Er lehnte sich an sein Ohr, doch statt zu flüstern oder Ähnliches, sagte er in gewöhnlicher Zimmerlautstärke „Ich würde dir empfehlen, ihren Korb zu akzeptieren und sie künftig in Ruhe zu lassen." Er lockerte seinen Griff und Pascal versuchte zurückzuweichen, doch dann zog Marcel ihn erneut zu sich. „Und noch ein Tipp, etwas mehr Respekt, sonst gehst du das nächste Mal durch den Tisch, statt obendrauf.". Es klang mehr nach einer Drohung, als es gemeint war, doch da jeder mit Marcel lachte und nichts unternahm, schienen die anderen seiner Meinung zu sein. Daraufhin ließ er den Jüngeren los und sank zurück auf seinen Stuhl. Paul klopfte Marcel anerkennend auf die Schulter „Gut gemacht. Der Pascal benötigt ab und zu mal eine Ansage." „Sei froh, dass der Tisch schon abgeräumt war.", lachte Max und verstrubbelte Pascal die lockigen Haare. Jeffrey lachte laut auf, während er verblüfft meinte „Hey Jeansy, das hätte ich echt nicht von dir erwartet." Darauf bot er ihm an einzuschlagen. Marcel schlug ein, dann steckte er sich eine Zigarette in den Mund, machte sich ein neues Bier auf und ging mit einem Schmunzeln nach draußen. Als er sich auf einen Gartenstuhl setzte und sein Bier neben sich auf den Tisch stellte, kramte er sein Smartphone raus und wollte mal bei Lina nachfragen, warum sie ihm davon nichts erzählt hatte.

> Darf ich fragen, warum du mir nichts von Pascals Avancen erzählt hast? 😅

Pascals was? 😅

> Seinen Annäherungs-versuchen und Einladungen 😅

Achsoooo... 😅

> Ja hab's gerade von den Jungs erzählt bekommen ^^ Also? 😅

Ich hatte irgendwie die Befürchtung, dass du dann deine Wrestling-Moves an dem mal testest 😅

> Ne, er hat nur auf dem Tisch gelegen 😅

Oh Gott 😅 Na dann weißt du ja warum. 😅

> Keine Sorge, er atmet noch. Viel Spaß nachher bei eurer Mädelsparty 🙂

Dankeee, euch auch 🙂

Marcel legte zufrieden sein Handy beiseite und drückte seine Zigarette im Aschenbecher aus. Daraufhin kam Paul heraus und setzte sich zu ihm. Er zündete sich eine Zigarette an und meinte nur „Na, alles fit?". Marcel nickte. „Ja schon. Hast du denn mittlerweile Fortschritte bei Celine verzeichnen können?", erkundigte er sich. „Nein", begann Paul „Irgendwie blicke ich bei ihr nicht durch. Ich glaube, die sieht mich nur als Freund an, was ich natürlich nicht so gut finde." Marcel runzelte die Stirn „Vielleicht gibt es ja einen Grund dafür." „Was denn für einen Grund bitteschön? Was meinst du denn?", wollte Paul nun von ihm wissen, als würde er erwarten, dass Marcel mehr als er wüsste. Marcel zuckte mit den Schultern und antwortete ihm „Ich weiß es doch auch nicht. Vielleicht ist sie lesbisch oder so?". Beide mussten anfangen zu lachen, obwohl ihnen nicht wirklich klar war, warum. Damit sie jedoch wussten, worüber sie lachten, schob Paul noch einen so blöden Spruch hinterher, dass Marcel es kaum glauben und sich vor Lachen geradeso noch halten konnte. „Jeansy, weißt du was? Die Weiber sind einfach wie Nike Klamotten. Jede hat einen Haken."

Kurz darauf saßen sie alle zusammen und spielten an ihrer Nintendo Wii das Mario Kart Trinkspiel, wenn auch Pascal etwas ruhiger und abgespalteter nebenbei saß. Nach wenigen Runden wurde ihnen das aber zu hart, wenn sie noch Mitternacht erleben wollten, deswegen wechselten sie auf Marcels neueste Trinkspiel-App. Es war selten ein stiller Moment, wie sie dabei nicht aufhören konnten zu lachen und zu trinken. Die Gruppe erreichte rasch den Pegel, an welchem sie nur noch am Lachen waren und eine Pause brauchten. Doch dann Jeffrey kam auf die Idee des Abends. Er schlug vor, Scharade zu spielen. Als Leon den Chemiker mit zwei Plastikbechern vor den Augen machte oder Jeffrey einen Vibrator nachstellen musste, entstanden Insider, die nicht so schnell vergessen werden sollten. Sie kamen aus dem Grölen kaum heraus, weil es einfach viel zu lustig war. Mittlerweile konnten sie auch aus den leeren Bierdosen eine Pyramide bis zur Zimmerdecke bauen, und das, obwohl sie nur zu siebt waren.

Als der Countdown zu Mitternacht lief, stellten sie sich raus auf den Balkon. Paul, Max, Moe und Pascal waren bereits ganz wild darauf, ihre Böller und Feuerwerke zu zünden, während die anderen drei nur auf der Terrasse standen und sich eine Zigarette anzündeten. Die Jungs schrien lauthals die letzten Sekunden runter und als es endlich soweit war, stießen sie an und wünschten sich ein frohes, neues Jahr. Es war eine gelungene, spaßige Nacht für die Sieben.

Doch nach einer weiteren Stunde war Marcel soweit, dass er genügend viel getrunken hatte, dass er sich für kurze Zeit an die frische Luft setzen musste. Er ging auf die Terrasse und nahm ein weiteres Mal auf den Gartenstuhl Platz. Ein fataler Fehler. Marcel zündete sich eine weitere Kippe an und warf einen Blick durch die Glastür auf die Jungs, die noch voller Lust und Laune betrunken im Wohnbereich feierten. Er dagegen, zog an seiner Zigarette und kam zur Ruhe. Die Gedanken flogen langsam durch seinen Kopf. Marcel bemerkte, dass er Lina vermisste. Er hätte sie gerade zu gerne bei sich. Und er kam zu dem Entschluss, sich endlich eingestehen zu müssen, dass er dieses Mädchen liebte. Schon in den letzten Monaten hatte er zwar gemerkt, dass er von ihr irgendwie verzaubert war und gerade die letzten wenigen Wochen, als es sich immer mehr bereits wie eine Beziehung anfühlte, war er sich sicherer geworden, sie als seine Freundin gerne zu haben. Lina machte ihn mit jedem ihrer Worte glücklich. Und es war auch mehr als das. Ihr gesamtes Auftreten und ihre Erscheinung war für ihn ein purer Auftritt von Glück. Wenn sie bei ihm war, konnte er einfach nicht anders, als glücklich zu sein.

Leider beschloss er im betrunkenen Kopf, dass er es irgendwie gerne Lina noch heute, im neuen Jahr, mitteilen musste. Darum schrieb er ihr eine Nachricht.

> Frohes neues Jahr. ☺ Ich bin gerade irgendwie nicht so etwas komisch drauf. Keine Ahnung, warum…🐵

> Frohes Neues! ☺ Sollen wir kurz telefonieren und du erzählst mir, was los ist? 🐵

> Ja ☺ ich geh gerade kurz in Mein Zimmer und ruf dich dann an.

Marcel ging hinein, wortlos an den anderen vorbei. Er schmiss seine Jeansjacke neben sich auf den Boden und ließ sich rückwärts auf das Bett fallen. Er hielt sein Handy über sich in die Luft und wählte Linas Kontakt aus, um sie anzurufen. Es klingelte ein paar Mal, bevor sie ran ging. „Hiiii, ich muss kurz herausgehen, ein Moment.", begrüßte sie ihn. Ein paar Sekunden später kam Stille aus dem Lautsprecher und Lina meldete sich daraufhin wieder. „So, ich bin jetzt draußen", begann sie „Was machst du?". „Ich war gerade eben eine rauchen, hab ein wenig nachgedacht, dann bin ich rein und hab mich auf mein Bett fallen lassen", antwortete Marcel ihr. Daraufhin kam von Lina eine Frage, die Marcel nicht erwartet hatte „Wann hörst du denn mal auf zu rauchen?". Er hatte bisher nur im Jugendraum vor Lina geraucht, wenn sie sich getroffen haben nie, weswegen er der Meinung war, dass sie bestimmt dachte, er sei nur ein Partyraucher. Er überlegte einen Moment und wägte seine Antwortmöglichkeiten ab. Das war die erste Gelegenheit, ihr zu sagen, was ihn beschäftigte. „Weißt du?", meinte er zunächst „das hängt ziemlich mit dem zusammen, was mich gerade beschäftigt." „Ach ja, dann erzähl es mir" erkundigte sich Lina interessiert am Telefon. „Ich hab schon immer, seitdem ich gemerkt habe, dass ich zum Raucher werde, gesagt, ich höre dann auf, wenn ich eine Nichtraucherfreundin habe.", erklärte er ihr. Nach dem Satz unterbrach sie ihn direkt und fragte ihn „Hast du noch was mit einer anderen?". Nach diesem Satz kam es wie aus der Pistole aus ihm raus „Nein!". Dann fügte er hinterher hinzu „Nein, es ist ganz im Gegenteil, Lina." Lina schwieg und wartete darauf, dass er weiter redete. Dann gestand er es ihr. „Weißt du, ich glaube, ich will, dass du mein Grund bist zum Aufhören. Nein, anders, ich weiß, dass du es sein sollst. Denn Lina, über die letzten Wochen und Monate bist du mir immer wichtiger geworden und gerade vermisse ich dich auch richtig, weil wir so weit voneinander entfernt sind. Ich sage es dir jetzt einfach geradeaus. Lina, ich liebe dich." Stille. Es kam nichts. Es waren vermutlich nur wenige Sekunden, doch es war genügend Zeit, dass Marcel Tausende mögliche Szenarien durch den Kopf flogen. Keines davon war positiv. Dann kam ihre Antwort. „Alsooooo", begann sie zögernd „ich mag dich echt sehr, sehr gerne, Marcel. Aber ich kann das noch nicht sagen. Du bist mir wichtig, aber ich bin einfach noch nicht soweit." Das Geräusch von splitterndem

Glas war die beste Beschreibung, um die Wendung von Marcels Gefühlslage zu beschreiben. Er atmete tief durch, doch brachte keine Antwort heraus. Natürlich hat er die Möglichkeit in Betracht ziehen müssen, doch mit Alkohol im Blut dachte er an so etwas nicht. Zu seinem Glück unterbrach Lina die Stille. „Aber Marcel, das heißt nicht, dass das niemals so sein wird, eher im Gegenteil, aber noch nicht. Ich will dich in meinem Leben behalten." Es klang so, als hätte sie Tränen in den Augen. Sie schien Angst haben, dass es vorbei sein könnte. Das bewirkte, dass es Marcel genauso erging. Er zog die Nase hoch, dann meinte er „Ich will dich auch in meinem Leben behalten. Du bist einfach das tollste Mädchen, dass ich je kennenlernen durfte." Daraufhin konnte sie schon mit besser gelaunter Stimme sprechen. „Sollen wir uns treffen, wenn du zurück bist?", schlug Lina vor. „Ja zu gerne", antwortete Marcel ihr. Dann sagte sie noch zu ihm „Aber es dauert noch ein bisschen. Weil ich habe ja die Tage auch Geburtstag und du musst ja erst einmal zurückkommen." „Ja klar, kein Problem", sagte Marcel noch, „Aber wie genau machen wir weiter?". „Ich würde vorschlagen, wir machen so weiter wie bisher und ich lasse dich wissen, wenn ich so weit bin etwas mehr daraus zu machen.", sprach sie nun. Marcel willigte ein, doch er wusste nicht, wie lange er dazu in der Lage war, wenn sie nicht genauso fühlte oder es ihm nicht sagen würde oder könnte. Das blieb weiterhin aus und er würde es hoffentlich nicht herausfinden müssen.

Marcel verharrte nach dem Telefonat noch eine Weile wach im Bett liegend. Die beiden haben zwar noch normal weiter geredet und sich über ihre Abende ausgetauscht, doch der erste Teil ging ihm nicht aus dem Kopf.

Es beschäftigte und er würde vermutlich auch zurzeit nicht einschlafen können.

Eine Weile später verließ er sein Zimmer, als er auf dem Weg nach draußen durch den Wohnbereich ging, war bereits die Hälfte schlafen gegangen. Leon, Jeffrey und Paul waren noch wach. Sie grüßten ihn zwar, doch er ging wortlos, mit einer Zigarette im Mund, an ihnen vorbei. Sie waren verwundert, doch taten nichts. Marcel saß draußen und rauchte Kette. Eine Zigarette nach der anderen, bis es nicht mehr ging. Dann blieb er noch einen Moment dort, den Kopf nach unten gesenkt. Als er ein paar Minuten später sich erhob und ins Innere des Hauses blickte, sah er nur noch Leon auf dem Sofa sitzen. Langsam und ruhig, vielleicht wegen des ganzen Nikotins, öffnete er die Tür und ging hinein.

Leon sang lautstark zur Musik mit, als er sich neben ihn auf das Sofa setzte. „Ach Jeansy", stöhnte er in die Musik versunken auf. Marcel schaute ihn an. „Weißt du, die Liebe ist verdammt kompliziert.", dachte er laut. Marcel war verunsichert, ob er wusste, was passiert war, doch Leons weitere Worte klärten ihn auf. „Ich bin seit Jahren in meine ehemalige Klassenkameradin verliebt. Jana. Ich liebe sie. Sie ist meine beste Freundin und die, die ich am meisten auf dieser Welt will. Jana ist meine Traumfrau. Ich werde niemals eine andere lieben können. Aber leider sieht die es nicht genauso. Sie meinte, vielleicht mal in ein paar Jahren aber aktuell nicht. Und jetzt haben wir uns schon über ein halbes Jahr nicht mehr gesehen. Ich hätte sie so gerne in meinem Leben." Marcel nickte verständnisvoll. Er konnte ihn verstehen und zugleich hatte er Angst, dass es bei ihm und Lina genauso endet. „Weißt du, Leon?", fing er an zu überlegen „Ich denke, wenn es zwischen euch passt, dann werdet ihr zusammenfinden.

Egal ob es jetzt oder in einem Jahr oder in fünf Jahren ist. Wenn es zwischen euch sein soll, wird es dazu kommen. Aber vielleicht musst du etwas nachhelfen und nicht nur dich darauf verlassen, dass sie eines Tages zu dem Entschluss kommt, dass du doch der Richtige, der Eine, für sie warst." Es war kurz Ruhe zwischen den beiden, dann war wieder Leon an der Reihe. „Das, was du sagst, macht Sinn, Jeansy. Aber ich glaube, ich habe einfach Angst, dass es doch nicht dazu kommt und sie dann doch einen anderen lieber möchte. Ich bin froh mit dem, wie es gerade ist. Ich habe Hoffnung. Und Hoffnung ist das, was uns am Leben hält. So denke ich zumindest. Was sagst du dazu?", philosophierte er. Leons Standpunkt war durchaus nachvollziehbar. Doch wusste Marcel nicht, ob es so gut war, unterbewusst immer mit einer gewissen Furcht zu leben. Zu seinem Glück musste er Leon seine Gedanken nicht mitteilen, denn das Lied wechselte und „Wonderwall" von Oasis spielte, wozu dann nun beide laut mitsangen. Ein Moment der Freundschaft, den Marcel nicht vergessen würde, auch wenn beide gut einen getrunken hatten.

Doch auch dieser Song ging zu Ende und Leon begann wieder zu reden. „Was beschäftigt dich, Jeansman? Du warst vorhin sehr ruhig und … Irgendwie in dich gekehrt.", fragte Leon ihn. „Ja, das stimmt", meinte Marcel ruhig „Ich habe vorhin mit Lina telefoniert und…" Er musste kurz stoppen. War er bereit, etwas so persönliches Leon zu erzählen? Er entschied sich für ja, das konnte er. Schließlich hatte er gerade auch etwas überaus Privates mit ihm geteilt. „Und ich habe ihr gesagt, dass ich sie liebe und mit ihr zusammen sein will. Wie ich vorhin draußen war, habe ich erst bemerkt, was da wirklich in mir ist und was ich für sie empfinde. Sie andererseits … Sie ist noch nicht so weit. Sie braucht noch Zeit. Und ich weiß nicht, wie lange ich da mitmachen kann, wenn Sie nicht genauso fühlt.", erklärte er Leon. Marcel war überrascht von sich selbst, es laut ausgesprochen zu haben. Leon versuchte ihn zu beruhigen „Jeansy, genieße es erst einmal. Genieße es, solange du es hast. Ein Mädchen, das dich so ansieht wie Lina dich; das findet man nicht oft. Schätze es. Lass dich weiter darauf ein. Sie wird dir schon zeigen, dass sie dich genauso sieht, wenn die Zeit gekommen ist." Diese Worte berührten Marcel. Es stiegen ihm sogar Tränen in die Augen. Bevor Leon es sehen konnte, umarmte er ihn. Er flüsterte etwas lauter, damit er von der Lautstärke über die Musik kam. „Danke Leon, das hilft mir." Sie klopften sich gegenseitig auf den Rücken. Leon war ein wirklich guter Freund, wenn man sich ihm öffnete.

6

Am zweiten Tag, dem der Abreise, war zwischen den Jungs bedauerliche Stimmung. Sie wären zu gerne noch länger dortgeblieben, doch sie hatten das Haus leider nur zwei Tage gemietet. Gegen frühen Nachmittag packten sie erneut ihre Sachen in die Autos, welche diesmal entsprechend leerer waren, und fuhren mit den letzten Bieren auf dem Schoß los. Marcel war mit Leon und Jeffrey in einem Auto. Er saß alleine auf der Rückbank. Sein Handy lag voll aufgeladen neben ihm. Schließlich nahm er dann dieses in die Hände, um Emma von dem zu berichten, was in der Silvesternacht vorgefallen war.

Ich muss dir was erzählen, Emma.

Das hört sich aber ernst an… Was ist denn passiert? 👧

Ich hab Lina gesagt, dass ich sie liebe. War ein wenig betrunken. 🕶️

Ach du Gott. Aber du hast es schon so gemeint?

Ja, habe ich. Aber sie hat gemeint, dass sie es noch nicht sagen kann.

Das ist scheiße. Aber ihr trefft euch schon weiter, oder? 👧

Ja, wir machen nach ihrem Geburtstag was. Muss noch ein Geschenk für sie finden.

Besorge doch einfach ein paar Kleine Sachen, die sie mag. Besser als etwas zu holen, was zu groß ist.

Du meinst was übertriebenes?

Ja genau. So drei vier süße Aufmerksamkeiten. ☺

Ja klingt gut. Danke ☺

Emma war eine gute Freundin. Sie war immer für Marcel da und er wusste dies wertzuschätzen. Sein Handy legte er beiseite und starrte aus dem Fenster. Er ließ die letzten Treffen mit Lina Revue passieren und versuchte herauszufinden, was für Dinge er ihr am besten schenken könnte. Doch dabei flogen seine Gedanken schnell weiter, er hörte auf, an die Ereignisse zu denken und hatte nur noch sie selbst vor seinem inneren Auge. Erneut traten ihre wunderschönen, blauen Augen in den Mittelpunkt. Marcels Tagtraum führte weiter über ihre kleine und süße Stupsnase, weiter zu ihrem einzigartigen, ansteckendem Lächeln. In dem Moment legte sich auch eines auf Marcels Lippen und er fühlte sich glücklich. Ihre blonden, glatten Haare brannten sich in seinen Kopf, wie sie an den Seiten ihres Gesichts herunterfielen. Er wusste nicht, wie er so ein wunderbares Mädchen verdient hatte. Naja, noch hatte er sie nicht, doch hoffte er weiter. Denn es war, wie Leon es ihm sagte: Die Hoffnung lässt uns weitermachen. Seine Gedanken wurden unterbrochen, als

Jeffrey sich zu ihm umdrehte, mit einem Bier in der Hand und energiegeladen fragte „Jeansy, bist du noch da?". Er grinste Marcel an. Dieser drehte langsam seinen Kopf zu ihm und schaute in Jeffreys dickes Grinsen. Er lächelte zurück. „Ja klar. Prost" meinte er und stieß mit ihm an. Sie fuhren noch ein paar Stunden in ihrem Karaoke-Auto, bis sie in ihrer Heimat ankamen.

An Linas Geburtstag nutzte Marcel die freie Zeit, um eine kleine Box aus einem Schuhkarton für ihr Geschenk zu basteln. Er hatte an diesem Tag bereits ein wenig mit ihr geschrieben und selbstverständlich ihr gratuliert. Sie freute sich auf den Tag mit ihrer ganzen Familie und würde wohl nur wenig auf ihr Handy gucken. Aber der Jugendliche hatte kein Problem damit, schließlich war es ausschließlich ihr Tag. Der Karton, der vor Marcel stand, war mittlerweile mit rotem Geschenkpapier ausgekleidet und auch von außen tapeziert. Er nahm nun ein gelbes Stück Pappkarton und schrieb darauf „Linas Überlebenskit". Mit einem Klebestift befestigte er es mittig an der Vorderseite des Kartons. Mit der Verpackung war er fertig, nun fehlten noch die Kleinigkeiten, die darein gehörten. Er nahm seine Schlüssel, streifte sich eine seiner Jeansjacken über und ging wortlos hinaus, da niemand da war, dem er hätte Bescheid sagen müssen. Sein Vater war mal wieder bei seiner Freundin, wie beinahe jedes Mal, wenn dieser freihatte.
Marcel schob in aller Ruhe den Einkaufswagen vor sich herum durch den Lebensmittelladen. Bisher hatte er nur Sachen, die er für sich brauchte, im Wagen. Er schaute auf seine Liste am Handy. Es fehlten nur noch die Sachen für Lina. Er ging in die Süßwarenabteilung und stellte sich vor die Pralinen. Marcel schaute sich in aller Ruhe

um. Sie hatte ihm mal erzählt, dass sie mal vor ein oder zwei Jahren durch diese ziemlich angetrunken war. Marcel mochte es, sie ein wenig zu sticheln, schließlich tat sie es ihm gleich, doch gerade mit so etwas. Er nahm eine Packung, die edel aussah, aber ihn nicht verarmen ließ und warf sie in den Einkaufswagen.

Eine Reihe weiter fanden sich die eher salzigen Sachen, doch auch das süße Popcorn. Er wusste, dass sie es liebte, sich solches beim Filme gucken zu machen und davon zu naschen, drum brauchte er hier nicht lange darüber zu überlegen. Sie würde sich über dieses am meisten freuen, das war sicher. Er nahm eine Dreierpackung und ging ein paar Schritte weiter. Die verschiedenen Sorten von Chips überwältigten ihn. Er wusste gar nicht, dass es ein so großes Sortiment davon gab. Marcel konnte das nicht wissen, da er seit Ewigkeiten keine Chips mehr gegessen hatte und er aß sie mittlerweile auch ungern. Dafür aber Lina. Obwohl sie gefühlt alle Sorten aß, wusste Marcel, dass es eine gab, die sie besonders gerne sich holte. Das waren irgendwelche mit Löchern darin, etwas größer und voluminöser, doch er kam nicht mehr auf den Namen. Er suchte gründlich die Reihen ab und die zwei bis drei Minuten, die er davor stand, fühlten sich wie eine Stunde an, doch zum Schluss fand er sie dann zu seinem Glück doch. Nun fehlte nur noch eine Sache.

Als Marcel an der Kasse stand, war er erstaunt, wie viel er doch bezahlen musste und er rechnete im Kopf durch, wie viel er dann noch übrig hatte von seinem Geld. Er konnte weitere zwanzig Euro für Linas Geschenk erübrigen. Sein Taschengeld war zwar knapp, doch sie war es ihm mehr als nur wert. Zur Not musste er den Monat seinen Zigarettenkonsum etwas runterfahren, wenn er nicht bald den Segen genoss, aufhören zu müssen. Als er später in einem Blumenladen stand, konnte er sich dennoch ein paar schöne rote Rosen leisten.

Daheim stellte er sie ins Wasser und freute sich schon darauf, morgen eine Rose zum Geschenk zu stellen und Rosenblätter darum zu verteilen. Er war sich unsicher, ob das zu übertrieben war, oder doch einfach nur süß für sie. Aber er legte es darauf an, damit sie wusste, dass er es ernst meinte, was er zu ihr neulich Nacht gesagt hatte.

Am nächsten Tag holte Marcel sie gegen Nachmittag ab. Die Sonne würde in wenigen Stunden untergehen, weswegen sie etwas weniger Zeit hatten als für gewöhnlich. Es wirkte alles normal, wie es eben bei den letzten Treffen war, vor seinem Geständnis. Als er Lina die Tür zu seinem Zimmer aufhielt und sie hindurchging, blieb sie einen Meter vor dem auf dem Bett liegenden Geschenk stehen. Sie schaute es sich aus der Entfernung an. Marcel umarmte sie von hinten und gab ihr einen Kuss auf den Kopf. „Alles Gute zum Geburtstag!", sagte er leise zu ihr. Noch einen Moment blieben sie so stehen, dann drehte Lina sich wortlos um und umarmte ihn. Sie zog ihn folgend zu sich herunter und küsste ihn. Dann bedankte sie sich mit einem einfachen und leisen „Dankeschön." Lina ging daraufhin zum Bett und sammelte die Rosenblätter ein und verstaute sie in der Box. Sie schob die Box, als sie fertig war, beiseite und stellte sie auf den Boden. Marcel setzte sich neben sie und legte die Hand um sie. Er war sich nicht sicher, ob sie das Geschenk gut fand oder doch übertrieben. Er fragte sie „War das ein gutes Geschenk?", um sicherzugehen. Sie lehnte sich an ihn und meinte nur „Ja." Marcel war sich dann weiterhin unsicher und ließ sich mal wieder rückwärts auf sein Bett hinab. Einen Moment später drehte sie sich um und legte sich neben ihn. Sie schaute ihn an. „Weißt du", fing sie an „Ich wusste schon nach unserem letzten Treffen, dass so etwas von dir kommt." „Ist das so?", entgegnete er. „Ja, ich hab das irgendwie schon gefühlt, dass du schon so viel für mich empfindest", erklärte sie ihm „Aber ist das wirklich okay für dich, dass wir es erst einmal noch etwas lockerer lassen?". Sie schien genauso wenig in der Lage dazu zu sein, wie es weitergehen würde, wie er. Marcel war sich unsicher, ob es für ihn wirklich so war, doch da er sie nicht verlieren wollte, bejahte er ihr die Frage. Sie küsste ihn.

Obwohl sie erneut einen Film anmachten, um ihn zu schauen, war es am heutigen Tag anders. Sie bekamen nichts von dem Film mit, denn schon kurz nach dem Intro des Films lagen sie sich in den Armen und blickten sich an. Sie küssten sich. Es wurde langsam immer intensiver. Als Lina auf ihm saß, schoben sich ihre Hände immer weiter nach unten und dann schließlich unter sein T-Shirt. Marcel tat es ihr gleich und beließ seine Hände an ihrer Hüfte und Bauch. Zuvor hatte er sich immer zurückgelassen, nicht nur, weil Lina noch Jungfrau war, doch auch, da sie immer etwas zurückhaltend und schüchtern gewirkt hatte, wenn Marcel sie etwas erotischer zu berühren versuchte, wenn sie sich am Küssen waren. Und zu oft hatte sie auch schon seine Hände zurückgeschoben. Doch dieses Mal war Lina es, die damit anfing und drum dachte er, es genauso machen zu können. Sie wehrte sich auch nicht. Er schien endlich ihr komplettes Vertrauen zu genießen und er genoss das Gefühl seiner Hand an ihrer Haut.

Lange Zeit machten sie so weiter, bis Lina sein T-Shirt gefühlvoll weiter nach oben zog, bis sie es Marcel schließlich auszog. Der junge Mann wartete noch einen

Moment, bevor er auch ihr Oberteil auszog. Im Gegensatz zu ihr jedoch in einem Satz. Den Anblick, den er nun genoss, war unglaublich für ihn. Ihre schönen, hellen Haare fielen an der linken Seite hinunter und ihr kleiner, schwarzer BH war ein unvergesslicher Anblick für Marcel. Er hatte noch nie so viel Haut von ihr sehen dürfen. Als sie wieder hinunter zu ihm sank, strichen ihre Hände über seine Muskeln, an seinen Armen, an seinem Bauch, an seiner Brust. Es erregte ihn und so war er doch etwas beruhigt, als sie aufhörten und begannen zu kuscheln, bevor er noch eine Ladung in seine Hose schoss.

Sie lagen sich ein paar Minuten so in den Armen. Lina zog die Decke über sich, als Marcel anfing, ihren Hals zu küssen. Als er dann jedoch aufhörte, begann sie damit, seinen Hals zu küssen. „Machst du mir jetzt einen Knutschfleck, oder was?", flüsterte er in ihr Ohr. „Nein, du willst doch nur angeben.", lachte sie. „Ja genau. Machst du's?", grinste er ehrlich. Sie schüttelte den Kopf und küsste ihn. Damit musste Marcel sich zufriedengeben, doch genoss er es, Lina zu küssen dafür. Erneut streiften ihre Hände über die Körper des jeweils anderen. Langsam wanderten Marcels Hände an ihrem Rücken hinauf. Er öffnete in einem Satz die drei Haken ihres BHs. Sie ließ ihn an ihren Armen heruntergleiten und küsste daraufhin wieder Marcel. Sie drückte ihren Körper nach unten, stark an den von Marcel heran. Er drehte sich mit ihr an seinem Körper um, sodass er oben lag. Sie küssten sich immer wilder und wilder noch für einige Zeit. Ihre Hände erforschten gefühlvoll die Oberkörper des jeweils anderen und versetzten sich in Wallungen. Da es aber beim Oberkörper blieb, versuchte Marcel auch nichts bei Lina, außer einem gelegentlichen Griff an ihren Hintern.

Als sie aufhörten, kuschelte sich Lina wieder seitlich an ihn heran. Das rechte Bein auf Marcels Beinen und Bauch, die Hand wanderte von Brust zu Bauch und wieder zurück. Mit ihrem Kopf lag sie auf seiner Brust und Marcel küsste diesen ab und zu, während sie redeten. Auf einmal fühlte er ein leichtes Stechen an seinem Bauch. „Was machst du da?", fragte Marcel sie überrascht und mit dem Versuch, nicht die Augen zuzukneifen. „Nichts" grinste sie ihn an „vertrau mir einfach." Er trieb ein Schmunzeln aus sich heraus, während er weiterhin das Kratzen spürte. Ihre Hand wanderte bis zur Mitte seines Bauches, dann an der anderen Seite wieder nach oben. Marcel wollte nachsehen, doch Lina zog die Decke zu ihm, sodass er es nicht sehen konnte. „Du guckst erst nach, wenn ich weg bin" deklarierte sie „Verspreche es mir!". Sie lächelte ihn so schelmisch an, er hätte gar nicht Nein sagen können, selbst wenn er gewollt hätte. „Ja versprochen", sagte er ruhig zu ihr und schenkte ihr ein Lächeln. Zur Belohnung für dieses Versprechen begann Lina ihn wieder zu küssen.

Später, als sie nach Hause musste, konnte Marcel nicht von ihr lassen. Er hätte sie so gerne bei weiter bei sich gehabt. Die ganze Nacht sie in seinen Armen gewusst. Doch er musste sich geschlagen geben. Marcel gab ihr noch einen Kuss, als sie sich anzog, als sie aufstand, bei sich vor der Tür und noch einen Letzten bei ihr vor der Tür. Spätestens bei diesen Momenten wurde beiden klar, dass Marcel bereits hoffnungslos in sie verliebt war.

Als er später vor dem Spiegel stand, zog er sein T-Shirt hoch. Lina hatte ihm ein Herz in den Bauch gemeißelt. Eher gekratzt, aber dennoch eine süße Geste von ihr. Er machte ein Foto von seinem Bauch und schickte es Lina. Er schrieb darunter „Wie lang werde ich das jetzt sehen? ☺ 🤭 ". Mit einem Grinsen legte er sein Handy beiseite und inspizierte noch eine Weile das Herz auf seinem Körper, während das Herz in seinem Körper schneller schlug.

Ein paar Tage später traf sich Lina nach der Schule mit Celine. Eigentlich hatten sie zusammen Lernen wollen, doch wurde selten etwas daraus, wenn sie zusammen waren. Sie zogen es vor, sich lustige Bilder anzuschauen, gemeinsam Videos oder Serien zu gucken, doch vor allem zu reden. Meistens lästerten sie nur, doch an diesem Tag sprachen sie außergewöhnlich viel über sie und Marcel. „Bist du dir sicher, dass du das noch länger mit dem Typen mitmachen willst?", fragte Celine ihre beste Freundin. Lina schaute sie an, als hätte sie die Frage nicht richtig verstanden, doch sie hatte sie gehört. „Was meinst du?", entgegnete sie. Celine rollte ihre Augen und meinte „Der Kerl sagt dir, dass er dich liebt, dabei will er doch wie alle anderen Typen nur das eine. An deiner Stelle hätte ich das mit ihm schon längst beendet oder gar nicht erst angefangen." Lina war schockiert von ihrer Meinung und dennoch verunsichert, denn schließlich kamen die Worte von nicht nur von einer Freundin, die sie seit klein auf kannte, sondern von ihrer besten Freundin, der sie für gewöhnlich blind vertraute. „Eigentlich …" begann sie zögerlich „glaube ich, dass ich seine Worte erwidern werde. Ich glaube, ich fühle genauso." „Er sagt das doch nur, um mit dir zu schlafen.", argumentierte Celine. „Bist du sicher? Das kann ich mir nicht vorstellen. Er war immer so süß zu mir und hat mich noch nie zu etwas gedrängt, was ich nicht wollte. Marcel ist da eher etwas zögerlich, würde ich sogar behaupten", sagte Lina ehrlich zu ihrer besten Freundin. Diese ließ jedoch nicht von ihrer Meinung ab und führte diese weiter aus „Vertrau mir, die sind doch alle gleich. Er würde alles sagen und machen, vermutlich sogar sich verstellen, nur damit du auf ihm herumhüpfst." Die Blondine kniff die Augenbrauen zusammen und überlegte einen Moment, bevor sie antwortete „Bist du dir da sicher? Er hat mir bisher keinen Anlass gegeben, dem nicht zu trauen, und als er es sagte, schien es auch ehrlich." „Das war am Telefon", konterte Celine „Du hast es doch nicht sehen können, wie er es sagte. Genauso gut hätte irgendein anderes Mädchen gerade neben ihm liegen können." „Und warum schenkt er mir dann Sachen, die ich gerne habe zu meinem Geburtstag und macht sich so viel Mühe?", hakte Lina nach. Celine schien genervt davon zu sein, dass sie Marcel in Schutz nahm und sagte „Wie gesagt, er würde alles tun, um ein Mädchen zu bekommen. Und vielleicht hat er sich ja Hilfe bei den Besorgungen gesucht, von einem aus dem Jugendraum, der dich bisschen besser kennt. Glaub mir bitte, er wird dich nur verletzen." Lina hatte keine Lust mehr über das Thema zu reden. Celine hatte sie bereits genug verunsichert und war verwirrt. Sie war sich unschlüssig, wem oder was sie glauben konnte.

7

Zwischen den beiden ging es noch mehrere Wochen so weiter, weiterhin vom Glück verfolgt, bis sich irgendwann der Valentinstag näherte. Marcel hatte in der Zwischenzeit seine Prüfungen für das Abitur geschrieben und es auch bisher gut gemeistert. Er und Lina trafen sich weiterhin regelmäßig. Doch es wurde für ihn immer schwieriger, nicht ihr jedes Mal zu sagen, dass er sie liebte. Marcel konnte es kaum abwarten, bis sie ihm endlich die gleichen Gefühle gestand. Er wusste nicht, wie lange er sich in Geduld üben konnte, bis sie zusammenkamen und er würde zu gerne wissen, wann es so weit war oder ob es gar dazu kommt. Verstanden hatte er nur, dass sie ihn gerne hatte, doch war er einfach kein Typ für etwas Lockeres. Seiner Auffassung war es ganz oder gar nicht und er war nun mal so gestrickt, dass er genau wusste, was er von einem Mädchen wollte und bei Lina war er sich von Beginn an sicher gewesen. Sie sollte seine Freundin werden.

Es beschäftigte ihn viel zu viele Stunden jedes Tages, was zwischen ihnen war. Marcel wusste, dass bald der Gipfel erreicht sein würde, wie lange er es noch aushielt, so ungewiss dahinzuleben. Er wollte Lina an seiner Seite wissen, doch die Unsicherheit plagte ihn. Bald würde er sie vor eine Entscheidung stellen müssen, denn je länger es ging, desto stärker würde er verletzt werden. Das wusste Marcel.

Am Tag vor Valentinstag kaufte er Blumen und stellte sie in eine Vase in der Küche. Marcel plante sie Lina zu schenken. Sie hatten bereits ausgemacht, zusammen Essen zu gehen. Er wollte mit Lina in ihr Lieblingsrestaurant ein paar Orte weiter. Es war Mittwoch Abend und die beiden schrieben noch ein wenig, bevor sie schlafen gingen.

Marcel versuchte, es lustig herunterzuspielen, dass er über den Korb seiner kleinen, romantischen Geste enttäuscht war. Er überlegte, was er dann mit den Blumen machen sollte. Vermutlich würde er seinem Vater sagen, dass er diese seiner Freundin schenken könne. Dann würden die Rosen wenigstens sinnvoll verwendet werden. Dennoch ärgerte und betrübte es ihn.

Am Abend des 14.2, am Valentinstag, stand Marcel mit seinem Auto vor Linas Haus. Es war bereits dunkel geworden und dennoch erkannte er ihre wunderschöne Gestalt, als sie durch die Dunkelheit zu seinem Auto tappte. Sie fuhren etwa eine halbe Stunde bis zum Restaurant. Als er sie eingeladen hatte, wusste er natürlich, dass dies ihr liebstes Restaurant war, die Wahl war also nicht schwierig gewesen. „Ist es diesmal ein Date?", lachte Marcel hoffnungsvoll, als er einen Blick auf den Beifahrersitz warf, auf dem Lina saß. Sie schien gut gelaunt zu sein und so grinste sie ihn an, während sie die Schultern zuckte und meinte „Vielleicht." Marcel war sich sicher, dass dies ein Ja war, und er musste ebenfalls grinsen. Es war ein gutes Gefühl, mit ihr nur allein auf dem Weg in ein Restaurant zu sein. Schließlich liebte er dieses Mädchen. Mittlerweile ging für ihn mit Lina die Sonne auf und wieder unter.

Als sie ankamen, versuchte Marcel so gut wie möglich den Gentleman zu spielen. Er hielt ihr die Türen auf, nahm Lina die Jacke ab und hängte diese auf den Kleiderständer. Marcel bestellte den Tisch und die Getränke. Alles war wunderbar. Zwischendurch geschah es, dass er einen Blick durch den riesigen Raum warf. Es waren etliche Paare hier, bemerkte er, aber was war auch anderes zu erwarten. Nur hatten diese den Vorteil, vermutlich wirklich ein Paar zu sein. Lina schien seinen Blick bemerkt zu haben und schaute ihm in die Augen, er schmunzelte sie nur verlegen an, während sie schwieg. Trotz dieses kurzen, merkwürdigen Moments wurde es für die beiden zu einem wunderbaren Abend. Sie hatten viel Spaß, hatten nach dem Essen einen kontinuierlichen Gesprächsfluss und genossen die gemeinsame Zeit. Um halb neun warf Marcel einen Blick auf die Uhr. „Sollen wir fahren?", fragte Lina ihn, als sie seinen Blick bemerkte. Er schaute sie an „Wenn du schon loswillst." Er zuckte mit den Schultern, während sie nickte. Marcel bezahlte noch schnell, während Lina austrank.

Sie gingen Hand in Hand zum Auto. Marcel öffnete ihr die Tür und sagte mit Grinsen im Gesicht „Bitteschön, my Lady". Er versuchte sich nicht anmerken zu lassen, dass er verwundert war. Als er bereits fünf Minuten mit ihr auf dem Heimweg war, meinte Lina zu ihm „Hast du mir eigentlich wirklich Blumen gekauft?". „Was denkst du denn?", sagte Marcel mit einem leichten Lächeln im Gesicht. „Und wo sind die?", fragte Lina weiter. Sie kannte ihn so gut, dass sie wusste, dass er ihr bereits die Blumen gekauft hatte, bevor er sie gefragt hatte und sie nicht schon weggeschmissen hatte. Marcel war verwirrt und zeigte ihr seine gerunzelte Stirn, als er sie anblickte. „Die sind entweder bei mir zu Hause ...", begann er zu überlegen „oder mein Dad hat mein Angebot schon angenommen und die seiner Freundin geschenkt." „Aber die waren doch für mich!", stieß Lina verwundernd schnell raus. „Ich dachte, du wolltest nicht, dass ich dir Rosen mitbringe?", lachte Marcel, um sie an ihre Worte zu erinnern. Lina rollte mit ihren Augen. Sie schien enttäuscht zu sein. „Was ist los?", schob Marcel hinterher. Lina seufzte auf, dann antwortete sie „Ja, aber nein heißt ja. Und vor allem ging es ja darum, dass ich die nicht bei mir bekommen wollte. Du hättest die ja mir auch einfach bei dir geben können." „Ach, wir fahren noch zu mir?", entgegnete er zunächst verblüfft, bevor er weiter redete „Und ich kann das ja nicht ahnen, dass du was anderes meinst." Sie lachte. „Wir fahren jetzt zu dir und gucken, ob die Blumen noch da sind", entschied sie. Er merkte, dass Lina die Rosen doch wollte, was ihn durchaus Freude empfinden ließ. Marcel entgegnete „Habe ich kein Problem mit.“

Als sie bei ihm ankamen, ging Lina bereits hoch in sein Zimmer, während Marcel in die Küche ging, wo er seinen Vater und die Rosen vermutete. Er ging zu ihm. „Hast du die Blumen noch da?“, fragte er ihn ohne großartige Begrüßung. Dieser deutete neben sich auf einen Tisch, an dem die Rosen in einer Vase standen. „Noch sind sie da, brauchst du sie doch noch?“, grinste er seinen Sohn an. Marcel nickte. Daraufhin erklärte er es ihm und sein Vater schien ihn zu seiner Überraschung zu verstehen. „Dann lass sie bitte da, ich hol die dann gleich oder nachher. Muss ich mal noch mit Lina abklären, wie lange die bleibt.“, meinte Marcel noch im Gehen.

„Soll ich die Blumen noch in der Vase lassen oder muss ich dich etwa schon heimbringen?“, fragte Marcel, als er federnd durch den Türrahmen in sein Zimmer schritt. Die Frage beantwortete sich selbst, als er sah, wie Lina auf seinem Bett lag und bereits eine Serie eingeschaltet hatte. „Okay, du bleibst noch.“, lachte er, als er auf sie zuging. „Ja“, lächelte sie ihn an. Marcel kniete sich auf sein Bett und schaute Lina an. Sie blickte zu ihm und lächelte. Marcel fiel wie ein nasser Sack nach vorne auf Lina hinüber. Er war still, während Lina kurz aufschreckte. „Was machst du da?“, schmunzelte sie, dennoch leicht erschreckt. Marcel spielte noch einen Moment, dass er tot wäre, dann antwortete er ihr mit kindischer Stimme „Ich bin ein gestrandeter Wal und du wirst mich nicht los.“ Beide lachten eine Weile, bevor sie versuchte, ihn von sich zu heben. Lina schaffte es nicht, denn Marcel war zu schwer für sie. „Geh runter“, stammelte sie, aber immer noch mit ihrem Lächeln im Gesicht. Er entgegnete dagegen lachend „Nein, zwing mich doch." „Du Doofi", meinte sie, während sie erneut versuchte, ihn von sich herunterzubekommen. Auch bei diesem Versuch schaffte sie es nicht und stöhnte auf. Doch Lina begann nach einem kurzen Moment der Überlegung, ihn in die Seiten zu piksen. Marcel versuchte das Lachen zu unterdrücken, doch wenige Sekunden später wand er sich auf ihr vor Lachen, bis er sich schlussendlich neben sie rollte. Sie lagen sich lachend und glücklich in den Armen. „Ich liebe dich", flüsterte Marcel, als er ihr in die Augen sah. Lina verstummte. Ein kurzer Moment der Stille folgte, welcher sich anfühlte wie Tausende. Lina rutschte zu ihm heran und in derselben Bewegung küsste sie ihn. Sie vermied es zu antworten. Sie wusste, wie gerne er mit ihr rummachte, auch wenn es ihr nicht anders erging. Beide lebten ihre Lust in ihren Küssen vollends aus und für einen Moment vergaß Marcel, dass sie seine Gefühle nicht erwiderte. Er hatte jedoch nicht vor Augen, dass es in Wirklichkeit keinerlei Abfuhr oder Ähnliches war.

Mehrere Folgen von Linas Serie vergingen, bis sie voneinander abließen. Marcel warf einen Blick über Linas Schulter, die neben ihm lag, auf die Uhr. Es war bereits zehn Uhr und beide mussten am nächsten Morgen in die Schule. Marcel atmete tief durch. Er erinnerte sich daran, wie es dazu kam, dass sie sich angefangen haben in seinem Bett zu küssen. „Es ist schon zehn. Soll ich die Rosen holen?", meinte er zu Lina. Sie drehte sich um und schaute ebenfalls sicherheitshalber auf die Uhr, dann nickte sie „Ja, bitte." Als er sich aufrichtete, zog Lina ihn zu sich und küsste ihn noch ein weiteres Mal. Erst dann ging er herunter.

Marcel nahm sich etwas Zeitung und breitete sie auf dem Tisch aus, um dort die Rosen einzuwickeln. Seine Schritte führten ihn weiter zu der Vase, die immer noch unberührt in der Ecke stand. Marcel holte eine Rose heraus und hielt sie mit beiden Händen fest, als er die Augen schloss und mit seinem Kopf mehrmals gegen die Wand dotzte. Er war frustriert und enttäuscht. So gerne er dieses Mädchen, dass dort oben bei ihm im Zimmer saß, auch mochte, so schmerzte es ihn mittlerweile so sehr, dass sie nicht zu ihm das Gleiche sagen konnte, wie er es konnte. Sein Körper begann zu zittern und er musste kurz die Nase rümpfen. Er atmete kontrolliert mehrmals tief ein und aus, bevor er sich wieder aufrichtete und die Vase in die Hand nahm. Die Rosen ordentlich auf die Zeitung gelegt, rollte er sie zu einem akzeptablen Strauß zusammen. Daraufhin begab er sich wieder nach oben.

Lina saß am Rande seines Bettes und hatte ihr Handy in der Hand, als er durch die Tür kam. Sie packte ihr Smartphone ein und ergriff Marcels ausgestreckte Hand. Er half ihr hoch und drückte die Rosen in ihre freie Hand. Sie bedankte sich mit einem weiteren Kuss. Sie stand ganz schüchtern und unschuldig da, als Marcel ihre Jacke holte und sie ihr anbot. Seine Angebetete roch an den Blumen und lächelte ihn an, bevor sie in ihre Jacke schlüpfte und mit ihm die Treppe herunter zur Haustür ging.

Marcel wusste, dass er nur wenige Minuten Zeit hatte für das ernste Thema, dass er nun ansprechen wollte. Sie waren noch keine zehn Meter gegangen, als er anfing zu sprechen. „Lina, du weißt, was ich für dich empfinde", begann er „Und aus meiner Sicht ist es so, dass wir immer Spaß haben, wenn wir zusammen etwas machen. Wir lachen, reden und küssen uns. Für mich fühlt es sich schon nach Beziehung an." Lina schwieg. Sie brachte kein Wort heraus. „Was sagst du dazu?", hakte Marcel nach. „Ich weiß nicht", brachte sie nur heraus. Marcel schluckte. Es war eine der Antworten, die er sich vorgestellt hatte. „Das heißt?", fragte er weiter nach. Lina zögerte erneut, dann meinte sie „Ich weiß nicht, ob ich dafür bereit bin." Der Riss in seinem Herzen wuchs gerade mit jeder Sekunde. „Ich meine, wir sind jetzt schon wieder zwei weitere Monate daran, uns zu treffen. Ich dachte, vielleicht würdest du mittlerweile genauso empfinden." Lina sagte wieder nichts und in der Dunkelheit der Nacht sah Marcel die Tränen in ihren Augen nicht. „Ich will mit dir zusammen sein", fing Marcel erneut an „Doch mit jedem Tag, der vergeht, wird das Verlangen größer und genauso steigert sich der Schmerz, den ich dann spüre, wenn du mich endlich eines Tages abservierst. Mach es lieber jetzt, als das Leiden dann noch zu vergrößern ..." „Ich will dich nicht abservieren", sagte Lina leise, als sie in ihre Straße einbogen. „Aber du willst auch nicht mit mir zusammen sein", führte Marcel ihren Satz weiter. Ein weiteres Mal beherrschte Stille die ganze Straße. „Wenn du nichts sagst, heißt das wohl, dass es so ist.", startete Marcel erneut das Gespräch. „So ist das nicht", meinte Lina wieder überaus leise. „Letztendlich geht es doch nur darum: Willst du mit mir zusammen sein?", entschloss er nun. „Ich kann dir da nicht mit Ja drauf antworten", versuchte Lina ein Schluchzen zu unterdrücken. „Aber wenn es kein Ja ist ..." verstummte Marcel. Er versuchte, stark zu bleiben, als er den anderen Teil des Satzes aussprach „dann ist es ein nein." Lina umarmte ihn. Sie waren gerade bei ihrem Haus angekommen. Keiner von ihnen sagte etwas. In diesem Moment standen sie einfach nur da und hielten sich in den Armen. Beide kämpften dagegen an eine Träne aus sich herauszulassen. Leise flüsterte Lina „Tschüss." und drückte ihn noch ein letztes, kurzes Mal fest an sich, bevor sie sich umdrehte und auf ihre Haustür zuging. Marcel murmelte betrübt ein Leises „Tschüss." hinterher und drehte sich auch zur Seite, um zu gehen. Lina öffnete ihre Haustür, Marcel blieb, kurz bevor er hinter der Hecke verschwand, stehen. Beide drehten ihren Kopf noch einmal nach dem anderen. Sie schauten sich trotz der Dunkelheit mitten in die Augen. Marcel hielt den Anblick nicht mehr aus und drehte seinen Kopf langsam wieder zurück, um zu gehen. Den ganzen Weg nach Hause liefen ihm geräuschlos die Tränen die Wange runter. Er hoffte auf ein romantisches Wunder, dass Lina ihm hinterhergerannt kam, ihn einfach ansprang, ihn küsste und sagte, dass sie mit ihm zusammen sein möchte. Doch es war erneut nur Tagträumerei. Sie kam nicht. Er ging mit gesenkten Kopf durch die Tür seines Hauses, wortlos begab er sich nach oben. Er griff nach seinen Zigaretten und flüchtete dann wieder nach draußen. Marcel setzte sich auf einen Stuhl im Garten und zündete sich die Kippe an. Die Tränen waren noch nicht getrocknet. Er kramte sein Handy raus und machte „Be alright" von Dean Lewis an. Er nahm einen tiefen Zug, dann wechselte er auf WhatsApp. Der Junge hoffte, dass er wenigstens eine Nachricht von Lina hatte, doch da war nichts. Marcel vergrößerte ihr Profilbild. Seine Gedanken verwirrten sich in sich selbst. Er konnte keinen klaren Gedanken fassen. Marcel verstand nicht, was er falsch machte. Mehrere Minuten saß er draußen, allein, mitten in der letzten Winterkälte. Es dauerte noch kurz, bis er wieder tief durchatmen und zumindest klarer denken konnte, doch er wollte nicht aufstehen. Er wollte einfach nur dort sitzen. Allein. Keinem seiner Freunde schreiben, wie es ihm ging, was los war. Lina war ihm unglaublich ans Herz gewachsen und so wichtig geworden und doch schaffte er es nicht, ihr eine weitere Nachricht zu senden. Marcel war genug verletzt worden. Sie war am Zug.

Das änderte nichts daran, dass er nicht anders konnte, als trauriger als je zuvor zu sein. Noch nie hatte ihm ein anderer Mensch außerhalb seiner Familie so viel bedeutet. Noch nie hatte er bei einem Menschen gewusst, dass diese Person ihn auf jeden Fall aufmuntern konnte. Noch nie hatte er es, dass alles, was der andere machte, für ihn einfach makellos und perfekt war. Er liebte all die kleinen Dinge, die Lina tat und jede verrückte Macke, die sie hatte. Er war hoffnungslos verliebt. Marcel wollte Lina nicht aufgeben, doch hatte er das Gefühl, es nun zu müssen.

Er bedauerte, das Gefühl zu haben, sie zu verlieren, und er wollte sie auch nicht in seinem Leben missen. Dann kam eine letzte Träne über sein Gesicht, unwissend, dass es bei Lina, die bei sich im Bett lag, mit dem Kissen im Gesicht, genauso aussah.

8

Neun Tage waren vergangen, seit Marcel das letzte Mal Lina gesehen hatte. Und genauso, seitdem sie das letzte Mal Kontakt miteinander hatten. An jedem dieser Tage hatte er an sie gedacht und sie nicht verdrängen können. Er vermisste sie. Seine Gefühle waren keinerlei abgeklungen und er liebte Lina weiterhin. Es war schwer für ihn, ihr nicht zu schreiben, doch hatte Marcel Angst, dass es die Wunde in ihm weiter vergrößern würde. Ändern tat es allerdings nichts daran, dass er sich ein Lächeln nicht verkneifen konnte, wenn seine Gedanken zu ihr wanderten. Nach den paar Tagen war es auch nicht verwunderlich, denn schließlich hatte sie ihm mehrere Monate den Kopf verdreht. Marcel fürchtete sich jedoch vor der ersten Begegnung mit ihr, seitdem sie den Kontakt zwischen ihnen beendet hatten. Er hatte es vermieden, in den Jugendraum zu gehen, und war immer beruhigt, wenn er sie beim Laufen nicht traf. Gleichzeitig hatte er jedoch auch keine Ahnung, wie es Lina damit ging. Marcel wunderte sich, wie es ihr damit erging und ob das Ganze sie genauso schmerzte. Jedoch ging er davon aus, dass sie ihm geschrieben hätte, würde er ihr gleichermaßen viel bedeuten. Der Gedanke betrübte ihn und er versuchte, an etwas anderes zu denken.

Paul hatte ihn mehrmals gefragt, ob er mal wieder in den Jugendraum käme. Er war schon mehrere Wochen nicht mehr dort gewesen. Letztendlich hatte er sich dann doch breitschlagen lassen und an diesem Abend war es so weit. Marcel hatte keine Ahnung, ob Lina dort auch sein würde. Ausgehend davon, dass die Möglichkeit bestand, bereite er sich fertig vor. Er duschte, machte sich frisch, deckte die Pickel ab, wie am ersten Abend, an dem er im Jugendraum aufschlug. Das war inzwischen beinahe ein halbes Jahr schon her. Marcel erfreute sich daran, dass er mittlerweile mit dem Großteil der Jungs befreundet war und auch gerne mit ihnen Zeit verbrachte. Auf dem Weg nach unten zündete er sich eine Zigarette an. Als er dort ankam, war bisher nur Paul anwesend. Sie setzten sich gemeinsam mit einem Bier an den langen Tisch. Die Jungs stießen an und tranken den ersten, wohltuenden Schluck. Marcel genoss das Bier, irgendwie tat es ihm gut. Es war nicht ungewöhnlich, dass die Leute sich gerne voll laufen ließen, wenn sie etwas zu verarbeiten hatten, und gerade konnte er es sehr gut verstehen.

„Also Jeansy", begann Paul, als er das Bier abstellte, „was ist mit dir und Lina los. Erzähl mal." Marcel sah ihn verwundert an und wusste nicht, woher Paul wissen konnte, was zwischen ihnen war. Er wollte zunächst herausfinden, was Paul wusste. „Was meinst du?", fragte Marcel nur ganz offen. Paul lachte „Na du weißt doch, wie das hier läuft. Hier verbreitet sich alles wie ein Lauffeuer. Warum habt ihr keinen Kontakt?". Marcel schluckte, so viel wusste er schon mal. „Wir haben keinen Kontakt, weil …", begann er, doch dann nahm er zunächst noch einen großen Schluck seines Biers. „Ich hab ihr meine Gefühle gestanden", stöhnte er auf. Paul nickte nur. „Ja und sie konnte es eben schon länger nicht erwidern", erklärte er weiter „Und bevor es mich zu sehr verletzt, hab ich gesagt, wir lassen das, wenn sie nicht mit mir zusammen sein möchte." „Ja, das kann ich verstehen", nickte Paul ihm zu und trank erneut. Nachdem er geschluckt hatte, meinte er noch „Aber vielleicht wird es ja trotzdem noch was. Vielleicht könnt ihr ja mal nochmal miteinander reden und es ergibt sich was." Marcel hob eine Augenbraue, als er ihn fragend ansah. Vielleicht wusste Paul mehr, als er zugab, vielleicht wusste er sogar mehr als Marcel. „Weißt du etwas, was ich nicht weiß?", entgegnete er ihm dann ganz direkt. Paul schüttelte den Kopf „Nein, ich weiß gar nichts." Dennoch grinste er. „Gib die Hoffnung nicht auf. Wer weiß, vielleicht gibst du dem Ganzen ja auch nochmal eine Chance.", beendete Paul, während er ihm auf die Schulter klopfte.

Bevor Marcel dem etwas entgegnen konnte, stürmten Leon, Jeffrey und Max den Raum. Sie brachten einen Haufen gute Laune mit. Die Jungs begrüßten sich. Es war cool für ihn, endlich nochmal mit ihnen rumzuhängen und zu trinken. Zu niemandes Überraschung dauerte es auch nicht lange, bis sie zu den harten Sachen griffen.

Als es schon länger dunkel war und Marcel gerade hinter der Theke stand, um seinen Becher zu füllen, flog die Tür des Jugendraums ein weiteres Mal auf. Er riskierte einen Blick in die Richtung des Eingangs, um zu beobachten, wer zu ihnen stoß. Es waren Celine und Lina. Das erste Mal, dass die beiden sich wieder sahen, war gekommen. Sie schienen mal wieder, sich zu zweit betrunken zu haben, bevor sie herunterkamen. Marcel blieb jedoch wie angewurzelt stehen und bemühte sich, seinen Blick zu lösen. Marcel blickte in den Becher in seiner Hand, in den er noch nichts zum Mischen hinein gefüllt hatte. Er hob ihn näher zu sich und kippte den puren Schnaps herunter. Daraufhin warf Marcel einen Fünfer in die Kasse, füllte seinen Becher wieder mit Schnaps und trank ihn erneut aus. Er verzog sein Gesicht von dem bitteren Geschmack, bevor er dieses Mal richtig etwas in seinen Becher eingoss und mischte. Vorsichtig ging er hinter der Theke hervor. Zunächst wollte er Lina begrüßen, doch dann machte er einen Rückzieher und ging heraus, um eine Zigarette zu rauchen.

Marcel musste kurz durchatmen. Hinter ihm ging die Tür erneut auf, er drehte sich um und hoffte auf Lina. Doch sie war es nicht. Leon kam zu ihm heraus und stellte sich zu ihm. Er zündete sich wortlos eine Kippe an, Marcel sagte auch nichts. Dafür aber Leon nach wenigen Zügen an seiner Zigarette. Er haute ihm auf die Schulter und meinte „Ey Jeansy, jetzt geh doch mal zur Lina hin." „Also weißt du auch Bescheid?", entgegnete er ihm und führte die Kippe wieder an seinem Mund. „Ja natürlich", nickte er „Aber glaub mir, mache noch ein letztes Mal den ersten Schritt und der Rest läuft von alleine." „Ist das dein Ernst? Und was, wenn ich denke, dass sie dran ist, mal was zu machen?", meinte Marcel nur und tippelte mit dem rechten Bein auf dem Boden. Leon sah ihn an und musterte ihn genau, bevor er ihn weiter versuchte zu überzeugen „Vertrau mir. Geh zu ihr hin und rede mit ihr und sie wird sich im Laufe des Abends dir gegenüber öffnen." „Was sollte sie groß sagen? Und dazu kommt, was ist, wenn ich vielleicht nicht den Mut habe, zu ihr zu gehen? Was, wenn es mich nur weiter verletzt?", stellte Marcel seine Aussage infrage. Leon deutete auf Marcels Getränk, dann überzeugte er ihn weiter „Jeansy, hör mal auf nachzudenken. Du liebst sie doch. Nimm nochmal einen Schluck und dann rede mit ihr. Vertrau mir doch einfach." Marcel biss sich auf die Lippen, dann wanderte sein Blick auf sein Getränk. Er führte den Becher an seinen Mund und trank. Er leerte ihn gänzlich aus in einem Zug. „Okay Leon. Ich vertraue dir, und ich vertraue dem Alkohol.", haute er ihm auf die Schulter und lachte.

Marcel schritt etwas beschwipst durch die Tür und ging federnd zur Theke, um seinen Becher abzustellen und sich erneut ein Bier zu nehmen. Dann setzte er sich mit angetrunkenen Mut neben Lina auf die Bank. Sie schaute ihn an, und er sie. „Hey, alles gut bei dir?", begrüßte er sie nun einige Minuten nachdem sie bereits angekommen war. Sie nickte und zeigte ein leichtes Lächeln. „Ja schon", entgegnete sie ihm „Und bei dir?". Marcel bewegte den Kopf leicht hin und her, um seine Unentschlossenheit über seine kommende Antwort zu signalisieren. „Ich komme irgendwie klar. Man lebt.", antwortete er und zwang sich ein kleines Lachen aus sich herauszulassen. Auch Lina lachte für einen Moment mit ihm, dann war kurz Pause zwischen ihnen.

Bevor die Stille zu lang wurde, versuchte Marcel zwischen ihnen alles normal wirken zu lassen. Er fragte sie „Bist du schon betrunken genug, um Shots zu trinken?". Marcel schmunzelte. Lina lächelte ihn an „Wenn du mich einlädst." „Klar" bejahte er ihr dies „Was willst du trinken?". „Ist mir egal, hol einfach irgendwas.", beschloss sie. „Bist du dir da sicher? Das könnte ungut enden für dich.", lachte Marcel sie an, mit leicht teuflischen Hintergedanken. Lina dagegen zuckte nur mit den Schultern und schubste ihn in Richtung Theke. „Na hol schon was", grinste sie. Marcel ging federnd zur Theke und meinte mit singender Stimme „Du wirst es bereuen." Er lachte sich innerlich schon zu Tode, als er hinter der Theke den puren Wodka in die stiefelförmigen Shotgläser goss.

Er kam mit einem breiten Grinsen zurück und stellte die beiden Gläser vor Lina auf den Tisch. Sie inspizierte die klaren Gläser ganz genau, dann fragte sie „Was ist das?". „Riech' doch mal dran, dann weißt du es", entgegnete er. Als sie mit ihrer Nase über einen der Becher ging und dann das Gesicht verzog, stellte Marcel die beinahe leere Flasche Wodka auf den Tisch. „Und los!", sagte er, als er einen der Becher in die Hand nahm. Lina schaute ihn leicht zweifelnd und eingeschüchtert an, bis schließlich der bereits getrunkene Alkohol ihre Hemmschwelle überschritt und sie mit ihm anstieß. Beide versuchten, das Gesicht nicht zu verziehen, als die Flüssigkeit ihre Kehlen herunterlief, doch es gelang nur Marcel. Er grinste sie an, während Lina husten musste. „Noch einen?", fragte er sie belustigt. Zu Marcels Überraschung stimmte sie zu und so füllte er ein weiteres Mal die Gläser. Sie stießen erneut an und Marcel musste ebenfalls sein Gesicht beim zweiten Shot verziehen. Dennoch leerte er noch die letzten Überreste der Flasche in die beiden Gläser und sie zwangen sich mit Lächeln im Gesicht, auch diese noch zu trinken. Beide tranken nicht, weil sie unbedingt sich betrinken wollten, sondern weil sie beieinander sein wollten, ob sie es zugaben oder nicht.

Zusammen saßen sie dort noch eine Weile und sporadisch sprachen sie auch mit den anderen, doch den Großteil des Abends redeten sie nur miteinander. Trotz ihrer guten, gemeinsamen Zeit blieben sie sich körperlich voneinander fern und verhielten sich wie Freunde. Es verwirrte Marcel und er wusste nicht, was er davon halten sollte. War sie nun auf eine Freundschaft mit ihm aus? Wollte Leon das damit bezwecken, dass sie sich miteinander vertrugen? Oder war da doch mehr? Marcel musste abwarten.

Später am Abend ging Lina mit Celine auf die Toilette, weswegen er in der Zeit den Jugendraum verließ, um eine weitere Zigarette zu rauchen. Für wenige Augenblicke stand er dort alleine, bis dann wieder die Tür aufging. Dieses Mal war es Lina, die herauskam. Sie wankte zu ihm, denn mittlerweile waren beide etwas benommen vom Alkohol. Lina stellte sich vor ihn und schaute zu ihm herauf. „Bekomme ich auch eine?", fragte sie ihn. Marcel schaute verwundert auf sie herab. „Was meinst du?", wollte er von ihr wissen. Sie deutete auf die Kippe in Marcels Hand und meinte „Na eine Zigarette." Sie lachte ihn schelmisch und betrunken an."Nein.", antwortete er ihr „Du rauchst doch gar nicht." „Na und? Jetzt gib schon her.", lachte sie ihn an, als sie versuchte, seine Zigarette ihm aus der Hand zu nehmen. Marcel wich ihr aus und zog selber an seiner Kippe. „Vergiss es, das willst du doch nur, weil du einen zu viel hattest.", folgerte und lachte er. Sie zuckte mit ihren Schultern „Dann lass mich wenigstens mal ziehen". Kaum hatte sie die Worte ausgesprochen, versuchte Lina wieder an seine Zigarette zu kommen. Marcel wich ihr weiterhin aus, doch sie hechelte weiter seiner Hand, in der er die Kippe hielt, nach. Nach wenigen Umdrehungen schnappte Marcel sie sich und drückte sie an sich. Lina schloss ihre Arme um ihn und drückte ihn an sich, während Marcel an seiner Zigarette zog, in dem Wissen, dass sie in der Position sowieso nicht daran kam. Aber sie machte es schlauer, als er erwartet hätte, und griff in seine Innentasche. Lina wusste ganz genau, wo er seine Zigaretten hatte und ihr nächster Griff ging in seine Brusttasche, als sie sich von ihm löste. Sie nahm sein Feuerzeug heraus und zündete sich selbst eine Zigarette an. Als er ihr seine Sachen wieder aus der Hand nahm, lachte er und meinte „Ja, du Nichtraucherin." Sie grinste ihn an. „Lass mich doch." Marcel verstaute seine Zigaretten wieder, dann nahm er ihr die Zigarette aus der Hand. „Lass das", meinte er zu ihr. „Hey!"beschwerte sie sich. „Sorry", antwortete er, „Aber von mir bekommen nur Leute Zigaretten, die mit mir zusammen sind". Das war ein Seitenhieb, der gesessen hat. Dachte er zumindest, doch Lina überraschte ihn. „Ja, dann kannst du mir die ja jetzt wieder geben", entgegnete sie, als sie wieder nach ihrer Zigarette griff. Marcel schnipste diese aus und antwortete „Korrigiere mich, wenn ich falsch liege, aber mein letzter Stand war, dass du nicht mit mir zusammen bist." „Tja, vielleicht will ich das ja ändern.", schaute sie ihn an und hob stichelnd ihre Augenbraue. „Wie kommt es denn dazu?", begann er „Warum willst du denn betrunken jetzt mit mir zusammen sein?". „Weil ich dich liebe!", sagte sie ihm mitten ins Gesicht. Marcel war verblüfft von der Antwort und merkte nicht, wie sich ein breites Lächeln über sein Gesicht legte. „Sag das noch einmal" grinste er und suhlte sich in diesen Worten. „Ich liebe dich!", wiederholte sie. Sie lächelten sich an, als sie sich in die Augen sahen. Marcel kam ihr näher und nahm sie an der Hand. „Ich liebe dich auch!", meinte er leise zu ihr, bevor er sie küsste.

Lina nahm ihm die Zigarette aus der Hand, während Marcel noch etwas perplex, aber überglücklich ihr gegenüber stand. „Heißt das, du bist jetzt meine Freundin?", lächelte er sie an. Sie lächelte zurück. Sie griff seine Hand und antwortete ihm einfach nur „Ja". Marcel trat seine Zigarette auf den Boden aus. Dann hob er Lina hoch, etwas schwungvoll, sodass sie die Zigarette fallen ließ. „Du bist meine Freundin", sagte er, als er in ihr Lächeln blickte, bevor er sie wieder küsste. In dem Moment flog ihm auch kurz der Gedanke durch den Kopf, was Leon meinte, als sie vorhin geredet haben. Doch es war nur kurz und er konzentrierte sich auf das Glück, dass er zu diesem Zeitpunkt in seinen Händen hielt. Er war überglücklich. Und sie genauso. Es war zwar schade, dass es eine Menge Alkohol brauchte, damit sie es ihm sagte, doch ebenso war es ihm auch wieder egal, denn endlich hatte er das Mädchen, welches er liebte und ihm am meisten auf der Welt bedeutete, für sich.

Nach kurzer Zeit setzten sie sich auf die Treppenstufen, auf denen sie ihren ersten Kuss erlebt hatten. Lina legte ihre Beine über Marcels, während sie noch immer bei ihm im Arm liegen blieb. Sein Blick war ihr vollends zugewandt. Er konnte nicht aufhören, sie anzulächeln. „Ich liebe dich!", flüsterte er ihr ins Ohr. Endlich konnte er es so oft sagen, wie er wollte. Sie war sein und er war ihr. Dieses Mal erwiderte sie die Worte, bevor sie ihm einen Kuss gab. „Weißt du", sagte sie, „ich wollte eigentlich schon am Valentinstag mit dir zusammen kommen." Er war überrascht von diesem Geständnis. „Und warum bist du es nicht?", fragte er sie mit gerunzelter Stirn, jedoch immer noch am Lächeln. „Ich hatte irgendwie Angst. Keine Ahnung, warum.", erklärte Lina. Marcel konnte ihr direkt antworten „Du hättest uns viel Schmerz ersparen können. Du hattest doch gar keinen Grund, Angst zu haben, du wusstest doch, wie ich für dich empfinde." „Jaaa" rollte sie die Augen „Ich weiß es doch auch nicht, hab ich doch schon gesagt." Bevor Marcel weiter über das Thema redete, küsste sie ihn wieder, um das Gespräch zu beenden. Sie machten auf den Stufen herum, bis Marcel merkte, dass Lina vor Kälte zitterte. „Sollen wir hereingehen?", fragte er sie mit ruhiger und leiser Stimme. Sie nickte und nahm ihre Beine von ihm. Lina zog ihn an der Hand hoch.

Als er die Türklinke herunterdrückte, gab er ihr noch einen Kuss. Marcel hielt ihr die Tür auf und sie führte ihn an der Hand herein. Als die Jungs drinnen bemerkten, dass sie Händchen hielten, fingen sie an zu jubeln und zu pfeifen. Das frisch gebackene Pärchen errötete ein wenig und warfen einen peinlich berührten, aber glücklichen Blick auf den Boden. Als Marcel in die Runde blickte, bemerkte er, dass alle begeistert waren, außer Celine. Er ignorierte dies und setzte sich mit Lina wieder auf die Bank. „Seid ihr zwei jetzt endlich offiziell zusammen?", fragte Jeffrey ungeniert, aber mit freudigem Grinsen in Gesicht. Während Lina ein leichtes Nicken zeigte, meinte Marcel belustigt „Darf ich vorstellen: Meine Freundin."

Sie stießen freudig an und blieben noch ein paar Stunden dort. Später ging Marcel mit Lina und Celine nach Hause. Er und Lina hielten sich weiterhin an den Händen. Celine ging einen Meter von ihnen entfernt auf der Straße. Als sie an der Kreuzung standen, an denen sich ihre Wege trennen würden, meinte Lina „Ich geh den Rest mit Celine, geh du ruhig heim.". „Sicher?", entgegnete Marcel. Sie nickte und küsste ihn. „Ich liebe dich", lächelte sie ihren Freund an. „Ich liebe dich auch", meinte Marcel noch, bevor er Lina einen Gute-Nacht-Kuss gab. Dann lösten sie sich voneinander und Lina ging zu der ein paar Meter entfernten Celine. Marcel warf einen letzten Blick auf seine Freundin, bevor er ohne die beiden den restlichen Weg ging.

Als er zu Hause ankam und schwankend die Treppe zu seinem Zimmer hochlief, ließ er sich nur noch auf sein Bett fallen. Marcel kramte sein Handy hervor und schrieb Lina.

9

Als die Sonne am nächsten Morgen Marcel weckte, ging sein erster Griff an sein Handy. Er wollte unbedingt Lina schreiben. Seine Glücksgefühle übermannten ihn immer noch. Marcel war so froh darüber, dass sie letzte Nacht endlich ihm ihre Gefühle gestanden hatte und sie nun endlich zusammen gekommen waren. Seiner Meinung nach war dies viel zu lange schon überfällig gewesen und er vergaß bereits, wie schmerzhaft die letzten Tage für ihn gewesen waren. Er lebte nur im Hier und Jetzt und die rosarote Brille war an ihm fest geschweißt. Marcel öffnete den Chat mit seiner Geliebten.

> Guten Morgen ☺ ♥

Guten Morgen ♥

> Hast du heute schon etwas vor? Wenn nicht können wir ja was zusammen machen ☺ ♥

Noch nix. Soll ich bei dir vorbeikommen? 15:00? ♥

> Wenn du nicht abgeholt werden willst ☺ Ja das passt ♥

Okay gut, bis nachher ☺ ♥

Marcel legte zufrieden sein Telefon auf seinen Nachttisch. Es war Vormittag und so konnte er noch etwas liegen bleiben. Nach ein paar Minuten schaltete er den Fernseher ein und machte sich Wrestling an. Bis zum

Mittag blieb er so liegen und rührte keinen Finger, bis er schließlich dann doch aufstand, um zu duschen. Sein Weg führte ihn danach in die Küche, vorbei an all den leeren Zimmern. Sein Vater war bei seiner Freundin und würde frühestens am Abend, wenn nicht erst morgen nach der Arbeit wieder zurück sein. Marcel machte sich etwas zu Essen und hörte dabei Musik. Er tänzelte hin und her. Seine gute Laune war nicht zu bändigen. Zwischendurch kämpfte er noch gegen Schatten und übte seine Wrestling-Angriffe für das übernächste Wochenende. Glücklich war kein Wort mehr, um seine Stimmung auszudrücken, denn es war viel mehr als das. Später schaute Marcel ein paar Youtube-Videos, während er seine frisch gekochte Mahlzeit einnahm. Seine Gedanken schweiften zwischendurch von den Videos ab und in seine eigene Welt. Dabei kam ihm ein Gedanke. Um ihre Beziehung richtig zu starten, wollte er Lina direkt eine romantische Geste zeigen und eine Überraschung vorbereiten. Nachdem er aufgegessen und abgeräumt hatte, durchsuchte er im Wohnbereich die Schränke. Nach ein paar Schubladen fand er, wonach er suchte: Teelichter.

Er nahm sich einen ganzen Haufen heraus und nahm sie mit nach oben in sein Zimmer. Folgend dunkelte er den Raum ab und schaltete das Licht ein. Marcel verteilte die Teelichter im gesamten Zimmer, sodass das Zimmer im Kerzenschein ausgeleuchtet sein würde. Probeweise zündete er sie an und schaltete das Licht aus. Selbst für ihn als Kerl sah es überaus schön aus. Marcel pustete die Kerzen wieder aus, in aller Vorfreude darauf, wenn Lina diesen Anblick genießen würde. Zwei Stunden später zählte Marcel nur noch die Minuten, bis Lina klingeln würde. Er entzündete die Kerzen und wartete unten gespannt auf sie. Es klingelte auch schon kurz darauf an der

Haustür. Lina war punktgenau da. Mit großer Vorfreude öffnete er seiner Freundin die Tür. „Hey", meinte er, als sie durch die aufgehaltene Tür hereinkam. „Bist du allein daheim?", entgegnete sie ohne wirkliche Begrüßung. Marcel bejahte dies. „Gut", lächelte sie ihn an und küsste ihren neuen Freund. Lange. Als sie von ihm ab lies, meinte nun auch sie „Hi.". Marcel kam nicht drum herum, sie anzugrinsen. „Komm, wir gehen hoch", schlug er ihr vor „Ich habe eine Überraschung für dich." „Oh-oh", meinte Lina darauf nur und wirkte etwas verunsichert, doch vertraute ihm. Als sie vor seiner Tür standen, drückte er die Türklinke herunter, sodass die Tür nur einen Spalt geöffnet wurde. „Vertrau mir", sagte Marcel, als er seine Hände vor Linas Augen hielt.

Er führte sie langsam in sein Zimmer. Lina machte kleine Tippel-Schritte, bis sie so weit im Raum waren, dass Marcel die Tür schließen konnte. „Lass die Augen noch drei Sekunden zu", sagte er, bevor er seine Hände von ihren Augen wegzog. Lina zählte laut bis drei, Marcel schloss die Tür hinter sich. Als sie ihre Augen öffnete, staunte Lina erst einmal. „Du bist so süß", sagte sie mit leiser Stimme. Dann drehte sie sich zu ihm um und sprang überraschend auf ihn. Marcel schaffte es gerade so, sie zu packen und genoss es einfach nur, wie Lina ihm am Hals griff und zu sich zog. Sie küssten sich. Langsam und vorsichtig bewegten sie sich Richtung Bett. Marcel schien mit seiner Idee vollkommen gepunktet zu haben und konnte mit sich zufrieden sein.

Den Rest des Abends verbrachten sie damit zu reden, fernzusehen und später noch sich eine Pizza zu teilen. Sie mussten mittlerweile einmal die Pizzen auf der Speisekarte durchprobiert haben und Marcel war inzwischen Stammgast beim Italiener in der Nähe. Zwischen dem jungen Pärchen war es wie die Treffen zuvor mit nur einem einzigen Unterschied. Es war nun offiziell zwischen den beiden, was Marcel entspannter an die Sache ran gehen ließ und es wirkte sich ausschließlich positiv auf ihre Beziehung aus. Er spielte nicht mehr Tausende Szenarien im Kopf durch, sondern genoss es einfach, seine Freundin im Arm zu halten und mit ihr Zeit zu verbringen. Doch leider ging der Abend viel zu schnell vorbei und Marcel musste akzeptieren, zu später Stunde noch Lina heimzubringen. Allerdings war dies in Ordnung, denn er wusste, dass er bei Lina in kurzer Zeit wieder sehen würde. Und dass sie sein war.

Wenige Tage später plante Marcel bereits die nächste romantische Geste. Sie hatten sich zwar jeden zweiten Tag gesehen, doch er wollte Lina zeigen, was für ein toller Freund er sein konnte und auch für sie war. Er kaufte einen Strauß Rosen und stellte diesen ins Wasser. Er plante das Bett, und den Weg dahin, mit Rosenblättern auszulegen. Marcel konnte es kaum erwarten, wenn er dies am Samstag für sie tun würde.

Als sie abends telefonierten, erzählte Lina von ihrem Tag und Marcel hörte ihr gespannt zu. Irgendwann kamen sie auf das Thema von Marcels Jeansjacken. „Kannst du morgen eine Jeansjacke anziehen, wenn wir was machen?“, fragte er sie zum Schluss. „Würde dich das so sehr freuen?“, hörte er sie durch das Telefon lachen. Er nickte, obwohl sie es nicht sehen konnte, und meinte mit einem Lächeln „Ja, bitte, bitte.“ „Na gut, für dich“, sagte sie, bevor sie spaßig hinterher schob „Soll ich vielleicht noch einen Rock aus Jeans anziehen?“. „Wenn du das machst, könnte niemand mehr bezweifeln, dass du das absolut perfekte Mädchen!“, stieß er mit einem Lachen hervor. „Ernsthaft jetzt?", entgegnete sie dann, etwas weniger am Lachen. Marcel konnte bei der Vorstellung und der Möglichkeit, die sich ihm bot, nicht Nein sagen. „Ja klar. Ich liebe Jeansjacken. Die haben symbolische Bedeutung für mich", grinste er. Lina stöhnte auf, bevor sie dann zustimmte „Ja okay, aber nur für dich. Nur damit du es weißt, normalerweise trag ich keine Röcke." „Du bist ein Engel!", meinte Marcel „Dankeschön, du bist die Beste." Marcel freute sich schon allein bei dem Gedanken darüber. Für ihn hatten die Jeansjacken eine ähnliche Bedeutung wie das Tattoo auf seinem Rücken. Er begann sie zu tragen, als er sich weiterentwickelte zu seinem offenen, neuen Ich. Seit damals hatte es nur eine Handvoll Tage gegeben, an welchen er keine trug. Drum freute er sich umso mehr, dass Lina ihm einen solchen Gefallen tat und ihm damit, für ihn zumindest, auch zeigte, dass sie ihn dafür auch mochte.

Am Samstagnachmittag stand Marcel vor Linas Haus. Er hatte gerade geklingelt und wartete darauf, dass sie herauskam. Die Sonne stand noch am Himmel und schien ohne Ende. Sie brannte förmlich, denn es war der erste warme Tag des Jahres. Er stand dort in kurzer Hose und lächelte bereits, bevor Lina in ihrem Jeansrock und Jeansjacke herauskam. „Du siehst so verdammt heiß aus!", begrüßte er sie. Verlegen stieß Lina ein „Danke." hervor, als sie sich ihm näherte und ihm zur Begrüßung einen Kuss gab. Sie gingen einen kleinen Umweg zu Marcel nach Hause, um noch ein wenig im Schein der Sonne zu spazieren.
Eine halbe Stunde später, statt den gewöhnlichen kurzen Minuten, kamen sie bei ihm an. „Hast du Wassereis da?", fragte Lina lächelnd, als sie sich die Schuhe auszog.

„Muss ich gucken, ich glaube schon", schmunzelte er. „Guckst du für mich nach?", sagte die Teenagerin mit großen Augen, bei dessen Anblick es schwerfiel zu widerstehen. Er nahm sie in seinen Arm und küsste sie auf ihren süßen Kopf, bevor er ihr antwortete. „Ja kein Problem", meinte Marcel, auch wenn er ein wenig bedauerte, nicht ihre Reaktion zu sehen, wenn sie in sein Zimmer kam. Doch sie würde so oder so sich darüber freuen, dass er weiter ihr seine Zuneigung zeigte.

Kurz darauf kam er zu ihr zurück und in sein Zimmer. Sie saß am Rande seines Bettes und lächelte. Als Marcel mit ihrem Wassereis in der Hand den Rosenblütenpfad entlang ging, sagte sie zu ihm „Du bist so eine Schnecke." Sie lächelte ihn unschuldig an, während sein Blick mehr verwirrt erschien. „Bin ich etwa glitschig, oder was?", lachte Marcel. Sie schüttelte den Kopf. „Nein, doch nicht so." rollte sie die Augen „Weil du so ein Schleimer bist." Ein Grinsen legte sich auf ihr Gesicht bei ihren letzten Worten. „Soll ich lieber ein Arschloch sein?", fragte er sie, während er ihr da Eis hinhielt. Ein weiteres Mal zeigte sie ihm, dass er falschlag. Daraufhin küsste sie ihn und meinte mit einem Lächeln „Nein. Du bist schon gut so, wie du bist."

Sie warfen sich gemeinsam auf sein Bett, dann legte Lina ihm ihr Eis auf den Arm, um ihn zu ärgern. Marcel zog sofort seine Hand fort und beschwerte sich „Was soll das denn?". Sie lachten. Daraufhin schaltete er seinen Fernseher an und nach ein paar Küssen schauten sie tatsächlich fern.

Als eine Werbepause kam, hob Lina ihren Kopf, der auf Marcels Brust lag. „Sag mal", fing sie an „Hast du dich mittlerweile entschieden, was du dann in ein paar Wochen machen willst? Also wenn du dein Abi hast?". Die

Frage kam irgendwie unerwartet für Marcel. Sie hatten in der letzten Woche noch nicht darüber geredet und das letzte Mal, als sie darüber gesprochen hatten, war auch schon einige Wochen her. „Ich hatte vor zwei Wochen ja das Vorstellungsgespräch bei der Bank. Die haben mir schon eine Zusage geschickt. Ich kann sogar schon früher ein bezahltes Praktikum anfangen. Wenn ich will, kann ich einen Termin zur Vertragsunterschrift vereinbaren. Aber ich habe auch mit dem Gedanken gespielt, mich bei verschiedenen Unis zu bewerben für kreatives Schreiben und für Lehramt.", führte er sie das Bild. „Kreatives Schreiben war das, um Autor zu werden, oder? Das, was so weit weg war", wollte Lina sich versichern. Er nickte, dann meinte Marcel noch „Ja genau. Lehramt wäre näher."

Jedoch sagte er ihr noch nicht, dass er sich bereits entschieden hatte. Die Entscheidung fiel vor genau einer Woche, als sie zusammenkamen. Durch die Bankausbildung hatte er nicht nur Geld, sondern konnte es auch für Lina ausgeben und daheim sein, sodass sie sich weiter treffen konnte. Marcel war sich sicher, dass, wenn er ein Studium jetzt beginnen würde, er nach wenigen Wochen abbrechen und zurückkommen würde, um bei ihr zu sein. So wäre es auch gewesen, hätte er es locker weiterlaufen lassen. Solange sie Kontakt gehabt hätten, nein, solange er sie hatte, konnte er nicht fort von hier. Er wollte unbedingt in ihrer Nähe bleiben und dafür war er bereit, seine anderen Träume zu begraben.

„Aber weißt du, wofür ich mich bereits entschieden habe?", fragte Marcel seine Freundin, während er ihr eine Haarsträhne aus dem Gesicht streifte. „Was?", entgegnete Lina mit ihrem wunderbaren Lächeln. „Dass ich dich über alles liebe", erklärte er „Du bist einfach das wunderschönste Mädchen, das ich je gesehen habe. Mit deinen Augen, mit deinem kleinen Körper, mit deiner süßen Stupsnase und deinen wohligen Lippen. Alles, was du tust und sagst, bezaubert mich. Und jedes Mal, wenn ich das Glück erleben darf, dich wiederzusehen, fühle ich mich wie im siebten Himmel und frage mich, womit ich das verdient habe. Du bist das Beste, was mir je passiert ist. Ich fühle mich gesegnet, deine Liebe genießen zu dürfen. Ich liebe es, wenn du mir erzählst, wie dein Tag war, was du geträumt hast und sogar, was du gegessen hast. Alles, was du je gemacht hast und machen wirst, bedeutet mir mehr, als was ein anderer Mensch jemals zu mir sagen könnte. Du bist für mich perfekt, du bist mein fehlendes Puzzleteil. Du bedeutest mir mehr, als eine andere Person es je könnte und egal, was passieren wird, mein Herz wird immer, wirklich immer, nur dir gehören. Ich liebe dich über alles!".

Während er diesen Monolog seiner Liebe zu ihr hielt, hatte Lina ihr süßes Lachen auf den Lippen, und als er fertig war, guckte sie ihn mit wundervoll verliebten Augen an. „Du Schnecke", sagte sie zu ihm und grinste. Marcel grinste zurück und zog sie zu sich und küsste sie, während er sie auf sich zog.

Es dauerte eine Weile, bis sie fertig waren, doch dann schlug Lina ihn auf die Brust. „Jetzt hast du voll vom Thema abgelenkt, Schnecki", meinte sie. „Oh Gott." Marcel stöhnte auf „Wird das jetzt mein Spitzname deinerseits? Bitte sag Nein." „Zu spät", grinste sie „Also?". „Ja wie also?", erwiderte Marcel. „Zu was tendierst du denn? Von den Möglichkeiten, die wir eben durchgegangen sind.", fragte Lina ihren Freund. Marcel verfiel kurz in seine Gedanken und wägte seine Antworten ab. „Ich denke, es wird auf die Bank herauslaufen. Was denkst du?", wollte er nun von ihr wissen, doch Lina zuckte mit ihren Schultern. „Das ist deine Entscheidung. Aber ich fände es gut, dass du bei mir bleiben würdest dann. Aber was ist denn mit deinem Schreibzeug dann?", hakte sie nach. „Ich weiß es nicht. Das sehen wir dann.", ließ Marcel offen. Lina dagegen kam auf eine Idee „Du kannst doch das Buch, das du geschrieben hast, veröffentlichen. Und wenn es gut läuft, kannst du noch eins schreiben. Das Schreiben kann ja weiterhin dein Hobby sein." Damit hatte sie durchaus recht. „Versprich mir, dass du, wenn du bei der Bank anfängst, dein Buch veröffentlichst, ja?", überzeugte sie ihn und schob noch einen Kuss hinterher, um ihren Worten Nachdruck zu verleihen. „Ja versprochen. Ich werde dann den ein oder anderen Verlag anschreiben.", antwortete er ihr danach, doch dann war er es, der sie küsste. „Gut, Schnecki", ärgerte sie ihn noch. „Hör auf oder ich lege mich wieder auf dich!", drohte er ihr mit einem Lächeln im Gesicht. Lina schien unbeeindruckt. „Mach doch, dann kitzel ich dich wieder", entgegnete sie ihm.

Doch statt das auch nur einer von ihnen die Drohung wahr machte, näherten sie sich zeitgleich dem anderen. Die ganze Zeit waren ihre Blicke aneinander festgeklebt. Ein kurzer Kuss wandelte sich zu einem zweiten, etwas längeren, bis sich schließlich ihre Zungen berührten. Ihre Körper kamen sich näher und verschmelzten zu einem, während sie sich auf dem Bett umherdrehten. Der Fernseher war schon lange uninteressant geworden. Sie stoppten ihr Rumgemache nicht. Es ging immer weiter, die Oberteile flogen weg auf den Fußboden und Marcels Lippen wanderten herunter zu ihrem hellen Hals. Er genoss es, seine Freundin zu küssen. Langsam wanderte sein blonder Kopf weiter herunter, bis zu ihren kleinen, wundervollen Brüsten. Voller Lust begann er nun, diese zu küssen, und Lina zeigte, wenn auch leise, dass es ihr gefiel. Nach kurzer Zeit wanderte er mit seinen Küssen noch weiter nach unten, bis ihn schließlich die Hände Linas am Hals griffen und ihn wieder zu sich nach oben zogen. Sie drehte sich mit ihm um, dass sie oben lag. Nun war sie es, die langsam begann, seinen Hals zu küssen. Ihre Küsse wurden immer länger und kraftvoller, bis sie schließlich begann, ihm einen Knutschfleck zu machen. Marcel war zwar vielleicht in sexueller Hinsicht nicht weiter gekommen, doch hatte er doch den Wunsch erfüllt bekommen, den er wenige Wochen zuvor noch ihr gegenüber geäußert hatte. Als seine Freundin ihr Meisterwerk vollbracht hatte, wusste sie noch nicht, was sie da getan hatte. Lina begann erneut, ihre Lippen auf die ihres Freundes zu pressen.

Erst einige Minuten später hörten sie auf und sie flüsterte leise „Ich liebe dich." in sein Ohr. Marcel sagte ganz cool „Ich weiß." wie Han Solo in Krieg der Sterne, worauf er sich einen Schlag mit der flachen Hand auf seine Brust einfing. Es gab einen Knall, der doch das ganze Zimmer erfüllte. Lina schreckte davon aus und es tat ihr direkt schon wieder leid. „So fest wollte ich gar nicht hauen", entschuldigte sie sich bei ihm. „Schon okay, ich bin Schlimmeres gewohnt.", versuchte Marcel seinen Schatz zu beruhigen. Seine Freundin war jedoch bereits mit ihrem Kopf über seine Brust gebeugt und beobachte, wie sich ein roter Abdruck ihrer kleinen Hand auf Marcels Oberkörper zeichnete. Sie schaute ihn bemitleidend und bedauernd an, bis ihr Blick auf einmal ihr Werk an seinem Hals erhaschte. „Oh ...", stieß sie nur hervor, doch ihr Freund wusste nicht, was sie meinte. „Was ist los?", fragte Marcel sie unwissend. „Es könnte sein, also ganz vielleicht", verharmloste Lina „dass du einen kleinen Abdruck am Hals hast." „Ich dachte, das war die Absicht dahinter", antwortete er mit zusammengezogener Miene. Lina antwortete nicht, sie nahm nur ihr Handy in die Hand und fotografierte den Knutschfleck ab, den sie ihm am Hals gebrandmarkt hatte. Dann zeigte sie ihm ihr Werk. „Erstaunliche Arbeit", bemerkte er nur nickend. „Du musst jetzt einen Schal oder so die Tage anziehen. Oder einen Pullover oder so", riet sie ihm „Sonst denken alle, da war ein Staubsauger oder so." Lina musste selber lachen, wie sie die Worte aussprach. Marcel dagegen drehte sich auf sie, sodass er auf ihr lag, und meinte „Oder ich sag einfach, dass das meine rattenscharfe Freundin war und das jeder lieber neidisch auf mich sein sollte, dass tollste Mädchen der Welt abbekommen zu haben." Daraufhin küsste er sie noch einmal zart auf ihre weichen Lippen. „Ist ja gut, Schnecki.", meinte Lina daraufhin, während sie ihn von sich versuchte herunterzubekommen. Als Marcel sich neben sie legte, kuschelte sie sich an ihn und murmelte „Wenn du das nächste Mal ‚Ich weiß' sagst, wenn ich dir sage, dass ich dich liebe, trete ich dir in die Eier." Marcel riss lachend die Augen auf. „Aua, die brauchen wir aber beide noch.", lachte er sie an „Ich liebe dich, mein Schatz." „Danke", sagte Lina nur und grinste ihm mitten ins Gesicht. Marcel lachte, denn diese Art von ihr gefiel ihm.

10

Am Wochenende darauf war ein weiterer großer Tag für
Marcel gekommen. Zwischen dem ganzen Kram seines
Abiturs und seiner gigantischen Liebe für Lina war nun
der Tag gekommen, an dem er das erste Mal in einem
Wrestling-Ring stehen würde für ein Match. Bisher war
er nur zu Trainingszwecken zwischen den Seilen gewesen, doch an diesem Abend sollte es sich ändern. Er würde gegen Jester antreten, ein junger Mann, nur wenige
Jahre älter als Marcel, der ihm über diesen Sport sehr viel
beigebracht hatte. Seine Vorfreude war riesig, doch war
er im gleichen Maße auch aufgeregt. Zig male, ging er im
Kopf durch, was er in den kommenden Minuten zu tun
hatte. Er dehnte sich und machte sich bereit, bevor er sich
hinter die Bühne stellte, bereit für seinen Moment.
Einige Minuten vergangen, bis er mit Adrenalin vollge-
pumpt wieder zurück ins Backstage kam. Marcel hatte
bislanf nie so viel Spaß gehabt bei einem Sport wie in
dieser kurzen Zeit. Er schaute sich daraufhin die übrige
Show an und genoss es einfach nur, bevor er dann spät in
der Nacht noch die vielen Kilometer nach Hause fuhr.

Als Marcel am nächsten Morgen das erste Mal aufwachte, konnte er sich kaum bewegen. Das Adrenalin hatte ihn
letzte Nacht davor bewahrt, die Schmerzen zu spüren, die
er zugefügt bekommen hatte, jedes einzelne Mal, als er
auf den Ringboden krachte. Er fühlte sich wie eine Lei-
che. Seine Versuche, sich aufzurichten, scheiterten kläg-
lich und ohne eine geringste Aussicht auf Erfolg. Der
Junge schlief noch ein paar Stunden weiter, um seine
Kräfte zu schonen und sich wieder etwas zu regenerieren.

Marcel schaffte es erst am Nachmittag, sich zumindest mal auf den Rücken zu drehen. Er starrte an die Decke, während er tief durchatmete. Vorsichtig tastete er nach seinem Handy, dass irgendwo neben ihm liegen musste. Nach ein paar Sekunden konnte sein Griff es erlangen. Daraufhin nutzte er seine übrige Kraft, um seinen Kopf irgendwie an die gegenüberliegende Bettseite, möglichst schmerzfrei, zu befördern. Dennoch kostete es ihn ein paar Schmerzen. Die Fernbedienung des Fernsehers war aber endlich in Reichweite. Er griff nach ihr und schaltete auf irgendeine Serie. Dann legte sich sein Kopf mit geschlossenen Augen wieder auf die Matratze, dieses Mal jedoch nur für wenige Sekunden. Sein Gesicht richtete sich erneut nach oben und mit beiden Händen hielt er sein Telefon vor sich und entsperrte es. Er schob die ganzen Benachrichtigungen beiseite, bevor Marcel schließlich den Chat mit Lina öffnete.

Hat Spaß gemacht, obwohl ich verloren habe. ☺♥

Gut, das freut mich für dich♥

Kommst du vorbei und kümmerst dich um mich? ☺♥

Kann ich machen, wenn es dir dann besser geht ☺♥

Dankeeee. Hinten rum ist offen, ich kann noch nicht aufstehen ♥

Marcel legte glücklich und zufrieden sein Handy beiseite, während er mit den Füßen versuchte, sich ein Kissen von der Kopfseite zu sich zu werfen. Beim dritten Versuch schaffte er es endlich und ließ seinen Kopf darauf herab und schloss ein weiteres Mal seine Augen.

Eine Viertelstunde später hörte er, wie jemand sich im Erdgeschoss bewegte. Das würde wohl Lina sein, die wie besprochen durch den Hintereingang hineinkam. Kurz darauf öffnete sich die Zimmertür und seine Freundin trat hindurch. Sie lächelte ihn an und schloss die Tür hinter sich. „Hey" begrüßte Lina ihn. Er lächelte sie an, während der Rest seines Körpers steif blieb. „Mein Engel, meine Ärztin, endlich!", spaßte Marcel zur Begrüßung und erfreute sich an ihrer Präsenz.

Lina setzte sich zu ihm aufs Bett und streichelte ihm über den Rücken. „Ich liebe dich", meinte er nur leise. Sie lehnte sich an seinen ausgestreckten Körper und kuschelte sich an ihrem Freund an. Marcel zog laut Luft durch seine Nase ein, er roch an ihr. „Du riechst gut", flüsterte er mit einem Lächeln, während er vor sich daher schlummerte und einfach nur Linas Gegenwart genoss. Sie bedankte sich mit einem Kuss auf seine Wange. Danach legte sie sich auf ihm, als wäre sie seine Decke. Marcel griff sie an ihren Händen und zog sie zentraler, näher an sich heran und küsste sie an diesen.

Eine Weile blieben sie so liegen, doch bevor einer von ihnen einschlief, stellte Lina ihm eine Frage „So, also was muss ich als deine Krankenschwester denn machen?". Marcel sah ihr Lächeln nicht, doch hörte er es an ihrer Stimme. Er ließ von ihr ab, sodass sie sich aufrichten konnte. Seine Hand ruderte in der Luft und Marcel versuchte mit seinem Zeigefinger auf den Nachttisch zu deuten. „Irgendwo da müsste Pferdebalsam stehen. Das hilft für gewöhnlich. Ist so etwas für Muskelschmerzen und für Pferde. Und mich.", erklärte er mit einem kleinen Lachen. Linas Kopf drehte sich und ihr Blick wanderte nach hinten. Sie beugte sich fast schon akrobatisch hintenüber, um nicht ihre Sitzposition zu verlassen, und griff nach der kleinen Plastikdose. Langsam begann sie sein Tanktop nach vorne zu ziehen, sodass Marcel es sich selbst ausziehen konnte. Seine Arme blieben schlapp über der Bettkante hängen und sein Oberteil flog lautlos auf den Boden. „Oh mein Gott!", stieß Lina hervor, als sie die entblößte Rückseite des Oberkörpers ihres Freundes sah. „Was ist los?", entgegnete Marcel und drehte seinen Kopf leicht seitlich, um einen Teil ihres hübschen Körpers zumindest im Blickfeld zu haben. Sie fuhr langsam mit ihren Fingern über seinen Rücken und klärte ihn auf „Du hast da einen riesig langen, blauen Fleck." „Ja, der ist vom Ringseil. Hatte ich schon öfter, halb so schlimm. Die Bomben sind das Schlimme.", lachte er mit gequetschten

Grinsen. „Bomben?", schaute sie ihn fragend an. Er klärte sie schnell auf „Wenn ich mich auf den Rücken fliegen lass, nennt sich das eine Bombe." Lina verstand und vorsichtig gab sie etwas von der zähflüssigen Creme auf seinen breiten Rücken. Sie verteilte vorsichtig die Masse und massierte ihn ein wenig. Zwischendurch ließ ihr Freund ab und zu ein leises Stöhnen raus, da auch die zarten Berührungen ihn zwischendurch schmerzten. Und dennoch genoss er jede ihrer Berührungen, fast so sehr wie die Liebe, die sie ihm schenkte.

Nach ein paar Minuten hörte Lina auf. Marcel bedankte sich bei ihr, während sie anfing, auf seinem Rücken zu zeichnen. Doch kurz darauf startete die Teenagerin, mit ihren Nägeln in ihn reinzustechen, weiterhin zeichnend. Überraschenderweise fühlte es sich gut an und schmerzte ihn nicht so sehr, wie Marcel es erwartet hätte. Er spürte, wie sie viele kleine Herzen in seinen Körper ritzte, rundum sein etwas größeres Tattoo herum und bis zu seinem Steißbein herunter.

Schließlich streifte Lina ihre Hände an seinen Armen ab. Und griff nach ihrem Handy. Sie ließ ein kleines Lachen heraus, als sie seinen Rücken abfotografierte, um ihren Freund das Meisterstück zu präsentieren. Ohne seinen noch klebrigen Rücken zu berühren, beugte sie sich zu seinem Kopf nach vorne und zeigte ihm stolz ihr Werk. Marcel lächelte und verrenkte seinen Hals wie eine Eule, um sie zu küssen. Darauf nahm er Lina das Telefon aus der Hand und legte es neben ihn auf das Bett. Sein nächster Griff führte an ihre Arme und ein weiteres Mal versuchte er sie an sich heranzuziehen. „Nein lass das!", schrie sie mit einem Lachen und wehrte sich dagegen, seinen Rücken, der noch mit der Salbe eingekleistert war, zu berühren. Sie machte sich von ihm los und setzte sich auf seinen Hintern.

„Machst du einen Film an?", fragte Lina leise. „Was willst du denn gucken?", entgegnete Marcel, als er nach der Fernbedienung griff. Sie schien nicht groß zu überlegen und als sie aufstand, bemerkte sie nur kurz „Ist egal. Mach einfach was an." Lina ging zum Fenster, während Marcel die für ihn empfohlenen Vorschläge durchstöberte. Sie machte den Rollladen runter und begab sich durch das nun dunkle Zimmer wieder zu ihm ans Bett. Lina streifte ihr Oberteil von sich und zog ihren BH aus. Sie ließ beides neben sich auf den Boden fallen, bevor sie sich die Shorts ebenfalls herunterzog. Dann kniete sie sich hinter ihm aufs Bett und zog ihm nun auch die kurze Jogginghose aus.

Marcel machte einfach den erstbesten Film an, als er bemerkte, was vor sich ging und was seine Freundin vorhatte. Er spürte, wie sich ihre nackte Haut auf seinem Körper niederließ. Lina zog die Decke über die beiden und begann seinen Hals und Nacken von hinten zu küssen. Seine Hand packte ihre Haare am Hinterkopf und graulte sie gefühlvoll. Der Genuss des Empfindens ihrer zärtlichen Lippen an ihm zog sich durch seinen ganzen Körper, sodass sich eine leichte Gänsehaut über ihm ausbreitete. Er spürte ihre Hüfte an seinem Hintern, an welchen die letzten Kleidungsstücke der beiden sich noch vorfanden. Marcel liebte dieses Gefühl, seine Geliebte auf seinem nackten Körper zu wissen. So ging es noch kurz weiter, bis sie sich letztendlich nur noch an ihn kuschelte. Er zog sie an den Armen näher an sich und atmete tief durch, bevor er ihr einen Kuss auf die Wange gab.

Dann küsste er sie erneut und erneut, bis er sich letztendlich umdrehte und Lina am Nacken zu sich zog, um sie ruhig, aber intensiv zu küssen. Er genoss es, ihre Lippen an seinen zu spüren und stoppte nicht, ehe sie sich von ihm löste und ihn mit ihren wunderschönen blauen Augen ansah. Sie funkelten in dem dunklen Raum wie kleine, blau umrandete Sterne. Er lächelte sie an. „Ich glaube, ich hab wieder etwas mehr Kraft", grinste Marcel, bevor er sich mit ihr umdrehte und nun auf ihr lag.

Er küsste voller Vorsicht ihren Hals und spürte, wie Lina es genoss. Seine Küsse wanderten ein weiteres Mal hinunter zu ihren Brüsten und liebkoste diese. So ging es ein paar Augenblicke, bevor sein Weg ihn wieder hinauf zu ihrem Hals führte. Er sah, wie ihr Handy aufleuchtete und riskierte einen Blick, während er weiter an ihrem Hals spielte und sie zärtlich streichelte. Auf Linas Telefon war eine Benachrichtigung, welche nur den Text beinhaltete „Was hast du heute noch so vor? 😊". Die Nachricht war von einem gewissen Daniel.

Der Name sagte Marcel nichts und so stoppte er abrupt mit dem, was er tat. Er richtete sich auf, entfernte sich ein wenig von ihr und guckte sie mit zusammengezogenen Augenbrauen an. „Was ist?", lächelte Lina, wenn auch ein wenig verwirrt. Er weitete beabsichtigt seine Augen und entgegnete „Wer ist Daniel?". Lina griff nach ihrem Handy und meinte „Den hab ich gestern auf dem Geburtstag, wo ich war, kennengelernt." Diese Erklärung beruhigte Marcel keineswegs. „Und weiter?", entgegnete er nur trocken. „Was und weiter?", antwortete sie, „Was hast du?". Sie versuchte, ihn zu küssen, doch Marcel wich aus. „Warum schreibt er dir? Vor allem mit so einem Smiley", hakte er nach. „Der hat mich eben nach meiner Nummer gefragt und ich habe sie ihm gegeben", zuckte Lina mit den Schultern. „Und wusste er, dass du einen Freund hast, beziehungsweise hast du es ihm gesagt?", wollte ihr Freund nun wissen. „Nein" beantwortete sie ihm die Frage „Warum?". „Na, weil du einen hast?", sagte er mit einem selbstverständlichen Unterton. Erneut kniff Lina die Augenbrauen zusammen „Ja und was ist daran jetzt so schlimm." „Also begeistern tut es mich jetzt nicht, dass du anderen Typen einfach deine Nummer gibst", erklärte er „Weiß nicht, was ich davon halten soll." Marcel rollte sich bei diesen Worten von ihr herunter und legte sich neben sie. Sein Blick war starr nach oben an die Decke gerichtet. „Warum machst du da denn so eine große Nummer draus? Darf ich keine neuen Freunde finden?", meinte sie offensiv. „Ja klar, doch darfst du." stimmte er ihr zunächst zu „Aber ich bin der Meinung, dass du denen vorher sagen solltest, dass du einen Freund hast. Und vor allem sollten die dir nicht solche Nachrichten schicken. Ich weiß sehr gut, dass Männer Arschlöcher sind." Lina schwieg einen Moment, bevor sie sich mit Handy in der Hand an ihn kuschelte. Ihr war bewusst, dass Marcels Aussage einen Punkt hatte. Statt zuzugeben, dass er recht hatte, meinte Lina nur „Okay, ich antworte ihm nicht mehr." „Okay", entgegnete Marcel nur, jedoch immer noch den Blick von ihr fort gerichtet. Sie versuchte, sein Gesicht in ihre Richtung zu drehen, doch er wehrte sich, und sie meinte dabei „Was soll ich denn noch machen? Jetzt hör doch auf zu motzen." Nun versuchte sie, ihn mit einem Lachen und ein paar Küssen auf den Oberkörper zu beruhigen. Es war wirkungslos, denn Marcel zeigte keine Reaktion. Er konnte nicht erklären, warum er sich nicht abregen konnte, er brauchte einen Moment Zeit und dann wäre es gut gewesen, doch Lina versuchte es weiter. Sie nahm ihr Handy wieder in die Hand. „Okay, ich lösche die Nummer.", meinte sie, während sie es bereits tat. Als sie fertig war, zeigte sie ihm, wie sie auf den Knopf zum Löschen drückte und legte es daraufhin beiseite. „Alles gut?", fragte sie etwas beunruhigt nach. Marcel war weiterhin der Meinung, einfach noch einen Moment zu brauchen, obwohl sie die Nummer nicht hätte löschen müssen, doch ihr zu Liebe nickte er.

Daraufhin zog er ihren Kopf zu sich und küsste sie. Sie lösten sich kurz voneinander und lächelten sich an, wenn auch mehr oder weniger erzwungen. Dennoch vergab er ihr, denn zugleich wusste er auch nicht, ob seine Reaktion übertrieben gewesen war. Doch er wusste, dass dies ihn ansonsten verfolgen und verunsichern würde, und so war er über den Ausgang des kleinen, ersten Streits doch froh.

Lina schlug ein Bein, zwischen die seinen und zog es hoch. Eigentlich wollte sie sich nur weiter an ihn kuscheln, doch trat sie ihm mit ihrem Knie mitten in die Weichteile. Marcel schrie einen kurzen Schmerzlaut hervor und fasste sich mit der einen Hand zwischen die Beine, mit der anderen vor die Augen. Lina entfernte sich vor Schock einige Zentimeter von ihm und hielt sich die Hand vor den Mund. „Tut mir leid", sagte sie ihrer Schuld bewusst. „Willst du mich kastrieren oder was?", meinte er mit schmerzverzerrten Gesicht, doch stieß auch ein kleines Lachen heraus. Ihr tat es sichtlich leid. Lina begann ihn zu küssen und entschuldigte sich mehrfach bei ihm. Schließlich begab sich ihre Hand auch herunter zwischen ihre und seine Beine. Sie strich behutsam über die verletzte Stelle noch über seiner Unterhose.

Marcel war beruhigt und zugleich erregt. Der Schmerz ließ nach und er konzentrierte sich auf das Geknister zwischen ihnen. Langsam trafen sich ihre Lippen und fanden schließlich zueinander. Behutsam berührte Lina seine

Brust und zog ihre andere Hand wieder zu ihm hoch und legte sie auf seinen Bauch. Die zarte Berührung brachten seine Bauchmuskeln zum Zittern, während seine Hände sich auf ihre Brüste legten. Das junge Pärchen küsste sich weiter und es wurde mit einer angenehmen, ruhigen Geschwindigkeit intensiver. Marcels Berührungen verliefen tiefer und wanderten an Linas Po. Sanft erkundete er jeden Zentimeter an dieser weichen Stelle. Mit der einen Hand glitt er weiter an ihrem kleinen, zerbrechlichen Körper herunter und berührte ihren Oberschenkel. Als er an der Innenseite ankam, ließ Lina ein leichtes Stöhnen aus sich heraus, und bevor er weiter ging, beließ er es lieber dabei. Lina drückte ihren Körper an den seinen, als sie ihn weiter küsste und ihm zuflüsterte „Ich liebe dich!". „Ich liebe dich mehr!", flüsterte er ihr zurück in ihr Ohr. Sie konnte seine Erregung spüren und Marcel konnte mit der Zeit auch die ihrige wahrnehmen. Es wurde warm an seinem Oberschenkel, welcher sich zwischen Linas Beinen befand.

Sie hörten noch lange nicht auf, doch ging auch keiner einen Schritt weiter. Es reichte beiden, wie weit sie bis dahin gegangen waren, und genossen jeden einzelnen Augenblick. Jeden einzelnen Kuss, jede einzelne Berührung. Zwischen den beiden gab es nichts und außer ihnen gab es ab diesem Moment auch nichts und niemand anderen mehr.

11

Die nächsten Tage verliefen für die beiden wieder überaus harmonisch. Sie schrieben kontinuierlich miteinander, trafen sich und telefonierten. Es war einfach nur schön.

Am Freitag nach der Schule fuhr Marcel mit Emma los in die Stadt. Sie fuhren gemeinsam shoppen. Es war für beide nicht ungewöhnlich und zusammen belustigten sie sich an den Gedanken, dass die fremden Menschen sie entweder für ein Pärchen hielten oder Marcel für den schwulen besten Freund Emmas hielten. Beides war so fernab von der Realität, wie es nur ging, und das war der Witz daran. Emma ging gerne auf Einkaufstouren, was einer der wenigen femininem Aspekte an ihr war, und Marcel gab gerne Geld für Kleidung und Elektronik aus. Doch vor allem konnten sie dabei ungestört lästern und sich über die neuesten Entwicklungen in ihren Leben austauschen, denn in der Schule waren sie von lauter Spitzeln umgeben.

Es war eine Woche vor Marcels Abiball und er hatte eigentlich bereits alles, was er dafür brauchte. Einen Anzug mit Hemd und Krawatte und die passenden Schuhe. Dennoch fuhren sie gemeinsam einkaufen. Er hatte sogar schon mehrere Anzüge bei sich daheim im Kleiderschrank hängen, denn mittlerweile hatte er den Ausbildungsvertrag bei der Bank unterschrieben und würde ab Mai dort arbeiten. Es war zwar bislang nicht sein Traumberuf, doch er konnte es sich vorstellen und würde bestimmt seinen Gefallen daran finden. Marcel sah es als Chance, mal genügend zu verdienen, um für Lina eines Tages gut sorgen zu können, sodass sie ihren Träumen nachgehen konnte. Zusätzlich dazu hatten seine Eltern recht damit, dass es ein guter Grundstein war für das, was er mal erreichen konnte.

Bevor die beiden besten Freunde losfuhren, rauchten sie noch gemeinsam eine Zigarette. Erst dann stiegen sie ein und machten sich auf den Weg. „Wo ist Lina eigentlich auf den Abiball?", fragte Emma, „Ich meine, du hättest sie bestimmt gerne da gehabt, oder?". Marcel nickte, während er weiterhin auf die Straße blickte. „Sie hatte bereits versprochen, bei sich auf der Schule beim Abiball zu helfen. Und ich wollte sie nicht überreden oder zu etwas zwingen.", erklärte Marcel seiner BFF. Emma verstand dies und meinte „Schade, wäre bestimmt cool gewesen, sie mal endlich kennenzulernen." „Schon, aber Emma, allerspätestens bei meinem Geburtstag wirst du sie kennenlernen.", ermunterte er sie. „Ja spätestens", begann sie „Wenn ihr denn dann noch zusammen seid." Sie lachte zwar, doch meinte sie es ernst. „Was meinst du denn damit?", entgegnete er und warf ihr einen kurzen, misstrauischen Blick zu. Erst da bemerkte Emma, was sie eigentlich gesagt hatte. Sie überlegte kurz, dann versuchte sie, es zu retten „Naja, ähm, keine Ahnung. Ist auch egal." „Mach dir keine Sorgen. Sie ist wunderbar und wir lieben uns über alles und ich würde sogar behaupten, sie ist die Liebe meines Lebens. Ich werde das Mädchen eines Tages heiraten", lächelte er sie an und hegte keinen einzigen Zweifel an den Worten.

Marcel war sich mittlerweile bewusst geworden, dass Lina perfekt für ihn war und sie die Einzige war, die er wollte. Er war bereit, für sie alles zu geben und zu opfern. Seine Freundin war ein einzigartiges, wunderbares Wesen. Er wollte sie keinesfalls verlieren, denn er wusste, wenn er sie eines Tages mal verlieren sollte, könnte er genauso wenig seinen Anblick noch den von ihr mit jemand anderen ertragen. Deshalb musste, aber wollte, er auch, alles tun, um sie bei sich zu halten. Lina war seine Traumfrau.

„Bist du sicher, dass nichts passieren könnte, was euch trennt? Ich meine ja nur, man kann nie wissen, was passiert oder ob sich vielleicht mal etwas entwickelt, was dir nicht so passt oder eben nicht gefällt.", wollte Emma wissen. Er wusste, dass sie nur besorgt um ihn war. Denn auch wenn Marcel die ein oder andere Frauengeschichte hatte, jedes Mal, wenn er sich verliebte, setzte er die rosarote Brille auf, solange es ging, und bisher hatte es immer seine Vorstellung der Beziehung zersplittert, sobald sie fort war. Denn egal, was Marcel sich auch einzureden vermochte, Emma wusste, dass er seine erste Freundin auch lange Zeit abgöttisch liebte. Sie wollte ihren besten Freund nur beschützen.

„Ich weiß, ich bin quasi immer noch in der frisch verliebten Phase, auch wenn die schon seit sie und ich uns das erste Mal getroffen haben anhält. Aber ich weiß, dass sie die Frau ist, die ich will. Ich werde nie eine Bessere finden.", schilderte Marcel ihr „Damit da etwas sich dran ändert, müsste sie mich schon sehr vernachlässigen, also nicht mehr anrufen, nicht mehr die ganze Zeit schreiben, nicht mehr ständig treffen. Alles andere mit bevorzugen, weißt du?". Beiden war bewusst, dass Marcel so viel Aufmerksamkeit Lina schenkte, weil er diese auch zurückerhalten wollte. Wie du mir, so ich dir, war das Prinzip dahinter. Er hoffte, dass es nie dazu kommen würde, denn er fürchtete, dass er es vielleicht wieder übertrieben sehen würde, wie es seine Marotte war.

Doch noch war er optimistisch, noch hatte er die rosarote Brille auf und noch lief alles perfekt. Marcel wollte alles daran legen, dass es so blieb.

„Marcel, ich hab dich so lieb, und deswegen hoffe ich für dich, dass das alles so klappt, wie du es dir vorstellst, aber bleib realistisch. Und wenn du mal zweifelst, schreibst du mir bitte und ich erinnere dich an die Worte, die du gerade zu mir gesagt hast, ja?", meinte sie mit einem vertrauten Lächeln. Er war froh, sie in seinem Leben zu haben, denn sie war einfach eine großartige beste Freundin. „Danke Emma, du bist einfach klasse", entgegnete er ihr dankbar „Wie läuft es denn mit deinem Freund?". Emma schien kurz zu überlegen. „Ja es gab in letzter Zeit ein paar Stolpersteine", erklärte sie „Aber wir haben das geregelt. Ich wünschte nur, dass er auch mal was Romantisches machen könnte. Nur weil ich nicht so typisch Mädchen bin, heißt das ja nicht, dass ich mich nicht auch mal über so etwas freuen würde."

Für einen Moment beherrschte Stille das Fahrzeug, dann antwortete Marcel ihr „Ja, aber das wird bestimmt. Er kriegt das mit der Zeit bestimmt hin. Sag es ihm einfach, zur Not nochmal, falls du es schon getan hast. Aber spätestens, wenn wir nach Malle fliegen, werdet ihr wieder auf Wolke Sieben sein." Sie grinsten sich an. „Stimmt, das ist ja schon in ein paar Monaten. Das wird ein toller Sommer, ich werde so viel herumreisen. Aber der Saufurlaub wird am coolsten, denke ich. Und ich finde das echt cool, dass du mit uns fährst. Du bist, glaube ich, für meine Mum manchmal der Sohn, den sie nie hatte", lachte Emma ihn an. „Bist du sicher?", fragte Marcel mit gerunzelter Stirn „Ich bin doch gar nicht so oft da. Eher so der Cousin, der ab und zu mal sporadisch vorbeikommt." Für eine Weile konnten sie sich vor Lachen kaum halten. „Ja ich weiß auch nicht, aber die Mama hat dich echt gerne. Die hat schon verboten, dass ich was mit dir habe. Nicht, dass es da irgendwelche Befürchtungen gäbe.", erklärte Emma, woraufhin sie erneut sich zu Tode lachten, denn das war das Letzte, was jemals passieren würde. Marcel zuckte nur mit den Schultern beim Lachen, bevor er von der Autobahn herunterfuhr. Als sie auf der Dachterrasse des Parkhauses aus dem Auto ausstiegen, zündete Emma sich als Erstes eine Zigarette an. „Sicher, dass du nicht auch eine willst?", fragte sie Marcel. Er zog seinen Ärmel hoch und deutete auf das Nikotinpflaster, das dort an seiner Schulter klebte. „Nein, danke.", schlug er das Angebot ab „Ich versuche weiter davon loszukommen." „Du ziehst das echt durch, was?", schmunzelte sie mit hochgezogenen Augenbrauen. „Alles für die Liebe", lachte Marcel sie an und zuckte mit seinen Schultern.

Kurz darauf liefen sie durch die Etagen des Einkaufszentrums. Sie beobachteten spaßig die Passanten, die an ihnen vorbeiliefen und sie dabei anschauten. Nach ein paar Geschäften ließen sie sich in einem Starbucks nieder und schauten durch die Scheibe weiter auf die sie passierenden Leute. Sie machten sich einen Spaß daraus, Geschichten für die Menschen, die auf den Bänken außerhalb saßen, auszudenken. Zwischendurch, wenn sie welche davon miteinander reden sahen, brachte Marcel Emma zum Lachen, in dem er ihr Gespräch versuchte nachzustellen, ohne dass sie hörten, über was eigentlich gesprochen wurde.

Es blieben nur noch wenige Geschäfte übrig, die sie noch nicht durchforstet hatten, vor allem, da Emma penibel nach überaus guten Angeboten suchte. Zum Beispiel fand sie bei dem einen Geschäft heraus, dass sie sich drei Paar Schuhe für keine zwanzig Euro ergattern konnte. Sie war gut darin, so etwas zu finden. Marcel dagegen war erfreut, als er in einem der Geschäfte seine neunte Jeansjacke fand. Sie war schwarz und hatte Stoffärmel und eine Kapuze. Streng genommen hatte er bereits eine solche, doch die war blau und grau, also zählte sie. Kaum hatte er sie gekauft, trug er sie auch schon. Für ihn war dies dadurch bereits ein erfolgreicher Shopping-Tripp.

Ihr letztes Ziel war ein Schmuckladen, in den Emma unbedingt wollte, da sie sich eine Kette mit einer Erde oder Weltkugel holen wollte. Bisher hatte sie in keinem Laden eine solche gefunden. Emma schleppte ihn mit in das Geschäft und er konnte ihren Geschmack bei den Ketten nicht nachvollziehen. Auf einmal blieb Marcel jedoch ein paar Schritte hinter seiner besten Freundin stehen und schaute sich eine Kette an. Emma kam, als sie dies bemerkte, zurück zu ihm und beobachtete ihn und die Kette, die er in der Hand hielt. Es war eine Silberkette mit einem Schlüssel daran. Marcel hielt sie Emma hin und meinte „Hier, schau mal." „Die ist schön", entgegnete sie. Marcel grinste sie an, denn er merkte, dass Emma die Bedeutung dahinter nicht verstand. „Siehst du nicht, was die bedeutet?", begann er „du kannst die kaufen und deinem Freund sagen, er soll sie dir schenken oder so irgendwie. Dann kannst du sagen, er hat dir den Schlüssel zu seinem Herzen geschenkt." Emma musste bei den Worten lächeln, doch bevor sie etwas sagen konnte, steckte Marcel die Kette ein. „Weißt du was? Das ist zu gut. Ich schenke die Kette der Lina, wenn ich heute Abend bei ihr bin", lachte und ärgerte er Emma. „Das ist echt süß", gab sie zu „Schläfst du bei ihr auch?". Marcel nickte sie mit einem Lächeln an. „Ja, ist auch erst das zweite Mal. Und ich glaube erst das vierte Mal, dass ich bei ihr im Haus sein werde. Irgendwie kommt sie immer zu mir", antwortete Marcel. Emma ermutigte ihn „Ist doch nicht schlimm, freue dich doch, dass sie gerne bei dir ist." Sie hatte recht. Emma hatte viel zu oft recht. Zum Pech für Emma fand sie ihre Kette nicht, aber sie hatte sowieso schon drei Taschen gefüllt mit ihren Einkäufen. Sie fuhren im Schein der Abendsonne schließlich zurück. Es war ein schöner Nachmittag für das Freundespaar gewesen.

Es war bereits dunkel, als Marcel bei seiner Freundin ankam. Er war nur kurz daheim gewesen, um zu duschen und sich Wechselklamotten für den nächsten Morgen mitzunehmen. Seine Hand wanderte an eine der hinteren Taschen seiner Jeans und fühlte nach, ob er die Kette darin hatte. Dann tastete er, ob er daran gedacht hatte, das Nikotinpflaster abzuziehen. Auch daran hatte er gedacht. Er ging die Stufen zu ihrer Haustür hinauf und klingelte. Es dauerte nur wenige Sekunden, bis Lina ihm die Tür öffnete. Sie lächelte ihn an und begrüßte ihn. Marcel gab ihr beim Eintreten einen Kuss und zog sich die Schuhe aus. Gemeinsam gingen sie die Treppen hinauf, geradewegs in Linas Zimmer. Sie lagen sich in den Armen und Lina machte nebenbei eine Serie an.

„Sag mal, was machst du eigentlich an Pfingsten?", fragte sie ihn nach einem weiteren Kuss. Marcel stöhnte auf, denn er hatte an diesem Wochenende viel vor, auch wenn es noch einige Wochen hin war. „Naja, den Freitag werde ich mit den Jungs zelten. Also die Zelten, ich muss relativ früh heim", begann er zu erklären „Ich muss am Pfingstsamstag wieder zu einem Wrestling-Event. Und dann am Sonntag wollte ich wieder zu den Jungs runter. Ich habe mich bereit erklärt, eine Saufspielolympiade zu organisieren. Wird stressig, aber auch lustig. Denke ich." Er lachte, was auch Lina zum Lächeln brachte. „Und du?", fragte Marcel seine Freundin. „Wollten eigentlich mit den Anderen zelten, also Celine und ich, aber sie hat irgendwie bisher keine Lust. Hoffe, das kommt noch. Aber vielleicht bekomme ich sie ja noch überredet", schilderte sie ihm ihre Pläne.

Sie redeten noch ein wenig weiter über ihre bisherigen Pfingsterlebnisse, bevor Lina dann das Thema wechselte „Wie war eigentlich euer Einkaufsbummel?". Marcel grinste sie an. „Gut, war lustig. Ich hab dir was mitgebracht", meinte er. Lina wirkte ein wenig verdutzt, dann zog Marcel das kleine Päckchen aus seiner Hosentasche. „Es ist nur etwas Kleines", begann er ruhig, etwas am Untertreiben, bevor er weiter erklärte „Aber es ist etwas Bedeutsames.". Er überreichte ihr das Geschenk. Lina packte es aus und hielt die Kette vor sich. Sie inspizierte sie ganz genau. „Eigentlich wollte ich Emma überreden, sich die von ihrem Freund schenken zu lassen, aber dann hab ich mir gedacht, es wäre doch viel schöner, wenn ich dir die schenke. Das ist der Schlüssel zu meinem Herzen, dass dir gehört", klärte er sie auf. Sie gab Marcel einen kurzen Kuss und drückte ihn an sich. Danach legte sie die Kette beiseite.

„Willst du sie denn nicht anziehen?", fragte er sie. „Nein", entgegnete sie zu Marcels Entsetzen „Ich trage nicht gerne Ketten." Er war irritiert. „Du trägst doch sonst manchmal eine Kette", argumentierte Marcel dagegen. „Ja, aber nur die eine von meiner Mama", antwortete sie. Ihr Freund wollte sie dennoch weiter überzeugen „Und was ist an meiner falsch." „Ich trage nicht gerne Ketten. Es ist süß von dir, aber bitte sei mir nicht böse", bat sie ihn. Marcel antwortete nicht, er nahm sie nur in den Arm. Für Lina war es damit erledigt, doch Marcel war dennoch enttäuscht.

Während Lina in seinem Arm lag und die Serie schaute, schrieb Marcel mit Emma, ohne dass seine Freundin sehen konnte, was er schrieb.

Lina will die Kette nicht tragen 😣

Hä warum denn nicht?

„Weil sie sonst auch keine Ketten trägt". Außer natürlich die von ihrer Mum, dass ist was gaaanz anderes. 😑

Also dir zuliebe könnte sie die ja wenigstens jetzt mal oder halt ab und zu die tragen

Ja sehe ich genauso...

Marcel legte sein Handy beiseite und schlief auch kurz darauf ein. Die Stimmung war jedoch zwischen den beiden weiterhin unbehaglich.

Am nächsten Morgen blieb Marcel noch liegen und schlief weiter, als er das erste Mal von der Sonne, die durch Linas Fenster hereinschien, geweckt wurde. Er wurde erst wieder wach, als Lina mit Frühstück durch die Zimmertür kam. Er hatte nicht mitbekommen, dass sie zwischendurch aufgestanden war. Als er sich mit einem einfachen „Danke" bei ihr bedankte und ohne Kuss zur Begrüßung begann, zu essen.
„Was ist los?", fragte sie ihn. Marcel zeigte seiner Freundin eine enttäuschte Miene, als er auf die Kette deutete,

124

die noch immer auf ihrem Nachttisch lag. Lina folgte seiner Geste und schaute auf die Kette. Sie nahm sie in die Hand und spielte ein wenig mit ihr herum. „Tut mir leid", stieß sie hervor. „Schon gut", sagte er nur, aber immer noch sichtlich enttäuscht. Lina legte die Kette beiseite und nahm das Tablett mit dem Frühstück in die Hand und schob auch dieses von ihnen fort. Sie setzte sich auf seine Beine und schaute ihn mit ihren schönen Augen an. Sie küsste ihn, auch wenn er es nur halbherzig erwiderte. „Ist dir das so wichtig?", erforschte sie seine Gefühle. Marcel nickte und meinte ruhig „Es ist ein Symbol." Lina warf einen weiteren Blick auf die Kette, dann griff sie ihm am Kinn und hob es, dass er sie anschaute. „Ich lieb dich, Marcel. Ich mag es nur nicht, Ketten zu tragen. Glaub mir, wenn ich sage, dass ich das zu schätzen weiß. Du bist ein unglaublicher Freund." Marcel war froh, diese Worte aus ihrem Mund zu hören, dennoch war er noch enttäuscht. „Ich würde mich trotzdem freuen, wenn du sie mal tragen könntest, wenn auch nur, wenn wir uns sehen", entgegnete er. „Mal schen", sagte Lina, „Wichtig ist doch nur, dass so lange wir zusammen sind, uns nichts daran hindert, dass wir uns lieben."

Das war vermutlich das am meisten romantische, was Lina je zu ihm gesagt hatte. Und auch wenn es nicht genauso war, wie das, was er zu ihr sagte, so wusste Marcel doch, dass sie sich in diesem Augenblick zwang, süß zu ihm zu sein. Er hob seine Arme, klatschte ihr sachte gegen die Wangen und schenkte ihr ein Lächeln. „Ich liebe dich", sagte er, bevor er ihren Kopf zu sich herunterzog und sie küsste. Erst danach wandten sie sich wieder dem Frühstück zu.

Sie verbrachten noch das gesamte Wochenende miteinander und so nette Worte Lina auch gefunden hatte, konnte er die Abfuhr bezüglich seiner süßen Kette nicht ganz verkraften. Immer wieder wanderte sein Blick hinüber zu der Kette. Die Ohrringe, die Armbändchen und all das waren an Lina dran, doch nicht seine Kette. So sehr es ihn frustrierte, genauso sehr vermied er es das Thema anzusprechen. Er liebte sie zu sehr, um aus dem Thema einen größeren Streit zu entfachen. Das war es nicht wert. Marcel gab sein bestes, das Thema in sich zu vergraben. Dadurch schaffte er es, die beiden übrigen Tage zu genießen, schließlich war es das allererste Mal, dass sie ein gesamtes Wochenende zusammen verbrachten und nur für sich hatten.

Auch wenn sie die ganze Zeit quasi nur im Bett lagen und Serien sahen und nur aufstanden, um für wenige Stunden die Sonne zu genießen oder die Pizza an der Tür abzuholen, hatten sie eine schöne gemeinsame Zeit.

Am Montag ging Marcel nach einem seiner letzten Schultage wie immer laufen. Er hatte die Sache mit der Kette schon wieder halbwegs vergessen. Auch wenn er es weiterhin überaus schade fand und sich weiterhin freuen würde, wenn Lina sie mal tragen würde.

Er lief an einem Feld entlang, fernab von allen Menschen. Hier in der Natur genoss er die Freiheit. Langsam schweiften seine Gedanken wieder zu Lina. Er dachte darüber nach, wie schön sie doch war. Ihr wundervolles Gesicht kam ihm in den Sinn und wie sie auf ihren kleinen Füßen umherstolzierte. Obwohl sie zwei Köpfe kleiner war als er, kannte er jedes Muttermal an ihr, dass er bisher zu Gesicht bekommen hatte. Er liebte jede Faser ihres kleineren Körpers. Auch liebte er es, wenn sie ihn neckte und stichelte, es machte ihm einfach Spaß mit ihr zusammen zu sein. Immer, wenn sie bei ihm war, musste er durch ihre bloße Anwesenheit schmunzeln. Alles, was sie tat oder sagte, war perfekt. Auch liebte Marcel, wie sie sich für Sachen begeistern konnte. Er dachte daran, wie gut sie mit ihrer Familie, ihren kleinen Geschwistern, aber auch mit anderen Kindern klarkam. Das liebte er auch an ihr. Genauso ihre Prinzipien wie zum Beispiel ihre Freunde niemals zu vernachlässigen. Er liebte ihre gesamte Art. Sie war schlichtweg perfekt. Sie war die perfekte Frau für ihn und das war ihm auch bewusst. Eben deshalb wollte er sie immer bei sich halten und auch nur zu gerne bei sich haben.

12

Es waren ein paar Wochen ins Land gegangen, seitdem Marcel seiner Freundin die Kette geschenkt hatte. Mittlerweile war sein Abiball vergangen und er genoss die freie Zeit. Er hatte so gut es ging versucht, die freie Zeit zu füllen, bis er begann zu arbeiten. Handwerklich hatte er versucht sich auszuleben, wie auch kreativ. Genauso hatte er sich auch um sein Buch gekümmert und freute sich darauf, Lina zu erzählen, dass es bald veröffentlicht werden würde.

Zu seinem Leidwesen hatte sie bislang weiterhin das von ihm geschenkte Schmuckstück nicht getragen. Er hatte bei jedem Treffen darauf geachtet, ob sie es an hatte, aber jedes einzelne Mal war dies nicht der Fall. Jedoch hatte Marcel, während es ihn weiterhin beschäftigte, herausgefunden, dass Lina nie eine Kette bisher trug, wenn sie sich trafen. Er musste das leider zugeben und es beruhigte ihn doch zugleich. Dazu hatte er all die alten Bilder durchgeguckt, die er spaßeshalber von und mit ihr gemacht hatte. Diese weckten überaus schöne Erinnerungen in ihm und so freute er sich, ihr den schönsten Tag ihrer beider Leben zu bescheren.

Am letzten Freitag im März holte Marcel sie am Nachmittag ab. Er hatte einiges geplant und zu berichten, von dem Lina noch nichts wusste. Vor der Haustür seiner Freundin angekommen, warf er einen Blick hinauf Richtung Sonne. Trotz der Sonnenbrille und ihren abgedunkelten Gläsern, konnte er das strahlende Blau des Himmels erkennen. Kurz darauf stieg er die Stufen zur Haustür hinauf und klingelte. Danach ging er zurück in Richtung der Straße, streckte die Arme aus und sog die wärmenden Strahlen der Sonne vollkommen in sich auf.

Der junge Mann drehte sich um, als er die Haustür sich öffnen hörte. Lina trat heraus und Marcel musterte sie mit einem Lächeln. Der Anblick von ihr allein machte ihn bereits glücklich. Er schaute sie von unten nach oben an. Sockenlos trug sie ihre Sneakers. Dann kamen ihre nackten, dünnen und hellen Beine, die von ihren hellblauen Shorts vollendet wurden. Ihr weißes, leicht gemustertes Top verzierte ihren kleinen, aber graziösen Körper. Sein Blick wanderte in ihr Gesicht, welches ihn zurückanlächelte. Lina hatte ihre Haare zu zwei Zöpfen geflochten, welche ihre Sonnenbrille trugen.

Marcel setzte seine Sonnenbrille ab und ging auf sie zu. „Hey mein Schatz", begrüßte er sie und küsste sie daraufhin. Er hielt sie an den Hüften fest, während Lina auf Zehenspitzen ihren Körper zu ihm nach oben durchstreckte. „Hey", entgegnete sie mit ihrem wunderschönen Lächeln, bevor sie die Sonnenbrille aus ihren Haaren zog und sie sich auf die Nase setzte.

Während er Linas Hand ergriff und mit ihr zu ihm spazierte, wollte Marcel bereits etwas Spannung aufbauen. „Ich habe zwei oder drei Überraschungen für dich", baute er diese auf. Ihre Schritte führten sie immer weiter, doch Lina warf ihm trotz verdeckten Augen einen kritischen Blick zu. „Okay? Was heißt das jetzt?", fragte sie etwas verblüfft. „Naja ich hab da bisschen was vorbereitet die letzten Tage und dazu habe ich auch noch gute Nachrichten", klärte Marcel sie auf. Lina entgegnete nur „Ich bin ja mal gespannt."

Kurz darauf bogen sie in Marcels Straße ein. „Lina? Weißt du, wie sehr ich dich liebe?", grinste er sie an, ohne wirklich eine Antwort zu erwarten. Sie runzelte die

Stirn und wusste nicht, wieso er ihr die Frage stellte. „Keine Ahnung", zuckte seine Freundin mit den Schultern „Über alles eben." Sie grinste bei diesen letzten Worten.

„Ja, das stimmt", begann Marcel „Aber es ist viel mehr als das. Bin ich bei dir, bin ich einfach anders. Ich bin einfach glücklich und erfüllt mit Liebe. Es gibt für mich nichts Schöneres, als dich in meinem Leben zu haben und dich bei mir zu wissen. Alles, was man für jemanden tun könnte, würde ich auch machen. Einfach alles. Ich liebe dich. So sehr, ich würde sogar ein Schloss für dich bauen."

Als er fertig mit seiner Ansprache war, kamen sie auch bei seinem Haus an. „Ich muss dir mal wieder die Augen zu halten", grinste er sie an. Lina rollte die Augen, doch hatte sie zeitgleich ein Lächeln in ihrem Gesicht. Marcels Hände legten sich sanft und vorsichtig vor ihre Augen, bevor er langsam von hinten sie in seinen Garten führte. Das Paar blieb vor einem großen Baum stehen. „Okay, du kannst deine Augen jetzt aufmachen", sagte er und nahm seine Hände wieder zu sich. Marcel beobachte genau, wie seine Freundin mehrmals blinzelte und daraufhin ihren Blick den Baum hinauf schweifen ließ. Ihre Augen wanderten an der Hängeseilleiter hinauf auf das neue, frisch gebaute Baumhaus, dass sich nun dort befand. „Du hast ein Baumhaus gebaut?", lachte sie, als sie sich zu ihm umdrehte. „Ja", antwortete er ihr „Für dich habe ich eins gebaut. Ich habe nicht das Geld, um dir ein richtiges Märchenschloss zu bauen. Obwohl du das auch verdient hättest. Aber das muss fürs Erste reichen, um dir zu zeigen, wie sehr ich dich liebe." „Du bist ein Idiot", grinste sie, doch packte gleichzeitig nach der Leiter, um das für sie errichtete Reich zu erkunden.

Marcel hielt seiner Traumfrau die Leiter fest, während sie sich die Trittstufen entlang hangelte. Als sie oben angekommen war, folgte ihr Freund. Lina saß auf den Brettern, die als kleine äußeren Sitzgelegenheit dienten, und wartete auf ihn. Erst als er sie erreichte, begab sie sich mit ihm zusammen in das Innere. Sie schaute sich um, während sie sich auf den Decken niederließ, die als Teppich dienten. Am Rand waren überall Kissen, die vermutlich mal zu einer Couch gehörten. In der einen Ecke befand sich ein Schränkchen, in der gegenüberliegenden ein kleiner Hocker, auf dem sich eine ältere Vase mit Blumen befand. Es war zwar ein bunter, zufällig zusammengewürfelter Haufen an verschiedenen Arten, doch war es zugleich ein schönes Symbol für die bunte Vielfalt ihrer Beziehung. Lina ging auf Knien zu einem eingebauten Fenster ohne Glas. Sie konnte nicht nur über den ganzen Garten blicken, sondern hatte auch eine Aussicht über den Großteil des Ortes, welcher bergab lag. Kurz darauf wand sie sich wieder in die Mitte des Raumes und bemerkte, dass Marcel ein kleines Bild von den beiden an der einen Wand aufgehängt hatte. Es zauberte ein kleines, zufriedenes Lächeln auf ihre Lippen. Zum Schluss bemerkte sie noch eine Art Fenster an der Decke, welches man aufschieben konnte.

„Das ist echt cool", stellte Lina schließlich fest. Marcel legte sich auf den Boden und nahm sich ein Kissen, um sich dieses hinter den Kopf zu legen. „Ich weiß, habe mir auch Mühe gegeben", entgegnete er. Seine Freundin näherte sich ihm und legte sich schließlich auf ihn. Lina gab ihm einen Kuss und meinte „Ich bin so froh, dich als meinen Freund zu haben." Nun küsste Marcel sie und drückte sie daraufhin an sich heran. Lina legte ihren Kopf auf seine Brust und blickte zu ihm. „Ich liebe dich!", sagte sie mit einem Lächeln, dass ihr ganzes Gesicht bedeckte. Es hätte die ganze Welt erleuchten können, und für Marcel tat es das auch. „Ich dich mehr", grinste er und küsste sie erneut.

Eine Weile verharrten sie so, dann sprang Lina auf ihn rauf. „Du hast gemeint, du hättest mehrere Überraschungen. Was hast du denn noch?", fragte sie ihren Freund lächelnd. Marcel erwiderte das Lächeln und antwortete „Ich habe noch eine tolle Nachricht. Also jetzt nicht unbedingt dich betreffend, aber ich will die mit dir teilen." Sie schaute ihn erwartungsvoll an, doch ihr Freund schwieg noch einen Moment. „Jetzt mach es doch nicht so spannend. Sag schon!", wollte sie von ihm wissen und haute ihm mit leichter Kraft auf die Brust. „Okay, pass auf", begann er ihr die guten Neuigkeiten zu unterbreiten „Ich habe auf deinen Rat gehört und habe versucht, mein Buch zu veröffentlichen. Und bevor ich dich jetzt noch weiter ärgere und Spannung aufbaue, sag ich es dir direkt: Mein Buch kommt nächsten Monat raus."

Sein stolzes Grinsen war nicht zu übersehen. Lina drückte ihn an sich und bestärkte ihn „Das freut mich für dich. Ich bin stolz auf dich!". Marcel zog sie näher an sich und unterbrach die Umarmung. Er wollte sie küssen und tat es auch. Währenddessen griff seine rechte Hand an den kleinen Schrank, der gerade so in Reichweite war. Er öffnete das Türchen und offenbarte eine Kühltasche darin. Lina ließ von ihm los und folgte mit ihrem Blick seinen Taten. Marcel fühlte in der Tasche herum und zog letztendlich einen Energy-Drink und ein Wassereis heraus. Wie seine Freundin erkannte, was er dort hatte, tat sie sanft so, als würde sie ihm eine Ohrfeige verpassen, bevor sie ihm einen weiteren Kuss gab. „Was ist nur los mit dir?", spaßte sie und lächelte ihn doch zugleich an. „Ich will perfekt für dich sein", antwortete er ihr mit einem Lächeln. Sie nahm ihm das Wassereis aus der Hand, gab ihm noch einen Kuss und meinte „Das bist du."

Sie verbrachten mehrere Stunden im Baumhaus, bis schließlich ihrer beiden Mägen begann zu grummeln. „Was essen wir?", fragte Marcel sie. „Pizza!", entschied Lina direkt. Es war einfach zu ihrer persönlichen Sache geworden, mindestens einmal die Woche gemeinsam sich eine Pizza zu bestellen. Drum konnte Marcel auch ohne große Diskussion eine Pizza bestellen und fuhr kurzerhand sie abholen. Als er mit Lina im Baumhaus das erste Mal dort diese aß, brauchten sie auch keinen Fernseher oder Ähnliches nebenbei. Sie redeten und erzählten. Keiner von beiden konnte sich an diesem Tag vorstellen, mit irgendjemand anderem glücklicher zu sein oder auch nur Zeit zu verbringen.

Marcel hielt sie fest in seinem Arm und streichelte sie nebenbei zärtlich. Er liebte es, dieses Mädchen bei sich zu haben, und er liebte sie. Lina ließ ein leichtes, genießendes Stöhnen heraus, doch ihr Freund konnte nicht unterscheiden, ob sie kurz vor dem Einschlafen war oder einfach nur seine Gesellschaft genoss.

Ihr Blick wanderte zu ihm hinauf und es zeichnete sich ein Lächeln auf ihren Lippen ab. Marcel gab ihr einen Kuss auf die Stirn und schmunzelte. „Es gibt noch eine dritte Überraschung", murmelte er und beobachtete die beinahe untergegangene Sonne. „Wie willst du diesen Tag denn noch toppen?", fragte sie und hob ihren Kopf. „Ich glaube nicht, dass du es schaffst, den Tag noch schöner zu machen", schob sie hinterher. „Ich schaffe das nicht", grinste er seine Freundin an und sie zog eine Augenbraue rechthaberisch nach oben. „Aber es wird noch schöner", baute er ein letztes Mal Spannung auf. Lina legte ihren Kopf wieder auf seinen Körper und tippte mit ihren Fingern auf seiner Brust. „Wie denn dann?", fragte sie erwartungsvoll. Marcel schob sie behutsam neben sich und achtete darauf, dass ihr Kopf auf einem Kissen lag. Der junge Mann richtete sich auf und kniete sich hin. Seine Hände fanden ihren Weg an die Decke und er schob eine Holzplatte beiseite und offenbarte damit einen Ausblick auf den Himmel. Daraufhin legte er sich wieder neben sie und zog sie auf sich. „Die Dachluke hatte ich schon gesehen", lachte sie triumphierend auf. „Das ist nicht schlimm", konterte er wiederum „Die Aussicht ist wichtig, besonders heute Nacht." „Jetzt sag doch auch mal klar, was du meinst.", verlangte sie von ihm lachend. Er grinste sie noch einen Moment länger an, bevor er sie aufklärte „Heute Nacht soll man viele Sternschnuppen sehen können. Dann kannst du einen Haufen Wünsche loswerden." „Du stehst kurz davor, es zu übertreiben, Schnecki", sagte Lina mit säuselnd, süßer Stimme. „Ist mir egal. Ich liebe dich nun mal", lächelte Marcel seine Freundin an. Sie schaute ihn an und als sie sich aufrichtete, den Blick weiter auf ihn fixiert, „Und ich liebe dich, Schnecki.".

Als die Dunkelheit hereinbrach, schaltete Marcel die gedimmten Taschenlampen im Baumhaus ein und zog eine zusammengelegte Decke hervor, die unter ein paar Kissen versteckt war. Gemeinsam kuschelten sie sich darunter. „Weißt du, was ich mir wünschen werde?", flüsterte Marcel ihr in ihr Ohr. Sie schaute ihm in die Augen und antwortete ebenfalls flüsternd, „Nein, was?". „Dass wir eines Tages heiraten", sagte er vollkommen ehrlich, und fügte noch hinzu „Und, dass wir zwei Kinder bekommen, ein Junge und ein Mädchen. Luke und Leia.". Sie kniff die Augen zusammen und entgegnete verdutzt „Wie bitte?". Marcel musste lachen. „Du hast erwartet, dass jetzt was total Kitschiges kommt, oder? Dass ich dir sage, wie toll du doch bist und dass ich dich niemals verlieren will. Ich meine, stimmt ja, aber das fand ich lustiger", grinste er Lina an. „Ja habe ich", sagte sie mit verschmitztem Lächeln „Aber wir nennen unsere Kinder nicht Luke und Leia."

Marcel lächelte und Lina dachte mit Sicherheit, weil er sie dran gekriegt hatte, doch es war etwas anderes. Sie verneinte nicht, dass er sie eines Tages heiraten würde und das Paar gemeinsam Kinder haben würde.

„Warum denn nicht?", fragte er schließlich seine Freundin „Ich mag die Namen." „Du magst die, weil die aus Star Wars sind", folgerte sie mit einem doch leicht genervten Lächeln. „Ja und? Was ist daran so schlimm?", erwiderte Marcel. „Nein, Marcel, nein", beendete sie die Diskussion. Er musste dennoch grinsen und meinte „Na gut. Aber heiraten werde ich dich eines Tages trotzdem." Lina antwortete nicht mit Worten, sie küsste ihn einfach nur. Er dachte währenddessen daran, wie er sich bereits alles ausgemalt hatte. An ihrem vierten Jahrestag würde Marcel ihr den Antrag machen. Der Gedanke, dass sie beide dann noch am Anfang ihrer Zwanziger waren, störte ihn keineswegs. Er war sich mehr als nur sicher, dass sie seine wahre Liebe war. Marcel würde sie immer lieben.

Während Lina auf ihm lag, stellte er sich vor wie ihre Kinder eines Tages auf dem Baumhaus, dass er für sie nur wenige Tage zuvor errichtet hatte, mal spielen würden. Beide mit kleinen blonden Köpfen, voller Kreativität und Tatendrang. Und sie würden ihnen dabei zu schauen. Er würde grillen, während Lina Fotos machte und diese anschließend in ein Album kleben würde, um sich die Erinnerungen immer wieder vor Gesicht zu führen. Gemeinsam mit ihr in seinem Arm würden sie durch diese durchblättern und zusammen lachen, aber auch Tränen der Freude in die Augen bekommen, wenn sie eines Tages an die Momente zurückdenken würden.

Sie beobachten gemeinsam die Sterne und vergaßen die Zeit. Lina lag quer über ihm, und während sie in den dunklen Nachthimmel starrte, spürte sie, wie ihr Freund sachte ihr Haar streichelte. Irgendwann war es so weit und das verliebte Pärchen konnte für einen Moment beobachten, wie zwei Sternschnuppen nebeneinander am Himmel vorbeiglitten. Marcel wusste nicht, was seine Freundin sich wünschte, während er sich einfach, und doch offen, wünschte, dass seine Träume sich erfüllten.

Daraufhin zog er Lina näher zu sich. Marcel schaute ihr glücklich lächelnd ins Gesicht, welches ihn mit dem gleichen Blick begegnete. Vorsichtig legte er seine Hand an ihren Hinterkopf und zog sie näher zu sich heran. Sanft küsste er sie und zögerlich berührten sich ihre Münder. Ihre Blicke trafen sich erneut, doch fiel es ihnen schwer, voneinander loszulassen. Sie küssten sich erneut und ihre Lippen verschmelzten miteinander. Die Chance, die Sternschnuppen zu sehen, wurde ihnen egal, als sie sich in den Armen lagen und den Körper des anderen genossen und sich daran erfreuten, einfach nur mit ihrem Seelenverwandten zusammen zu sein.

Es war vermutlich schon über Mitternacht hinaus, als es ihnen kalt wurde und sie gemeinsam in das Haus gingen. Marcel machte noch schnell die Lichter aus, bevor er Lina die Leiter herunterfolgte. Als sie in seinem Zimmer ankamen, machten sie noch eine Weile da weiter, wo sie aufgehört haben, doch schon bald schliefen sie ein. Beide lagen einander immer noch im Arm. Nicht anders sollten sie auch am nächsten Morgen aufwachen.

13

Einige Wochen vergingen. Die Beziehung der beiden wurde immer stärker und mittlerweile fanden sich für das Pärchen kaum noch Worte, um ihre Liebe füreinander auszudrücken. Es war einfach wundervoll. Jedes Mal, wenn sie sich trafen, war es so, als würden sie sich neu ineinander verlieben. Der Spaß und die Lust wollten nicht aufhören.

Marcel konnte mittlerweile nicht mehr unterscheiden, ob er einfach nur ewig lange die rosarote Brille trug oder ob ihre Beziehung einfach wirklich so wunderbar war. Er liebte es, ihr zuzuhören, wie sie ihm erzählte, was ihr passiert war oder ihm Dinge zeigte, die sie mochte, selbst wenn er sich nicht dafür interessierte. Marcel mochte alles, was sie tat. Er träumte von ihr Tag und Nacht und hörte nur damit auf, wenn sie bei ihm war oder sie telefonierten. Seine Liebe für Lina schien unendlich zu sein.

Von dem Geld, das er bei der Bank mittlerweile verdiente, ging er regelmäßig mit ihr Essen, kaufte ihr Blumen oder bestellte Pizza, wie sie es zuvor auch andauernd taten. Marcel legte ihr die Welt zu Füßen und war bereit, alles für sie zu tun, damit er ihr ein Lächeln auf ihr schönes Gesicht zaubern konnte. Es war die richtige Entscheidung gewesen, hierzubleiben. Er dachte gar nicht mehr daran, fortzugehen, um sich als Schriftsteller selbstständig zu machen. Was er brauchte, war einfach nur Lina und mehr wollte er auch gar nicht.

Über das Pfingstwochenende nahm Marcel seine ersten Urlaubstage. Bereits am Vormittag traf er sich mit den Jungs, um an ihrem Zeltplatz alles aufzubauen. Sie hatten an alles Mögliche gedacht. Ein Grill, ein Haufen Campingstühle, sie hatten sogar ein Sofa. Nicht zu vergessen waren natürlich die etlichen Mengen an Bier und Schnaps.

Marcel hatte sich schon darauf gefreut, doch fand er es schade, dass seine Freundin nicht ebenfalls da sein würde. Aber es war auch nicht allzu schlimm, denn schließlich musste er am morgigen Tag früh aufstehen und wegfahren für ein Wrestling-Event. Zu seinem Leidwesen war das ebenfalls der Tag, an welchem der Schnaps ausgeschenkt wurde. Seine Vorfreude galt jedoch vorrangig dem Sonntag, an welchem er die Olympiade mit einer Auswahl an Saufspielen leiten und eventuell auch gewinnen würde.

Und selbst wenn er keine Nacht dort schlafen würde, baute Marcel ein Zelt auf, sollte er zwischendurch mal ein Nickerchen benötigen oder einfach fertig sein von den Tagen, die vor ihm lagen. Er ging davon aus, dass er vermutlich nur Samstag auf Sonntag ausschlafen konnte. Aber das musste reichen. Ohne Plan, wie lange er den heutigen Tag am Pfingstplatz verbringen würde, ergötzte er sich an der Vorfreude des Wochenendes.

Nachdem Marcel sein Zelt fertig aufgebaut hatte, ging er in Richtung des Grills, an welchem Max und Paul gerade ihr Bestes gaben, das Feuer zu entfachen. Auf dem Weg ging er über ihre selbst gebaute Brücke aus Brettern, welche über einen Bach führte, der keinen Meter breit war. Der junge Mann kniete sich auf dieser nieder und griff in das Wasser, in welchem sie ihre Bierkästen lagerten, um sie kühl zu halten. Er fischte drei Flaschen heraus und setzte seinen Weg zu seinen Freunden fort. Angekommen öffnete er sie und hielt jedem der Jungs ein Bier hin. Es war zwar noch keine zwölf Uhr, aber das sollte ihnen für dieses Wochenende egal sein.

„Prost, Jungs!", meinte Marcel, als er mit ihnen anstieß, welche mit den gleichen Worten ihm entgegneten. Alle drei tranken einen kräftigen Schluck im Schein der heißen Mittagssonne. Mit der Sonnenbrille aufgesetzt, schirmte er dennoch das Licht ein wenig ab und blickte hinauf. Marcel hatte nicht daran gedacht, Sonnencreme mitzunehmen, doch riskierte furchtlos einen Sonnenbrand.

„Sag mal, Jeansy", sprach Paul, während er sich wieder umdrehte, „Kommen deine Freundin und die Celine eigentlich auch vorbei?". Marcel schüttelte den Kopf, als er antwortete „Nein vermutlich nicht. Warum? Bist du immer noch an Celine dran?". Nur er und Max schmunzelten, Paul konnte das nicht. „Ja, wenn sich was ergibt, habe ich natürlich nix dagegen", gab er zu. „Ich dachte, wir hätten uns da auf was geeinigt", prustete Marcel los „Ich bin davon ausgegangen, wir bleiben bei der Meinung, dass sie bestimmt lesbisch ist und deswegen nichts von dir will." Daraufhin konnte auch Paul lachen und sie nahmen gemeinsam einen weiteren Schluck ihres Biers. „Wo ist denn der Trichter eigentlich?", schaltete Max sich ein. Marcel zuckte mit den Schultern, doch Paul kannte die Antwort auf seine Frage „Den haben glaube ich Leon und Jeffrey.". Blitzschnell drehte sich Max in Richtung der Zelte, wo er die beiden vermutete, und rief nach ihnen und dem Trichter. Ein Trichter war eben auch ein Trichter, nur mit einem Plastikschlauch daran befestigt, sodass man ein Bier innerhalb weniger Sekunden trinken konnte, wenn auch mehr oder weniger erzwungen. Doch das machte den Spaß daran aus. Es dauerte nicht lange, bis Leon und Jeffrey tatsächlich mit dem Trichter hinter den Zelten auftauchten und auf sie zugelaufen kamen. „Jeansy, holst du nochmal drei Bier?", fragte Max ihn motiviert. Marcel nickte nur und machte sich erneut auf den kurzen Weg zum Bach. Zeitgleich mit den anderen beiden kam er zurück an die Feuerstelle. Direkt hintereinander aus dem Trichter zu trinken war vermutlich eines der unhygienischsten Dinge, die jeder von ihnen bisher gemacht hatte, doch heizte es die Stimmung der Jungs erheblich an.

Bis zum späten Nachmittag kamen noch ein paar andere Leute, die regelmäßig oder auch ab und zu nur den Jugendraum besuchten, und bauten ihre Zelte auf und gesellten sich zu ihnen. Doch Marcel war mittlerweile Teil des festen Kerns der Gruppe, die mindestens an einem der Abende eines Wochenendes im Jugendraum aufschlugen.

Als die Sonne noch gerade so über den Bergen zu sehen war, erhielt Marcel von Lina die Nachricht, dass sie und Celine doch zumindest am heutigen Abend mal kurz vorbeikommen wollten. Er freute sich darüber, dass sie mal sehen wollten, wer so da war, doch zugleich richtete sich sein Blick an den Himmel und ihn beschlich das Gefühl, dass es bald regnen könnte. Doch die beiden Mädchen kamen noch, bevor es damit anfing, und konnten sich noch zu ihnen setzen. Lina hing zu seiner Überraschung wie eine Klette an ihm und nicht an Celine. Er hatte nicht das geringste Problem damit und spaßte mit ihr ohne Ende. Marcel war allerdings auch schon angeheitert von dem ganzen Bier und vielleicht wollte Lina auch bloß auf ihn aufpassen. Es war ihm egal, er freute sich nur, dass seine Freundin bei ihm auf dem Schoß saß. Zumindest so lange, bis im Abendrot es anfing zu nieseln. Zunächst dachten sie sich nichts dabei, doch dann wandelte es sich in einen unglaublichen Schauer. Gemeinsam rannten sie in die Zelte und verharrten dort.

„Ich glaube, du solltest jetzt mal etwas langsamer machen", bemutterte Lina ihn. Marcel schaute sie enttäuscht an. „Warum meinst du denn das?", fragte er sie, doch im selben Moment roch er seine Bierfahne. „Vielleicht, weil du morgen Autofahren musst?", erklärte sie ihm „Und, weil du es aus irgend einem Grund toll findest, dich schlagen und fallen zu lassen."

Sie sagte das mit einem fürsorglichen und doch gleichzeitig unverständlichen Lächeln. Doch Marcel musste ihr zustimmen „Du hast recht. Ist vielleicht nicht die beste Idee." Er gab ihr einen Kuss und wollte sie eigentlich daraufhin noch einmal küssen, doch sie wich zurück. „Du schmeckst ekelhaft stark nach Bier", lachte sie, während sie sich mit dem Ärmel über den Mund fuhr. „Oh, tut mir leid", entschuldigte er sich bei ihr. „Alles gut", sagte sie, „Halt mich einfach nur in deinem Arm." Bei diesen Worten kuschelte sie sich unter dem Mantel des Schlafsacks an seine Seite und legte ihren Kopf auf ihm ab. Er hielt sie fest und drückte sie an sich.

Sie kuschelten so lange miteinander in seinem Zelt, bis der Regen nachließ und die letzten Strahlen der Sonne noch zu sehen waren. Obwohl es nicht lange geregnet hatte, war der ganze Boden aufgeweicht. Hand in Hand tappten sie zurück an das Feuer. Celine schaute sie etwas merkwürdig an. Vielleicht war sie sauer, dass sie nicht mit Lina in einem Zelt war, während des Regens, doch Marcel scherte sich darum nicht. Ihm war nur wichtig, Lina bei sich zu haben. Gemeinsam blieben sie noch bis Mitternacht dort und erst dann gingen sie nach Hause. Marcel brachte seine Freundin noch bis zu ihrer Haustür, bevor sie sich verabschiedeten. „Viel Spaß morgen", wünschte sie ihm, bevor sie ihm einen Abschiedskuss gab. „Danke", meinte ihr Freund „Dir auch, zu was auch immer ihr euch entscheidet." Mit einem Lächeln ging er fort, zurück zu sich nach Hause.

Um sechs Uhr morgens klingelte sein Wecker. Ihm fiel es schwer, aufzustehen, doch dank Lina hatte er wenigstens früh genug aufgehört zu trinken, um keinen Kater zu haben. Sein Weg führt ihn in das Badezimmer, wo er zunächst duschte, um wachzuwerden. Später, in der Küche, bereitete er sich vier Mahlzeiten vor, die er im Laufe des Tages essen konnte. Zum Schluss packte er noch seine übrigen Sachen ein, die er für den Tag brauchen würde. Als er noch ein letztes Mal, bevor er losfuhr, die Toilette aufsuchte, warf er einen Blick in den Spiegel. Sein ganzer Oberkörper war rot und verbrannt. Er blieb einen Moment dort stehen und betrachtete seine Haut mit einem respektablen Blick. Heute würde es schmerzhaft werden.
Auf dem Weg zum Lager, wo die Crew von Wrestlern den Ring holen musste, frühstückte er einen Teil seines vorbereiteten Essens. Mit einem Energy-Drink fiel es ihm gar nicht mehr so schwer, bereits so früh auf den Beinen zu sein, doch wusste er, dass er innerhalb der nächsten achtzehn Stunden noch nicht wieder sich schlafen legen konnte.
Trotz allem verging sein Tag wie im Flug und er hatte viel Spaß mit diesem Teil seines Freundeskreises. Nachdem sie am Nachmittag im Ring ein Training absolviert hatten, nahm er sich die Zeit, um auf sein Handy zu gucken und ein Päuschen zu machen. Marcel hatte noch nicht viel Zeit gehabt, Lina zu schreiben.

Wie war es so mit Sonnenbrand sich fallen zu lassen? 🫣♥

> Schmerzhaft. 😣 Aber schön, dass es immerhin einen von uns amüsiert. 🤭♥

> Find ich auch. 🤭 Kommst du heute Nacht vorbei und schläfst hier? 🙂♥

> Wenn dir das nicht zu spät ist zu gerne. Hast du heute Abend keine Pläne?♥

> Ne Celine ist irgendwie gerade komisch. Ruf einfach an, wenn du da bist, dann komm ich runter und mache dir auf 🙂♥

> Hmm okay. 😊 Ja gut ich schreib dir dann trotzdem nochmal wenn ich losfahre. ♥

Es freute ihn, dass Lina wollte, dass er noch vorbeikommt, obwohl es sehr, sehr spät sein würde. Somit hatte er auch nach der Show noch etwas, worauf er sich freudig stimmen konnte. Er schickte schnell noch seinem Vater eine Nachricht, damit dieser Bescheid wusste, dass er die Nacht nicht nach Hause kommen würde.

Die Veranstaltung war für Marcel unglaublich, auch wenn er dieses Mal keinen Kampf hatte. Danach baute er mit dem Rest des Teams noch alles ab. Es war bereits ein Uhr, als er endlich die Halle verließ. Wenn er bei Lina ankommen würde, wäre er schon über einundzwanzig Stunden wach. Er rief sich in den Kopf, dass er bei seiner

Freundin schlafen würde, und musste grinsen. Das und ein letzter Energy-Drink, halfen ihm, die mehrstündige Autofahrt, ohne ein Anzeichen des Sekundenschlafs zu überstehen. Auch wenn die Fahrt durch die Nacht, den Regen und die Tiere am Straßenrand etwas holprig war.

Gegen kurz nach drei kam er endlich bei Lina an. Er rief sie an und stellte sich an die Haustür. In Schlafklamotten öffnete sie ihm gähnend die Tür. Marcel trat hinein und erfreute sich daran, noch genügend Kraft zu haben, Lina hochzuheben und ihr einen Kuss zu geben. Er trottete hinter ihr her und die Treppe hinauf. Dabei erzählte er ihr, wie viele Frösche bei dem Regen auf der Fahrbahn waren und dass er bestimmt dreizehn Rehe und irgendetwas, was so riesig war, wie ein Elch gesehen hatte auf dem Heimweg.

Lina kuschelte sich wieder unter die Decke, während Marcel sich breitbeinig über ihre Beine kniete und zu Ende erzählte. Danach fiel er wieder todmüde mit dem Gesicht neben, doch mit dem Körper auf sie. Er war zwar noch wach, doch er erfreute sich daran, Lina zu ärgern. „Geh runter!", meckerte sie und versuchte ihn wegzuschubsen. Sie schaffte es nicht und versuchte ihn wieder zu kitzeln. Er strengte sich so sehr an, nicht zu lachen, und hatte damit auch Erfolg, sodass Lina auch das aufgab. Schon des Sieges sicher, überlegte Marcel, ob er von ihr heruntergehen sollte, als er einen stechenden Schmerz an seiner Schulter spürte, wie er es noch nie zuvor getan hatte. Lina kratze mit ihren Fingern tief in seinen Sonnenbrand. Sie hatte nicht daran gedacht, wie rot und wund seine Haut war, bis sie ihren Freund aufschreien hörte. Marcel rollte sich von ihr ab und Lina schaltete ihre Nachttischlampe ein. Geschockt von der Wunde, die sie ihm zugefügt hatte, entschuldigte sie sich hastig „Tut mir leid! Du blutest ja sogar." Marcel drehte seinen Kopf und betrachtete, wie an seiner Schulter sich zwei Streifen entlang zogen. Lina wischte mit einem Taschentuch die dunkelrote Flüssigkeit von der hellroten Haut. Sie pustete und küsste seinen Arm um die Wunde herum und entschuldigte sich noch mehrmals. „Ist schon gut. Mach dir keine Sorgen", versuchte er sie mit einem Lächeln zu beruhigen „Dann habe ich jetzt etwas an mir, dass mich immer an dich erinnern wird. Statt einem Tattoo für dich werde ich immer diese zwei denkwürdigen Narben an meiner Schulter tragen." Leider konnte sein Witz nicht auch sie zum Lachen bringen, drum küsste er sie und beruhigte sie weiter. Lina war dennoch geschockt und fühlte sich schuldig.

Keine zwei Minuten später stoppte die Blutung und Lina konnte sich endlich beruhigen. Sie beschäftigte das mehr als Marcel. Sie küssten sich noch ein paar Mal, bevor Lina sich umdrehte und sie in Löffelchen-Stellung einschliefen.

Marcel hätte vermutlich bis zum Abend schlafen können, doch wurde er wach, als er merkte, dass der blonde, haarige Dutt sich aus seinem Gesicht entfernte. Noch im Halbschlaf griff er Lina hinterher und wollte sie wieder zu sich ziehen. Er schaffte es auch, seine Freundin zu erreichen, und zog sie wieder an sich, obwohl diese eigentlich im Inbegriff war aufzustehen. „Du hast lang genug geschlafen", meinte sie, als sie sich auf ihn setzte. Mit halb geöffneten Augen zog Marcel sie zu sich herunter, um sie zu küssen. Dann meinte er „Aber das heißt nicht, dass du dafür weggehen musst." Er grinste sie breit an. „Ich hab aber Hunger", lachte Lina. „Na und?", entgegnete er nur „Du kannst ja auch einfach mich vernaschen."

Marcel musste selber lachen, als er diesen überaus billigen Spruch zum Besten gab. „Ne du, lass mal" lachte Lina mit. Marcel richtete sich auf „Für so etwas liebe ich dich." Sie küssten sich erneut. „Ich liebe dich mehr!", sagte dieses Mal Lina. Das war das erste Mal und es führte dazu, dass Marcel sich mit einem überaus glücklichen Lächeln zurück in das Kissen fallen ließ. Er schloss seine Augen, doch Lina zwang ihn aufzustehen. Die Uhr zeigte Marcel, dass es bereits früher Nachmittag auf und so gab er sich geschlagen.

Auch wenn er gerne noch länger bei seiner Freundin geblieben wäre, so musste Marcel runter an den Zeltplatz. Heute war die Saufspielolympiade dran, die er geplant hatte. Das war zwar auch gut, doch hätte er auch nichts dagegen gehabt, den ganzen Tag nur Lina in seinen Armen zu haben. Als er bei den anderen aus der Jugendraum-Gruppe ankam, herrschte bereits rege Stimmung. Sie hatten ihn bereits erwartet, denn ihre Vorfreude war gigantisch. Er konnte jedoch die anderen überreden, ihm noch ein oder zwei Bier Zeit zu lassen, sodass er die Geschichten des gestrigen Abends erzählen lassen konnte. Marcel war überrascht über das, was er dort zu hören bekam. Scheinbar hatten sich zwei der Jungs betrunken um ein Mädchen geprügelt. Er war heilfroh darüber, diesen Tag dann doch nicht da gewesen zu sein, denn er konnte einerseits nicht nachvollziehen, warum man so etwas tat, und andererseits hätte er sich verpflichtet gefühlt, dazwischenzugehen, und hätte dabei bestimmt auch einen Schlag abbekommen. Es beruhigte ihn, dass er sich nie wegen einem anderen Menschen geprügelt hatte, und hatte es auch nicht vor. Das, was über Silvester zwischen ihm und Pascal gewesen war, war ja schließlich keine Prügelei. Es war nur zeigen, was Sache war.

Ein paar Minuten darauf bereitete er dann alles vor und eröffnete die Spiele. Es entwickelte sich zu einem überaus lustigen Nachmittag und er und Jeffrey waren ein ausgezeichnetes Team. Sie rangen mit Leon und Max um den ersten Platz, doch mussten sich letztendlich beim Hindernisparkour geschlagen geben.

Später am Abend saßen sie im Schein der letzten Sonnenstrahlen beisammen in einem Kreis. Auf einmal begann Moe an Marcels Schulter herumzufummeln, welcher ihn daraufhin nur verdutzt ansah. „Was soll das werden, wenn es fertig ist?", fragte er den Jüngeren. „Jeansy, hast du eine wilde Nacht mit der Lina gehabt oder was?", witzelte er, sodass nun auch Paul und Max sich ihnen näherten. Zu dritt begutachteten sie seine Kratzwunde, die Lina ihm die Nacht zugefügt hatte. Marcel lachte es nur ab, aber gab ihnen keine Antwort darauf. Wenn er es bejahen würde, hätte er lügen müssen. Er und Lina hatten bislang noch keinen Sex gehabt, was ihn nicht störte, auch wenn er es ab und zu probierte, wenn sie mal wieder bei ihm im Bett für eine etwas längere Zeit sich küssten.

Wie sich in naher Zukunft zeigen sollte, würde es jedoch nicht mehr lange dauern und würde eben entsprechende Folgen haben.

14

Die Woche darauf ging Marcel wieder wie gewohnt arbeiten. Er stand jeden Morgen auf, machte sich fertig, zog seinen Anzug an und fuhr los. Früher hätte er nicht gedacht, dass er mal so einen Beruf ergreifen würde, doch es machte ihm sogar zu seiner Überraschung und Freude viel Spaß. Er dachte selten noch daran, zu studieren, da sein Buch mittlerweile in den Handel gekommen war und es sich scheinbar auch gut verkaufte. Zumindest hatte er seit diesem Monat zwei Gehälter und der Verkauf ließ auch nicht nach. Was ihm ebenfalls daran gefiel, war, dass es für immer in der deutschen Staatsbibliothek stehen würde. Damit hatte Marcel sein eigenes, kleines Vermächtnis bereits geschaffen. Das freute ihn, doch hatte er im Moment keine Motivation, um etwas neues Schreiben und auch keine kreativen Einfälle dazu.

Wobei er jedoch kreativ war, waren die Ideen, um Lina weiterhin ein guter Freund zu sein und sie Mal zu Mal wieder zu überraschen. Auch für heute hatte er sich einen Plan geschmiedet.

Also nachher 17:30?♥

Wir haben eine Kassendifferenz. Wird wahrscheinlich bisschen Später. Sorry… ☹6 Uhr im Baumhaus?♥

Ist auch gut. Ich freue mich schon♥

Nicht so sehr wie ich.
Ich liebe dich ♥♥

Die Kassendifferenz war frei erfunden. Eine kleine Lüge, um nach der Arbeit etwas Zeit zu schinden und Lina optimal zu überraschen. Er plante eine unglaublich süße Geste.

Nach der Arbeit bestellte er schon einmal Linas Lieblingspizza und während diese in Arbeit war, fuhr er in einen Blumenladen, den ihn seine Lieblingskollegin empfohlen hatte. Er ließ einen wunderschönen, wenn auch nicht ganz billigen Strauß zusammenstellen. Selbst hatte er kaum eine Ahnung, aber die Verkäuferin war überaus zuvorkommend und hilfsbereit. Ein paar Minuten Wartezeit, dann konnte er mit den Blumen im Gepäck weiterfahren. Daraufhin holte er noch schnell ihre Pizza und kam kurz vor sechs Uhr daheim an. Schnell flitzte er in das Haus und zog sich um. Dann wartete er, bis er Lina durch den Garten laufen sah und wie sie die Leiter hoch in das Baumhaus stieg.

Er folgte ihr und versuchte, keine Geräusche zu machen, bis er an der Hängeseilleiter angekommen war. Es war nicht gerade einfach, mit beiden Händen voll, die Leiter zu erklimmen, doch es gelang ihm. Er streckte seinen Kopf über die Kante, sodass Lina nur diesen sehen konnte. „Hey", grinste er sie an. Seine Freundin schaute vom Handy auf und legte es beiseite. „Hey", antwortete sie und blieb sitzen. Marcel legte den Pizzakarton zuerst auf die ebene Fläche und stoß ihn an, sodass er näher zu Lina rutschte. Daraufhin stieg er eine weitere Sprosse nach oben und zeigte ihr nun auch den Blumenstrauß. Weiterhin grinste er ohne Ende von dem einen Ohr bis zum anderen. Linas Augen weiteten sich, als sie merkte, was sie da gerade von ihrem Freund bekam. Sie kam auf Knien näher auf ihn zu und schob die Pizza beiseite. Dann nahm sie ihm den Strauß aus der Hand und half ihm die restlichen paar Stufen hinauf. Noch bevor sie die Blumen weglegte oder auch nur wirklich ansah, beugte sie sich zu ihm rüber und küsste ihn. Als sie nach wenigen Augenblicken von ihm abließ, schaute sie ihn an und meinte „Du Schnecke!", doch küsste ihn dann erneut.

Marcel konnte sich das Grinsen immer noch nicht verkneifen. Er fand sich in diesem Moment einfach zu toll, denn er bemerkte selbst endlich mal, wie gut er doch darin war, ein Freund zu sein, und zugleich, wie ernsthaft ihre Liebe war. Lina stellte den Blumenstrauß in die mittlerweile leere Vase, dann kam sie erneut zu ihm und zog ihn rein in das Baumhaus auf die Decken. Während er noch grinste, nahm sie den Pizzakarton, doch konnte ihre Augen nicht von ihrem Freund abwenden. „Ich liebe dich", meinte sie „Und ich liebe dich noch mehr, wenn das Pizza Ravers ist". Marcel musste lachen und meinte zu ihr „Guck nach!". Schließlich wusste er, dass es genau diese Pizza war. Seine Freundin öffnete den Karton und ihr strahlendes Lächeln schien noch größer zu werden. Ein weiteres Mal zog sie ihren Freund an sich heran, um ihn zu küssen, bevor sie schlussendlich begannen, sich die Pizza zu teilen.

Nur wenige Minuten später war das Essen verputzt und der Karton wurde beiseite geworfen. Lina lag im Arm ihres Freundes. Sie begann, seinen Hals zu küssen, dann wanderte sie an diesem hinauf bis sie an seinem Mund ankam. Ihre Zungen begannen sich zu berühren und ineinander zu verschlingen. So ging es eine ganze Weile und Marcel tastete dabei ihren wundervollen, gut gebauten, aber auch kleinen Körper ab, während sie ihm über Bauch und Brust streichelte.

Es dauerte noch ein paar Minuten, bis Marcel sie dann aus dem nichts von sich wegdrückte. „Okay, wenn wir da jetzt weitermachen, kann ich für nichts mehr garantieren", lachte er seine Freundin an. Lina rollte sich von ihm weg und legte ihren Kopf auf seinem Arm ab. Sie schien zu überlegen. „Können wir hereingehen?", fragte sie, „Ich wollte dir doch noch die eine Serie, ‚Haus des Geldes‘, zeigen." Für Marcel, der sie weiterhin zu nichts zwingen wollte, war dies kein Problem und eigentlich kam es ihm auch ganz gelegen, bevor er den schönen Tag ruinierte. Er richtete sich auf und zog sie mit sich hoch. „Ja klar, kein Problem. Lass uns gehen", meinte er und gab ihr einen Kuss auf die Wange. Lina ging zuerst die Stufen den Baum hinunter. Marcel ließ ihr gerne den Vortritt, in der Hoffnung, dass seine Erregung ein wenig abklingen würde in den paar Sekunden, die er gewonnen hatte. Kurz darauf folgte er ihr und unten angekommen, nahm er sie an der Hand und führte sie herein.

Lina setzte sich auf sein Bett und schaltete den Fernseher an. „Soll ich dunkel machen?", erkundigte sich Marcel, bevor er sich zu ihr setzte. Sie nickte und so zog er den Rollladen herab, was bisher immer ein Zeichen dafür war, dass sie im Laufe des Treffens noch miteinander herummachen würden. Da Marcel am nächsten Tag arbeiten und Lina in die Schule musste, ging er jedoch davon aus, dass es nicht so lange sein würde und befürchtete auch nicht, dass es sich eventuell zu weit entwickeln könnte. Als er das Zimmer abgedunkelt hatte, stieg er über Lina rüber an die Wandseite seines Bettes und breitete sich aus. Seine Freundin kuschelte sich bereits an ihn, während sie noch die Serie am Heraussuchen war.

Dann guckten sie die erste Folge von Linas aktueller Lieblingsserie, die sie ihm unbedingt zeigen wollte. Sie war die ganze Zeit eng an ihn gekuschelt und er streichelte ihr über Haar, Nacken, Schulter und Bauch, bis zur Hüfte hinunter. Seine Freundin dagegen behielt wie immer ihre Hand auf der Brust und dem Bauch von Marcel und griff beim Darüberstreichen gelegentlich mit ihren Nägeln etwas kräftiger zu, denn sie wusste, dass es ihn unerklärlicherweise erregte.

Als die Folge vorüber war, drehte sich Linas Kopf zu ihm und sie fragte „Und wie fandest du es?". „Ja, war nicht schlecht", gab er zu, während sich die zweite Folge automatisch begann abzuspielen, „Aber ich würde dich doch gerade viel lieber küssen." In dem Moment, als er den zweiten Satz aussprach, hob er mit seiner freien Hand zärtlich ihr Kinn an und näherte sich ihr, um sie sanft zu küssen.

Lina drehte sich auf ihn herauf und begann den Kuss zu verstärken. Es wurde intensiver. Langsam vergrößerte sich die Distanz zwischen ihren Lippen und die Zungen fanden ihren Weg, die des jeweils anderen zu treffen. Vorsichtig streifte Marcel mit seinen Fingern an den Seiten von Linas Oberkörper, während ihre Hände flach auf seiner Brust lagen. Je länger es ging, desto stärker wurde ihr Griff, bis Marcel schließlich langsam begann, ihr Top von ihrem Körper zu lösen und es Stück für Stück nach oben zog, bis sie es schließlich auszog. Weiterhin waren ihre Münder miteinander verbunden, auch als sie sich umdrehten, und nun war Marcel es, der seine Hände auf ihren Brüsten niederließ und diese behutsam berührte und abtastete. Lina begann nun damit, sein T-Shirt hochzuziehen und seinen Körper zu entblößen. Marcel trennte schließlich ihre Lippen und seine Küsse wanderten hinunter an ihren Hals, während seine Freundin begann ihn – dessen Berührung genießend – fester an sich zu drücken. Sie wurde durch seine sanften und doch treffenden Küsse erregt. Diese wanderten zwischendurch ein Stück hinunter an ihre noch bedeckten Brüste und dann wieder hinauf. Als sich ihre Lippen erneut trafen, tauschten sie wieder ihre Positionen. Ihre sanften Hände glitten an seiner Brust herunter und berührten ihren Bauch. Marcel erkannte das Gefühl wieder, welches ihm schon einmal eine Gänsehaut über den Körper beschert hatte. So auch an diesem Abend. Er begann zärtlich ihre Beine zu streicheln und darauf folgte ihr Hintern. Seine Hände bahnten sich den Weg hinauf zum Verschluss ihres BHs und öffneten ihn. Das Mädchen zog ihn aus und legte sich seitlich neben ihn. Erneut pressten sich ihre Körper aneinander, während sie sich küssten. Langsam verschlangen sich ihre Beine, bis Linas Hände schließlich von hinten in seine Hose glitten. Es dauerte nur einen kurzen Augenblick, bis sie begann, diese leicht herunterzuziehen, um zu signalisieren, dass er sie ausziehen sollte. So tat er es auch und ein paar Küsse später, fanden diese ein weiteres Mal ihren Weg nach unten und seine Freundin wandte sich auf ihren Rücken. Seine Berührungen verliefen immer mehr in südliche Regionen, bis sie ihre Leggins erreichten und er schließlich diese behutsam ihr auszog. Er schmiss alles, was an Kleidung noch auf dem Bett lag auf den Boden, bevor er sich wieder ihr zuwandte und sachte ihre Lenden küsste. Vorbei an ihrer letzten übrigen Unterwäsche begannen seine Küsse wieder den Aufstieg in Richtung ihres Kopfes und sein Körper legte sich auf ihren ab und zwischen ihre Beine. Mit einer Hand stütze er sich ab, um nicht zu schwer auf ihr zu liegen, mit der anderen begann er langsam ihren Oberkörper zu massie-

154

ren, mit besonderer Fixierung auf ihre Brüste, während sich zwischen ihren Küssen ihre Zungen immer wieder trafen. Die beiden wurden immer mehr voneinander erregt und Lina wusste nun, was er damit meinte, dass er nach einer Weile für nichts mehr garantieren konnte. Ihre Hände tasteten den Körper des jeweils anderen mit leichten Berührungen ab, welche bei beiden für einen gewissen Grad an Gänsehaut sorgte. Schließlich trafen sich ihre Arme parallel zueinander mit aufgestellten Härchen. Vorsichtig und ohne jede Kraft führte Marcel langsam die Hand seiner Freundin weiter nach unten, bis sie schließlich in seiner Unterhose verschwand. Ganz sachte begann sie zu erforschen, was sich dort wiederfand, während Marcel seine Küsse wieder auf ihren Hals konzentrierte. Beide hielten es kaum noch aus. Ihr Freund zog seinen Körper weiter nach unten, sodass er sich mit seinem Gesicht langsam wieder in ihrer Brustregion vorfand. Eine kurze Zeit verharrte er dort und Lina legte ihre Füße und Unterschenkel auf seinen Rücken und drückt ihn näher an sich heran. Folgend verliefen vor Lust seine Küsse wieder weiter ihren Körper herab, bis sie schließlich erneut an ihren Oberschenkeln ankamen. Vorsichtig und behutsam verliefen diese immer zentraler, bis er schließlich nur noch Kleidung küsste. Mit einer sanften Bewegung schob er diese beiseite, um das letzte Stück noch nicht erkundete Haut von Lina freizulegen. Sie stöhnte lustvoll auf, während sein Kopf noch zwischen ihren Beinen versunken war. Marcel begab sich seinem Werk hin und spürte dabei Linas zarte Hand an seinem Kopf und bemerkte, wie sich die andere fest in das Kissen biss. Ihre Atmung beschleunigte sich für eine Weile und immer wieder war ein leises, gezwungen zurückhaltendes Stöhnen zu vernehmen. Als sich Linas Griff vom Kissen löste und sich die Geschwindigkeit ihrer Atmung wieder ein wenig beruhigte, zog sie ihn am Kopf wieder zu sich hoch, doch versuchte mit ihren Zehen seine Unterhose festzuhalten, um sie ihrem Freund auszuziehen. Erneut trafen sich ihre Küsse, bis die von Lina nun an seinen Hals übergingen. Dabei tastete sie noch nach der Bettdecke und zog diese über Marcel bis zu seinem Rücken hinauf. Er genoss jeden einzelnen Moment, bis er sich nur einen Hauch an Zentimetern von ihrem Gesicht entfernte und es im Schein des Fernsehers anblickte. Leise flüsterte er ihr zu, nur um sicher zu sein, „Noch weiter?". Sie schaute ihn mit ihren wunderschönen, blauen Augen an, doch statt zu antworten, schlang sie ihre Arme um ihm und begann wieder, ihn zu küssen. Zeitgleich drückte sie besonders mit ihren Beinen den Rest seines Körpers an sich. Er verstand dies als Ja.

Ohne jedes Zeitgefühl lebten sie ihre Lust aus und genossen die innige Auslebung ihrer Liebe, bis sie schließlich zum Ende kamen. Lina legte sich auf ihrem Freund hinab und schaute ihm in die Augen. „Ich liebe dich!", flüsterte sie leise und er flüsterte ihr das Gleiche zurück, bevor sie ihren Kopf auf ihm niederlegte. Es war für Marcel das größte und schönste Geschenk, das er je bekommen hatte. Egal ob Junge oder Mädchen, kein Mensch vergisst je sein erstes Mal. „Das hätte ich nicht erwartet", sagte er ruhig und strich ihr durchs Haar. Sie wandte ihren Blick zu ihm und meinte „Ich auch nicht." Daraufhin tauschten sie ein kurzes Grinsen aus, was sich aber auch schnell zu einem liebevollen Lächeln umwandelte.

Sie blieben noch eine Weile so liegen, bis ein Blick auf die Uhr ihnen verriet, dass es langsam für Lina Zeit wurde, zu gehen. Die beiden kramten ihre Sachen zwischen dem durchwühlten Bett hervor und hoben die Sachen vom Boden auf. Alles war gut, bis Marcel ein „Oh-oh" hervorstieß, während er vor dem Mülleimer stand. „Was ist los?", fragte Lina ihn neugierig, aber auch leicht beängstigt. „Es könnte sein, also ganz eventuell ...", versuchte er es abzumildern, „…, dass da ein kleiner Riss im Kondom entstanden ist." Er schaute sie mit beschämten Blick an. Sie entgegnete mit einem, der irgendwas zwischen sauer und besorgt zu sein schien. „Du Idiot", sagte seine Freundin zu seiner Überraschung relativ ruhig. „Tut mir leid", entschuldigte er sich bei ihr „Aber irgendwo sind wir auch beide daran Schuld." Er versuchte, mit Humor den Umstand zu mildern, auch wenn es etwas taktlos war.

Erst als sie gemeinsam draußen waren, auf dem Weg zu Linas Haus, sprach sie das aus, was beide dachten „Was, wenn ich jetzt schwanger werde?". Marcel schluckte kurz und überlegte, doch hatte er eine Antwort für sie, denn er hatte sich bereits darüber Gedanken gemacht für einen solchen Fall. „Dann gründen wir unsere eigene kleine Familie", sprach er mit beruhigender und sicherer Stimme. „Wird wohl so sein, abtreiben würde ich ganz bestimmt nicht", antwortete seine Freundin ihm darauf. „Ja, aber so groß wird die Wahrscheinlichkeit schon nicht sein", entgegnete er „War ja nur ein bisschen was." Lina schwieg einen Moment. „Ich glaube, ich muss das meiner Mama sagen. Zumindest mit ihr drüber sprechen, halt und mal sehen, was die sagt.", dachte sie laut. „Ich bin da und lauf nicht weg, wenn du mich brauchst", meinte Marcel „Aber, ob du das machst, ist deine Entscheidung."

Sie einigten sich darauf, morgen darüber miteinander zu schreiben, und beließen es dabei für den Abend. Bevor Lina zur Haustür ging, küssten sie sich noch ein weiteres Mal liebevoll. Erst danach ging sie hinein und Marcel

nach Hause, woraufhin beide auch bald sich schlafen legten, von den Aktivitäten und Gedanken des Tages erschöpft.

15

Marcel wachte am nächsten Morgen noch vor seinem Wecker auf. Sein Herz pochte schnell, wenn er an die Ereignisse des gestrigen Abends zurückdachte. Seine Gedanken füllten sich mit Stolz und Freude, doch entwickelten sich rasch in eine Mischung aus Angst und Unsicherheit vor dem, was ihn erwartete. Sie wussten nicht, was sein würde und je nachdem, wie sich das auf ihre Beziehung auswirkte.

Als er aus dem Badezimmer kam, lief Marcel auf dem Weg in die Küche seinem Vater über den Weg. Sein Kopf überschlug sich innerlich und er überlegte, ob er mit ihm über seine Befürchtungen sprechen sollte. Doch der gerade so erwachsene Mann entschied sich dagegen und behielt es für sich. Marcel wollte darüber reden und zugleich auch wieder nicht, aber vergrub es in sich.

Später, auf der Arbeit, war er nicht bei der Sache und völlig unkonzentriert. Mit großer Mühe schaffte er es, seine Aufgaben zu bewältigen und kurz vor der Mittagspause konnte er einen Moment der Ruhe erhaschen und warf einen Blick auf sein Handy. Er hatte eine Nachricht von Lina und öffnete sie, um mehr zu erfahren. Vielleicht würde es ihn ja beruhigen.

> Habe gestern Abend noch mit meiner Mama geredet und hab ihr erzählt, was passiert ist. Bin heute daheim geblieben und gleich fahren wir zur Frauenärztin.

Marcel las sich die Nachricht mehrmals durch. Erneut begann sein Herz wild zu schlagen, denn die Nachricht kam bereits vor ein paar Stunden an. Er atmete tief durch, bevor er ihr schließlich antwortete.

Oh okay… hast du es schon hinter dir? War vielleicht nicht die schlechteste Entscheidung.

Ja. Habe die Pille Danach dann bekommen. Zur Sicherheit.

Sollen wir vielleicht gleich telefonieren, wenn ich Pause habe? 🙍

Dann habe ich bisher wenigstens noch nicht dein Leben versaut♥

Ne. Und du hast jetzt erst mal Verbot! ☺♥

Für was?♥

Ja für was wohl? 🚳♥

Och maaaan. Dann beglück ich Dich eben anders. 😌♥

Nö, alles verboten♥

Lina wollte gerade ihr Handy beiseitelegen, als Celine ihr schrieb, warum sie nicht in der Schule gewesen sei. Sie wollte es ihrer besten Freundin nicht am Telefon erklären, weswegen Lina sie zu sich einlud.

Eine halbe Stunde später kam Celine bei ihr vorbei und sie setzten sich gemeinsam auf ihr Bett. Nach einem kurzen Tratsch kamen sie auch schon auf das Thema zu sprechen. „Also du wirkst ja mal gesund", begann ihre beste Freundin „Warum warst du dann nicht heute da?". Lina errötete ein wenig schamhaft bei dem Bewusstsein, es gleich ihr erzählen zu müssen. „Marcel und ich hatten gestern das erste Mal Sex", erklärte sie. Celine schaute sie mit einem überraschten und leicht angeekelten Blick an. Ihre Augenbrauen hochgezogen, der Mund zusammengepresst und nach unten gerichtet. Daraufhin meinte sie nur „Und deshalb kamst du nicht?". Lina nickte und schaute leicht nach unten. „Ja, das Kondom hatte einen kleinen Riss, dann haben wir uns Sorgen gemacht und ich war mit meiner Mama dann beim Arzt.", klärte sie sie auf. „Oh Gott, das war ja bei dem Mal wieder klar", stöhnte Celine auf „Sei froh, dass er überhaupt eines benutzt hat." Linas Blick wandte sich ihr zu und stoß einen Ausdruck von Verwunderung aus. „Was hast du eigentlich gegen meinen Freund?", fragte sie direkt und versuchte die doch etwas stürmische Frage mit einem kleinen Lächeln abzumildern. „Ich hab nichts gegen Marcel", erwiderte Celine darauf „Er macht auf mich nur nicht den besten Eindruck, wenn ich ehrlich bin." „Hat er dir denn jemals was getan? Oder dir dazu Anlass gegeben?", forschte Lina weiter nach, woher Celines Abneigung stammte. Doch diese musste den Kopf schütteln, aber gab gleichzeitig von sich „Nein, aber irgendwie habe ich bei ihm immer noch ein ungutes Gefühl." „Du kennst ihn nicht so, wie ich es tue", meinte Marcels Freundin nun: „Er versucht mir jeden Wunsch von den Lippen abzulesen und würde alles tun, damit ich glücklich bin. Das weiß ich." Sie war sich seiner Liebe bewusst. Celine schwieg einen Moment und versuchte, nach Argumenten zu finden. „Und was war mit diesem Daniel? Dem du deine Nummer gegeben hattest? Da war er doch krankhaft eifersüchtig und hat dich gezwungen, seine Nummer zu löschen.", provozierte sie weiter und redete Linas Freund schlecht. Ein verärgerter Blick wurde ihr dafür entgegengeschleudert, bevor Lina mit rollenden Augen ihr antwortete „Ich habe die Nummer freiwillig gelöscht und ein wenig kann ich es auch nachvollziehen. Ich meine, ich fände es auch nicht toll, wenn er von einem Mädel so komische Nachrichten bekommen würde, dass ich nicht kenne. Und so ein bisschen Eifersucht zeigt ja auch, dass ich ihm wichtig bin."

Auf diese auch ein wenig passiv-aggressive Antwort war Celine nicht vorbereitet gewesen. Sie hielt einen Moment den Atem an und zwischen den beiden herrschte Stille. Dann wechselte Celine zurück auf das vorige Thema und fragte kleinlaut: „Wie war es denn für dich?". Linas Kopf wandte sich wieder zu ihrer besten Freundin und ein Lächeln zeichnete sich auf ihren Lippen ab. „Ich hätte nicht daran gedacht, dass es an diesem Tag passieren würde", gab sie zu „Aber Marcel hat mich mit einem wunderschönen Strauß Blumen und meiner Lieblingspizza überrascht. Dann haben wir uns ewig lang geküsst und irgendwie war gestern einfach alles, was er tat, intensiver als für gewöhnlich. Wir haben uns überall angefasst, und irgendwann wollte ich einfach nur noch, dass es endlich passierte." „Also hat der dich einfach überrascht und dann richtig geil gemacht, oder wie?", lachte ihre beste

Freundin. Sie antwortete mit einem einfachen „Ja, schon." und zuckte mit den Schultern. Überraschend schnell war das Thema damit vom Tisch. Das war für Lina zwar in Ordnung, aber es wunderte sie dennoch, dass Celine sie nicht weiter darüber ausfragte.

Die kommende Woche sollte für das junge Pärchen schwer werden. Bisher hatten sie sich immer drei bis viermal die Woche gesehen und wenn an einem Tag mal nicht, dann viel geschrieben und abends miteinander telefoniert. Lina hatte zwar ein verlängertes Wochenende durch den Feiertag und ein paar bewegliche Ferientage, doch fuhr sie mit ihrer Familie über diese Zeit ihre Verwandten besuchen, die einige Stunden Autofahrt entfernt wohnten. Marcel musste die Hälfte der Tage auch arbeiten. Das führte dazu, dass die beiden sich das erste Mal seit Beginn der Beziehung für eine Woche nicht sahen und ausschließlich Kontakt über Textnachrichten hatten, da Lina nicht im Beisein ihrer Familie mit ihm telefonieren wollte. Für Marcel war dies verständlich, denn er musste zugeben, dass er manchmal unüberlegt dumme oder auch gerne mal schweinische Sachen sagte.

Er nutzte das Wochenende dazu, seine Geburtstagsfete vorzubereiten, denn am kommenden Freitag, wenn Lina auch wieder zurück sein würde, hatte er seinen großen Tag. Er hatte einen bunten Haufen an Schulfreunden zu sich eingeladen und die Jungs aus dem Jugendraum. Dementsprechend kaufte er ein Dutzend Kisten Bier und Getränke, um den Schnaps, den er hoffentlich geschenkt bekam, zu mischen. Daheim kontrollierte er, ob er genügend Sitzgelegenheiten hatte. Marcel hatte diesen Tag Wochen im Voraus genau geplant. Bis frühen Nachmittag musste er arbeiten, dann holte er Lina ab und würde mit seiner Familie bei sich im Garten feiern, sogar seine Mutter würde mit ihrem neuen Lebensgefährten vorbeischauen. Gegen Abend würden dann seine Freunde vorbeikommen. Seinen Erwartungen nach würden seine ehemaligen Schulfreunde zuerst da sein, bis dann irgendwann die Leute aus dem Jugendraum schon gut angetrunken nachkamen. Und mittlerweile hatte er auch die Aussicht, dass erste Mal in seinem Leben Geburtstagssex geschenkt zu bekommen, wenn Lina sich trotz des von ihr erteilten Verbotes darauf einließ. Was Marcel in der einen Woche ohne Lina auffiel, war, dass er mittlerweile kaum noch etwas in seiner Freizeit zu tun hatte. Er ging weiterhin laufen, doch sonst wusste der Junge nichts mit sich anzufangen. Ohne Inspiration zum Schreiben, keine Lust, irgendwelche Computerspiele zu spielen, lag er einfach nur auf seinem Bett und schaute Serien. Gelegentlich beantwortete er Linas Nachrichten, doch kamen diese nur in sehr geringen Mengen, da sie die meiste Zeit von ihrer Familie abgelenkt war. Doch auch diese Zeit ging herum und so freute Marcel sich umso mehr darüber, wenn er seine Freundin endlich wieder in seine Arme schließen konnte.

Bei ihrem ersten Treffen, als Lina endlich zurück war, fielen sie sich in die Arme. Diese eine Woche war viel zu lange für die beiden gewesen und das merkten sie auch. Seine Freundin erzählte ihm ausführlich von all den Dingen, die sie mit ihrer Familie gemacht hatte, während Marcel nur aufzählen konnte, wie viele Staffeln er gesehen hatte in der Zwischenzeit.
Am Freitag darauf war sein Tag gekommen. Als Marcel aufwachte, hatte er bereits Geburtstagsglückwünsche von Lina und Emma auf seinem Handy. Er beantwortete diese mit einem Lächeln und tänzelte durch den Flur seines Hauses. Seine gute Laune war unaufhaltsam. Zusätzlich

hatte er das Glück, in einer seiner Lieblingsfilialen mit zwei seiner Lieblingskollegen zu arbeiten, welche sogar an seinen Geburtstag gedacht hatten und ihm ein Törtchen mit einer Kerze mitbrachten. Es war jetzt schon ein wunderbarer Tag.

Von der Arbeit fuhr er auch mit einem Lächeln nach Hause und erfreute sich an den Erwartungen, die er an den Tag hatte. Noch bevor er in sein Haus ging, lief er in Anzughose und Hemd zu Lina und holte sie ab. Mit einem Turnbeutel auf dem Rücken kam sie aus dem Haus und küsste ihn. „Alles Gute zum Geburtstag!", sagte sie daraufhin und griff ihren Freund an der Hand, um mit ihm loszugehen, doch Marcels Laune verleitete ihn dazu, sie auf seinen Rücken aufspringen zu lassen und sie zu seinem Haus zu tragen.

Daheim angekommen, bemerkte er, dass bereits ein weiteres Auto im Hof stand. Es war das Auto seines Bruders. Dieser war extra für ihn nach Hause gekommen, um mit ihm zu feiern. Normalerweise sah er ihn sehr selten, da dieser nach seinem Abitur fortgezogen war, um zu studieren. Mit Lina im Schlepptau ging er in sein Haus hinein und wurde von seinem Vater und seinem Bruder überrascht.

Etwas später, noch bevor der Rest von Marcels Familie eintraf, nahm er sich einen Augenblick Zeit, um seine Freundin auf eben diese vorzubereiten. „Ich muss dich vorwarnen, bevor meine Familie gleich kommt", begann er Lina zu erklären „Also meine Mum hast du ja schon mal gesehen, die denke ich wird dich nur etwas zu sehr bemuttern. Mein Onkel ist eigentlich wie ich, nur dunkelhaarig und dreißig Jahre älter. Meine Tante ist ein stilles Wasser, aber im Grunde genommen cool. Aber meine Oma wird dir wahrscheinlich Hunderte Geschichten erzählen wollen, wie ich als Kind war und versuchen, meinen Dad zu überreden, alte Fotoalben zu holen, wo ich als Kind drin bin. Wenn das passiert, könnte es sein, dass du einige Stunden beschäftigt bist." Lina lachte nur und war zuversichtlich, damit klarzukommen. In der Vergangenheit wollte sie schon öfters mit ihm alte Fotoalben gucken, denn sie liebte es, sich um Kinder zu kümmern, und fand ihn auf den Bildern sehr süß. Marcel konnte den Gedanken, alte Bilder durchzuschauen, an denen man nicht beteiligt war, zwar nicht nachvollziehen, aber er machte ihr gerne eine Freude.

Tatsächlich ging der familiäre Teil der Feier sehr schnell vorbei. Sie aßen Kuchen, grillten am Abend noch und sein Bruder und er begannen bereits am Nachmittag mit Saufspielen. Das war eines der wenigen Dinge, die sie miteinander verbanden. „Rauchst du eigentlich nicht mehr?", fragte dieser ihn irgendwann, als sie auf Decken im Gras lagen. Marcel schüttelte den Kopf und deutete auf Lina, die er in seinen Armen hielt. „Ich hab vor ein paar Monaten aufgehört und wenn die Versuchung kommt, kleb ich mir ein Nikotinpflaster auf den Arm. Allerdings muss ich sagen, hab ich das auch schon mehrere Wochen nicht mehr gebraucht.", erklärte Marcel ihm. Sein Bruder schaute ihn an, dann rüber zu Lina. Er hielt ihr die Faust zum Einschlagen hin und meinte „Gut gemacht, Lina. Du machst ja echt was aus meinem kleinen Bruder." Sie musste lachen, als sie bei ihm einschlug. „Und was hast du da oben für eine Konstruktion gebaut? Hast du jetzt noch ein Baumhaus gebaut?", erkundigte er sich neugierig. Marcel nickte, bevor er mit absichtlich übertrieben verliebter Stimme antwortete „Ja, das ist das Schloss für meine Königin." In dem Moment, als er die

Worte aussprach, konnte keiner von den dreien sich ein Lachen verkneifen.

Sie blieben noch eine Weile auf der Decke sitzen, während ein Familienmitglied nach dem anderen die Fete verließ. Marcel begann ein wenig aufzuräumen und den Garten etwas mehr für die zu erwartende ausgelassene Stimmung zu richten. Die Erste, die ankam, war Emma ohne ihren Freund. Sie sprang auf ihn glücklich zu, als sie im Garten erschien und Marcel drückte sie fest an sich, als er sie hochhob und sich mit ihr drehte. Erst als er sie herabließ, stellte er sie Lina vor. „Lina, das ist Emma, meine beste Freundin.", meinte er, während er Emma in ihre Richtung schob „Das ist die Einzige von meinen Freunden, die du wirklich mögen musst." Die beiden Freunde lachten und zu seiner Zufriedenheit zeigte sich über die nächsten Minuten, dass sie sich auch gut miteinander verstanden. „Wo ist eigentlich dein Freund?", bemerkte Marcel auf einmal. „Wir haben uns gestritten", erklärte sie ihm „Ich hoffe, der beruhigt sich wieder bis zum Urlaub".

Sie blieben noch eine Zeit nur zu viert, als Lina schließlich ihre Augen aufriss und ihr einfiel, dass sie etwas vergessen hatte. Ihren Freund an der Hand zerrend, zog sie ihrem Freund zur Leiter, die zum Baumhaus führte und meinte „Ich hab ganz vergessen, dir dein Geschenk zu geben." Marcel zog erkennend die Augen hoch. „Stimmt", sagte er, bevor er sich zu seinem Bruder und seiner besten Freundin drehte, „Können wir euch kurz allein lassen?". Beide nickten, woraufhin sie die Sprossen nach oben, den Baum hinauf erklommen. Oben angekommen legte Lina ihren Turnbeutel ab und zog ein Paket in der Größe eines Schuhkartons heraus. Darin waren Energy-Drinks, eine Schachtel Zigaretten und ein kleiner

Stoffbeutel. „Heute kannst du ruhig mal rauchen. Ich weiß, dass du es gerne würdest. Aber du darfst dann nicht rückfällig werden", lachte seine Freundin und deutete auf die Packung Zigaretten seiner Lieblingsmarke. Marcel musste auch lachen „Du bist die Beste!". Doch was ihn viel mehr interessierte, war, was in dem kleinen Säckchen aus Stoff war. Marcel nahm es in die Hand und tastete es ab, bevor er es öffnete. Als er hineingriff, konnte er es schon erahnen und zog es heraus. Es erschienen zwei Armbänder, eines mit einem „M" für Marcel und eines mit einem „L" für Lina. Er zog sich seines direkt an den rechten Arm, bevor er ihre Hand ergriff und das für sie über ihren streifte. Marcel hielt sie weiterhin an der Hand, während er sich zu ihr beugte und sie küsste. Danach meinte er zu ihr mit ruhiger Stimme „Ich liebe dich!". Sie entgegnete dies und küsste ihn erneut mit ihren Händen um seinen Hals. „Weißt du, was jetzt noch fehlt?", fragte er seine Freundin. Lina schüttelte wortlos den Kopf und sah ihn an, in dem Erwarten, dass er es ihr gleich sagen würde. Marcel meinte nur „Geburtstagssex!" und grinste sie an. Lina stieß ein Lachen hervor, bevor sie ihm einen Korb für diesen Gedanken gab „Nein, du hast noch immer Verbot."

Das Paar blieb noch die ein oder andere Minute im Schutz des Baumhauses, bevor sie sich wieder herunter in den Garten gesellten. Stolz zeigte Marcel seiner besten Freundin das Armband, welches er soeben erhalten hatte. „Oh wie süß", sagte sie mit niedlicher Stimme, während sein Bruder nur meinte „Wie kitschig." Der Kommentar war Marcel egal, er war an diese miesepetrige Art von ihm noch gewohnt.

Kurz darauf kamen die nächsten Gäste und wie erwartet waren es seine alten Schulkameraden. Lina war etwas verwundert, dass es mehr Mädchen als Jungs waren. Sie merkte, wie sich in ihr doch eine leichte Eifersucht regte, als er die ankommenden Mädchen umarmte. Emmas Blick schweifte zu ihr rüber und erhaschte Linas Gesichtsausdruck. Merkend, was sie empfand, beruhigte sie Marcels Freundin und meinte „Du brauchst dir da keine Gedanken zu machen. Du bist die Einzige für ihn. Ich glaube, du könntest alles von ihm verlangen und er würde es tun." Lina wusste, dass sie recht hatte, was dann doch ihren Puls sich etwas beruhigen ließ. Das verstärkte sich, als er seinen neuen Gästen weiter sein neues Armband hinhielt. Marcel war wirklich stolz darauf und auch sie war glücklich darüber, dass er sich über ihr Geschenk so freute.

Im Laufe des Abends freundete sich Lina mit Marcels Freunden ein wenig an, doch war sie froh, dass Emma etwas früher kam, sodass sie sich an sie halten konnte, wenn Marcel nicht bei ihr war. Dieser spielte in der Zwischenzeit mit Freude und Ekstase Bier-Pong und gerne auch mal mit Schnaps in den Bechern. Lina unterhielt sich gerade mit Emma, als Marcel wie aus dem Nichts hinter ihr auftauchte und sie hochhob. „Ich hab gerade eine Pechsträhne, ich muss mir gerade mal mein Glück ausleihen und es für mich werfen lassen, damit es wieder läuft", sagte er zu den anderen, die mit Lina im Kreis saßen, während seine Freundin nur Lachen musste. Sie riskierte einen Wurf für ihn und küsste ihn darauf. „Du schmeckst schon ganz schön nach Alkohol", meinte sie mit einem Grinsen, denn sie sah Marcel schon an, dass er versuchte, sich nüchterner zu geben, als er war. Er versprach, nur noch die Runde fertig zu spielen.

Es war bereits dunkel, als die restlichen Gäste, die Leute aus dem Jugendraum, eintrafen. Mit ihnen kam auch Celine, sodass Lina sich auch zur Not an diese halten konnte, zwischen all seinen, ihr bis zu diesem Abend noch Unbekannten, Freunden. Eine Weile verlor sich das Paar aus den Augen, bis Marcel irgendwann zu später Stunde zu ihr stolperte und sie von hinten umarmte. Lina hatte die meiste Zeit mit Celine zu zweit irgendwo gesessen, seitdem diese ankam, statt wie zuvor sich mit seinen Freunden weiter anzufreunden. Doch wusste er nicht mit Sicherheit, an wem von beiden dies lag und so konnte er nur vermuten. Marcel flüsterte ihr „Ich liebe dich!" ins Ohr und damit kam auch eine gute Schnapsfahne aus ihm heraus. Er hatte sich bereits gut betrunken und legte sich mit ihr auf eine Decke, während seine ehemaligen Schulkameraden langsam die Party verließen. Marcel begann an ihrem Hals herumzutasten. „Was machst du da?", lachte Lina ihn an, die auch keineswegs mehr nüchtern war. „Ich wollte gucken, ob du eigentlich die Kette zu meinem Geburtstag trägst", sagte er mit trauriger, betrunkener Stimme „Aber leider finde ich nichts." Sie drehte sich in seinen Armen zu ihm um und streichelte ihm über die Wange. „Dafür habe ich doch das Armband an", entgegnete sie ihm und versuchte seine Enttäuschung abzubauen. Er schwankte überlegend mit seinem Kopf und entschloss „Ja schon … aber das ist ja nicht dasselbe." „Bitte fang nicht wieder damit an", bat sie ihn und hoffte, einem Streit oder einer Diskussion aus dem Weg zu gehen. „Aber du musst zugeben, es wäre eine echt schöne Geste gewesen. Und zusätzlich hätte es mich mehr als nur glücklich gemacht", machte er weiter. Sie nickte verstehend, doch wiederholte „Ich hab doch dafür das Armband." „Aber nicht die Kette" konnte Marcel es nicht lassen „Wo ist die überhaupt?". „Die ist bei mir daheim und hängt bei den anderen Ketten, die ich nie anziehe. Aber das heißt ja nicht, dass ich die nicht weiterhin zu schätzen weiß.", erklärte sie ihm. Ein wenig schmerzten diese Worte Marcel, welcher nicht mehr bei klarem Verstand war. Doch erkannte er immerhin, dass er es lassen sollte. Er gab sich damit zufrieden, dass sie das Armband trug. Erst sehr spät kamen die beiden ins Bett, nachdem die letzten ihrer Freunde aus dem Jugendraum nach Hause gegangen waren. Sie schliefen durch bis zum nächsten Mittag.

Während Marcel das Chaos der gestrigen Feier beseitigte, ließ er Lina weiter in seinem Bett schlafen. Er trank die Energy-Drinks, welche Lina ihm geschenkt hatte, um dem Kater und den heißen Strahlen der Sonne zu trotzen. Nebenbei rauchte er noch die letzten paar übrigen Zigaretten aus der Packung, sodass diese mit in den Müll wanderte. Als hätte Lina es genau abgestimmt gehabt, kam sie zu ihm heraus, als er gerade fertig war. In der Hand hielt sie zwei Wassereis und Marcel breitete die Decke erneut über den Rasen aus, damit die zwei sich hinlegen konnten. Nachdem sie damit fertig waren, das Eis zu lutschen, legten sie sich nebeneinander in die Sonne und gelegentlich streichelten sie zärtlich über den warmen Körper des anderen. Marcels Augen beobachten, wie seine Freundin neben ihm lag mit der Sonnenbrille über den geschlossenen, immer noch müden Augen. Sein Blick wanderte an ihr herunter und wieder hinauf und schließlich auf ihre Handgelenke, an denen leider auch das Armband nicht mehr vorzufinden war.

16

Es war der Montag der letzten Schulwoche. Voller Erwartungen fieberten Lina und Celine den Sommerferien hin, als sie nebeneinander im Bus auf dem Weg zur Schule saßen. Im Laufe ihres Gesprächs fragte Celine schließlich, nachdem sie all ihren Gesprächsstoff los war, ihre beste Freundin „Wie war eigentlich der Geburtstag noch, nachdem ich weg bin? Und der Rest vom Wochenende?". „Gut" entgegnete sie zunächst nur „Haben viel in der Sonne gelegen und im Baumhaus. Aber irgendwie war Marcel am Ende von seiner Party noch ein bisschen komisch." „Wie, komisch?", hakte Celine bei ihr nach. „Ja, der hat wieder das Thema mit der Kette aufgegriffen", erklärt Lina ihr. „Macht er das nicht ständig?", erkundigte sie sich „Also kommt mir zumindest so vor." Lina schüttelte den Kopf. „Nein, nicht mehr. Er hat seit Wochen nicht mehr davon gesprochen. Davor auch nur, wenn wir mal einen kleinen Streit hatten. Irgendwie scheint ihm die viel zu bedeuten", beantwortete Lina ihr die Frage. Celine überlegte kurz, bevor sie weitersprach „Kann ja sein, aber ist irgendwie ein bisschen übertrieben. Ich finde, er sollte froh sein, dass er dich hat." „Ist er ja", beschwichtigte Lina sie. „Ja, aber dann hackt man doch nicht immer wieder darauf herum, wenn er doch weiß, dass du selten Ketten anziehst", führte Celine ihre Überlegungen weiter aus „Vielleicht benötigt ihr beide einfach mal ein bisschen Abstand. Dann fällt ihm schon auf, dass er über jede Sekunde mit dir froh sein kann." Lina schwieg einen Moment und dachte über den Vorschlag ihrer besten Freundin nach. „Ja kann schon sein. Eventuell würde ein bisschen Abstand dafür sorgen, dass er seine Erwartungen ein wenig senkt.", stimmte sie ihr schließlich zu. Einen Moment lang herrschte Stille zwischen den beiden, dann fügte Celine noch etwas hinzu: „Außerdem können wir dann ja nochmal mehr miteinander machen, das haben wir in letzter Zeit viel zu wenig." „Wir sehen uns doch fast jeden Tag mal mindestens in der Schule", sagte Lina daraufhin mit gerunzelter Stirn. „Ja, aber früher haben wir auch nach der Schule ständig was miteinander gemacht", führte sie nun ihre Gedanken weiter aus „Also vor Marcel, meine ich." „Ja, da hast du schon recht.", gab die Blondine zu. Celine nickte und argumentierte noch weiter „Ich muss schon sagen, ich habe mich von dir als deine beste Freundin ein bisschen vernachlässigt gefühlt, falls du das noch nicht gemerkt hast. Vor allem in den letzten Wochen." „Echt?", stieß Lina daraufhin hervor. „Echt!", antwortete ihre beste Freundin daraufhin. Das junge Mädchen ließ sich einen Moment Zeit und dachte die letzten Wochen zurück und musste zugeben, dass sie, seitdem sie mit Marcel zusammengekommen war, wirklich nicht mehr viel mit ihrer besten Freundin gemacht hatte. Auch mit ihrer Familie hatte sie außer dem Kurzurlaub nicht mehr viel gemacht. Früher hatte sie so oft sich zwischen dem Lernen die Zeit genommen, mal mit ihren jüngeren Schwestern zu spielen oder mit ihrer Mutter einfach mal einen Film zu schauen. „Ja, du hast recht. Ich verspreche dir, dass wir die nächsten Wochen wieder mehr zusammen machen", lächelte Lina sie an. Celine war zufrieden und lächelte zurück. „Das freut mich, macht mich richtig glücklich", sagte sie und meinte es auch so.

Dementsprechend wurden die nächsten Wochen für Marcel sehr hart. Er hatte sich daran gewöhnt, Lina oft zu sehen, und sie versüßte ihm jeden einzelnen Tag, egal wie die Arbeit war. Die erste Woche, in welcher Lina sich vornahm, mehr mit Celine zu machen, bekam er sie nur an einem Tag zu sehen und dann nochmal für wenige Stunden, als sie trotz voriger Absage kurz im Jugendraum vorbeischauten. Marcel verstand nicht, was los war, was er falsch gemacht hatte. Es beunruhigte ihn und er fragte rein routinemäßig sie täglich, ob sie etwas machten, doch ging schon davon aus, dass sie ihm absagen würde. Irgendetwas lief seiner Meinung nach gewaltig schief. Als er sie fragte, was los sei, sagte sie ehrlich, dass sie etwas Zeit mit ihrer Familie und Celine aufholen musste.

Das war für ihn jedoch kein Grund, ihn so radikal abzuschreiben. Marcel verstand, dass sie für ihre Familie da sein wollte, doch warf es in ihm zeitgleich die Frage auf, was sie dann in den vergangenen Monaten tat, während er noch bei der Arbeit war oder wenn sie sich nicht getroffen hatten an einem Tag. Er war verwirrt.

Das mit Celine verstand er noch weniger. Sie hatten jeden Tag mehrere Stunden in der Schule zusammen und hatten sich auch weiterhin noch den ein oder anderen Tag getroffen. Das noch obendrauf verwirrte ihn dann nicht mehr nur, sondern verunsicherte ihn regelrecht. Lina sagte ihm immerzu nur, dass er nichts falsch gemacht hätte, doch in seinen Kopf musste er etwas falsch gemacht haben, dass sie ihn seine Einladungen so sehr ignorierte. Marcel dachte immer, sie wäre gerne bei ihm, sonst wäre sie nicht mit ihm zusammengekommen, sonst würde sie ihn nicht lieben. Er hoffte, dass das immer noch so war, doch die Unsicherheit zog sich durch jede Ader seines Körpers. Sie telefonierten auch nicht mehr so oft wie früher, ständig musste Lina noch etwas mit Celine bereden oder war mit ihren Hausaufgaben noch nicht fertig und musste sich für diese konzentrieren. Am Wochenende gingen die beiden immer auf irgendwelche Partys von Leuten aus ihrer Schule, die er nicht kannte und er sollte ja auch nicht mit, denn er würde ja sowieso niemanden dort kennen oder das Auto war schon voll. Dass er sie fuhr, wollten sie ebenfalls nicht. Er hoffte einfach nur, dass das alles nach seinem Urlaub mit Emma und ihrer Familie, der bald anstand, vorbei war und sich alles in die alten Verhältnisse fügte. Er vermisste sie. Weiterhin wollte er sie am liebsten die ganze Zeit um sich haben, oder zumindest so oft es ging. Seine Überlegungen führten dazu, ob es vielleicht gar nicht an ihm lag, doch er ging davon aus, dass, wenn es etwas anderes war, sie ihm das sagen würde. Ihre Familie mochte ihn, an dieser würde es bestimmt nicht liegen. Schnell machte er Wrestling am Fernseher an, um sich abzulenken. Marcel versuchte, wenigst möglich daran zu denken, was gerade zwischen ihm und Lina war und gab wirklich sein Bestes, doch schaffte es nur selten, wirklich die Gedanken loszulassen. Auch beim Laufen schaffte er es nicht, denn es verfolgte ihn regelrecht.

Daheim öffnete Marcel an seinem Handy den Internet-Browser und öffnete die Seite des Verlages, welcher sein Buch herausbrachte. Er gab seine Daten ein und loggte sich in das Portal ein. Sein Buch war mittlerweile mehrere Tausend Male verkauft worden und hatte ihm eine beträchtliche Summe eingespielt, welche auf seinem Sparkonto vor sich herschlummerte. Er hatte nicht mal seiner Familie erzählt, wie viel er damit verdient hatte. Es war sein kleines Geheimnis, mit welchem er mal Lina einen Ring kaufen würde, wenn es zwischen ihnen denn mal wieder besser lief. Ansonsten könnte er genauso gut auch seinen Träumen hinterherjagen, die er für ihre Liebe begraben hatte.

Von dem Geld könnte Marcel sich genauso gut absetzen und ohne von jemanden abhängig zu sein, eine Wohnung mieten und sein Studium finanzieren. Doch seiner Freundin zuliebe blieb er in seiner Heimat. Er wollte bei ihr sein. Sie hielt ihn an diesem Ort, denn sie war ihm wichtiger als alles andere.

Am Freitag, bevor Marcel mit Emmas Familie in den Urlaub nach Mallorca flog, konnte er sie endlich noch einmal zu einem Treffen überreden. Er hatte ein volles Programm für den Nachmittag geplant, um ihr, bevor er eine Woche erst gar nicht die Aussicht auf ein Treffen hatte, erneut ins Gedächtnis zu rufen, was für eine schöne Zeit die beiden doch immer gemeinsam hatten. Seine ganzen Hoffnungen in einen frischen Wind beziehungsweise einen Wechsel zu den gewohnten Verhältnissen steckten in diesem Tag. Lina wusste nur, dass er vorhatte, mit ihr wegzugehen, doch wohin genau, das wusste sie nicht. Marcel wollte mit ihr den Nachmittag an einem kleinen See in der Nähe verbringen, daraufhin mit ihr in den Ort hinein fahren, sie zu einem großen Becher Eis einladen und zum Abschluss mit ihr einen ihrer geliebten Horrorfilme im Kino sehen. Lina hatte sich noch nicht entschieden, ob sie bei ihm übernachten wollte, doch war Marcel sich sicher, dass sie nach diesem Date auch bei ihm schlafen wollte.

Er holte sie direkt mit dem Auto bei sich ab. Sie erzählte ihm viel darüber, was sie die letzte Woche erlebt hatte, denn schließlich hatten sie sich die ganze Zeit über nicht gesehen und in dieser Woche auch noch nicht einmal telefoniert. Marcel konnte die vergangenen zwei Wochen froh sein, wenn sie mehr als zehn Nachrichten ihm am

Tag schrieb. Sie fand beinahe kein Ende mit ihren Erlebnissen, die sie ihm erzählte, während er sich beim Fahren nur fragte, ob sie ihn provozieren wollte, denn schließlich schrieb er ihr jeden Tag, dass er sie vermisste und sie sehen wollte. Marcel hatte dagegen beinahe nichts zu erzählen, denn sein Leben saß für ihn auf dem Beifahrersitz.

Nur wenige Minuten später kamen sie am ersten Ziel des Tages an. Marcel bog in einen kleinen geteerten Weg ein, der an den Seiten von Bäumen verziert war und letztendlich direkt auf den See zu führte. Er parkte den Wagen auf dem nicht mit Parkflächen markierten Parkplatz. „So, hier sind wir. Unser erstes Ziel für heute", meinte er mit einem leichten Schmunzeln im Gesicht. Lina stieg zuerst aus und schaute sich um, während Marcel an den Kofferraum seines Autos ging und aus einer Kühltasche ihr heiß geliebtes Wassereis herausholte. Gemeinsam suchten sie sich einen Baum, der etwas Schatten warf. Bevor sie sich setzten, zog Marcel seine Jeansjacke aus und legte sie ihr zu Füßen. So musste keiner von beiden sich auf den erdigen Boden setzen. Er lehnte sich zurück an den Stamm des Baumes und zog Lina näher an sich und küsste ihre Stirn. „Ich habe so lange darauf gewartet", meinte er, während seine Hände ihr durch die blonden Haare streichelten. „Was meinst du?", antworte sie zu ihm heraufschauend. Marcels Blick wandte sich vom See ab und begegnete ihrem Blick, dann sagte er „Na, dass ich dich wieder in meinen Armen halten kann. Wir sehen uns viel weniger als sonst." Sie schob ihre Antwort noch einen Moment auf. „So wenig ist es jetzt auch nicht", entgegnete sie ihm „Außerdem bin ich ja jetzt bei dir." „Ja", stimmte er zu und küsste sie. Daraufhin ergänzte er noch „Aber vor meinem Geburtstag war es viel öfter.". Sie nickte. „Ich hab dir doch erklärt, dass ich mal wieder mehr mit meiner Familie machen muss und Celine braucht mich ja auch.", gab sie zu verstehen und ihr Blick wandte sich von ihm ab. „Naja ›brauchen‹ ist in dem Kontext schon ein starkes Wort", erwiderte ihr Freund „Dann brauch ich dich auch. Sogar noch mehr." Zu seinem Leidwesen antwortete Lina darauf nicht und so fügte Marcel noch hinzu „Und, indem ich dir heute einen besonders schönen Tag mache, hoffe ich, dass wir uns bald wieder öfter treffen." Auch darauf gab sie nur ein kurzes „Mal sehen.", von sich. Das half Marcel nicht und er war weiterhin genauso verunsichert.

Eine Weile blieben sie in aller Stille dort liegen und lauschten der Natur um sie herum, während Marcel versuchte zu genießen, dass seine Freundin endlich wieder bei ihm war. Lina begann erst ein bisschen später wiederzuerzählen, was sie noch alles in den letzten Tagen gemacht hatte, und Marcel hörte bei jedem einzelnen Wort genau zu. Es war ihm eigentlich egal, was sie gerade erzählte, er wollte nur sie wieder bei sich haben und seine Freundin in seinen Armen halten, so oft es ging, wie es zuvor einmal war.

Als Marcel die Glocken des Kirchturms läuten hörte, welche darauf schlossen, dass es fünf Uhr war, hob er ihren Kopf von sich hinauf und richtete Lina auf. „Wir müssen jetzt weiter", sagte er ruhig, aber mit einem Lächeln. „Wohin denn?" fragte seine Freundin, „Was hast du denn noch vor?". „Komm wir fahren jetzt zum Eiscafé. Und später dann haben wir noch zwei Karten fürs Kino", klärte er sie über seine Pläne auf. Sie konnte sich ein Lächeln nicht verkneifen und meinte „Das klingt gut." Auf dem Weg zurück zum Auto ergriff er ihre Hand trotz der brennenden Sonne.

Sie fuhren nur wenige Minuten stadteinwärts, bis sie am Parkhaus ankamen. Marcel führte sie aus dem Gebäude heraus und in Richtung der Eisdiele, als Lina von ihm wissen wollte, welchen Film sie denn schauen wollten. „Was denkst du denn? Den neuen Horrorfilm tue ich mir heute für dich an.", erklärte er mit einem Grinsen. Im Gehen drückte sie sich an ihn, um ihn zu umarmen. Sie wusste, dass er das nur für sie tat und aus keinerlei Eigeninteresse. So langsam lösten sich die Spannungen und Barrieren, die zwischen ihnen standen und sie konnten gemeinsam Eis und Kino genießen, auch wenn der Film für Marcel weniger zu genießen war. Er konzentrierte sich lieber darauf, sich an der Gesellschaft seiner Freundin endlich wieder erfreuen zu können.

Auf dem Heimweg im Auto war der Gesprächsanteil nun ausgeglichen und es fühlte sich für die beiden wie früher an. Sie lachten und redeten ohne Pause. „Ist dir eigentlich während dem Film was aufgefallen?", erkundigte sich Lina mit peinlich berührten roten Wangen, die Marcel erkannte trotz der Dunkelheit des Abends. „Du meinst, dass du zwischendurch an das falsche Getränk gegriffen hast?", grinste er sie schelmisch an „Ja, das ist mir aufgefallen." „Das war so peinlich!", stieß seine Freundin hervor, während sie zugleich seine Hand ergriff. „Ja, das passiert schon mal", lachte er. „Dir ist es ja auch nicht passiert", rollte sie die Augen „Ansonsten wärst du derjenige, der sich jetzt schämt". Er lachte nur und meinte „Bin ich aber nicht." Lina versuchte, sich nicht anmerken zu lassen, dass sie sich für den Ausrutscher immer noch schämte.

Deshalb begann sie schnell ein anderes Thema „Fliegst du eigentlich nur mit Emma und ihrer Mama nach Malle?". Marcel schüttelte den Kopf. „Nein, Emmas Freund

und von ihrer Mum der Freund kommen auch noch mit", verneinte er die Frage. „Achso" verstand sie „Und wo schläfst du?". „Bei Emma und ihrem Freund im Zimmer. Ich muss dann wahrscheinlich ab und zu da raus und an die Pool-Bar, wenn die beiden Zeit für sich brauchen.", lachte er bei der Antwort. „Ich hoffe nur, dass die beiden sich nicht mal wieder streiten. Ist bei denen in letzter Zeit häufig so.", schob Marcel noch hinterher. „Hoffe ich auch für dich", sagte Lina mit einem kleinen Schmunzeln „Gut, dass wir uns nicht oft streiten." Marcel schwieg, denn er war kurz davor, bewusst etwas Falsches zu sagen. Zu gerne würde er ihr an den Kopf werfen, dass sie sich dafür nicht mehr so oft sahen und irgendetwas in letzter Zeit anders war.

Er atmete tief durch und schlug stattdessen eine Idee vor „Weißt du, wenn ich ja ohne dich in Urlaub fliege, vielleicht können wir ja dann einfach demnächst mal eine Woche zusammen was machen, quasi zusammen wohnen. Ich nehme mir dann frei und wir können zusammen Zeit verbringen und paar Ausflüge machen oder, wenn dir das lieber ist, einfach nur chillen." Lina drehte seinen Kopf zu ihm und schenkte ihm ein Lächeln. „Das hört sich gut an", meinte sie zu ihrem Freund liebevoll. Das war die Antwort, die Marcel sich erhofft hatte, und es machte ihn glücklich. „Wie wäre es mit der übernächsten Woche, wenn ich zurück bin?", fragte er und erklärte folgend den Gedankengang dahinter „Wenn ich am Sonntag fliege, kann ich ja nicht so schnell mir freinehmen und dann kann ich das in der darauf folgenden Woche mit meinem Chef abklären." Lina nickte und stimmte zu „Okay, dann machen wir das so." „Ich kann uns einen Pool kaufen, wenn es gutes Wetter werden soll.", teilte Marcel daraufhin seinen Geistesblitz ihr mit. Lina musste lachen, doch ergänzte noch „Ja und dann machen wir Cocktails und trinken die darin." „Klingt doch nach einer guten Idee", lachte er und steckte damit auch seine Freundin an.

Schon jetzt freute er sich auf diese Woche, sogar noch mehr, als auf den Sommerurlaub, den er seit einem Jahr mit Emma am Planen war.

Später, bei ihm zu Hause, schien Lina sich doch dazu entschlossen zu haben, bei ihrem Freund zu übernachten. Als sie in sein Zimmer kamen, fragte Marcel sie mit einem Grinsen „Gucken wir Haus des Geldes weiter?". Sie warf ihm einen tödlichen Blick zu. „Ich schaue das nie wieder mit dir", sagte sie, „Außerdem hast du noch Verbot." Seine Freundin wusste genau, worauf er anspielte. Doch sie zeigte keine große Gegenwehr, als Marcel sie auf sein Bett hob und begann, sie zu küssen. Nach langer Zeit tasteten sich ihre Körper endlich wieder so ab wie in der Nacht, als sie das erste Mal miteinander schliefen. Ihre Hand wanderte langsam an ihm herab und schließlich warf sie das Verbot, welches sie ihm erteilt hatte, über den Haufen und die beiden begannen sich zu lieben. Es ging länger als das letzte Mal und schließlich trennten sich ihre verschwitzten Körper und Marcel rollte sich neben sie und hielt seine Freundin fest in seinen Armen.

Lina schlummerte daraufhin relativ schnell ein. Er hätte gerne mit ihr noch ein paar letzte Küsse ausgetauscht oder einfach mit ihr geredet und sie an sich gedrückt. Stattdessen vergewisserte er sich, dass sie schlief, und flüsterte ihr ein paar Geständnisse, die er ihr zu machen hatte, ins Ohr.

„Weißt du, ich habe mit meinem Buch genügend Geld schon verdient. Davon kann ich dir einen Ring kaufen eines Tages. Außerdem war jedes Wort, das ich dir die letzten Wochen geschrieben habe, viel mehr als nur wahr. Lina, ich liebe dich mehr, als ich je einen anderen Menschen lieben könnte. Dir gehört mein Herz und nur du hast den Schlüssel für es. Deswegen auch die Kette und aus demselben Grund bedeutet sie mir so viel. Du bedeutest mir viel. Deine Liebe ist das Beste, was mir je passiert ist und ich weiß nicht, wie es ohne dich wäre. Wir müssen dafür sorgen, dass es nicht so bleibt wie die letzten Wochen, denn das halte ich nicht aus. Dann werde ich verrückt, weil du dann zwar meine Freundin bist, aber dich nicht so verhältst. Genau andersrum wie damals, bevor wir zusammen kamen. Und das ist auch nicht gut. Wie es die Monate seit Beginn unserer Beziehung war, so war es gut. Wir waren beide nur zu zweit komplett. In letzter Zeit scheinst du aber mich gar nicht mehr zu brauchen in deinem Leben und ich fühl mich wie ein Spielzeug, dass du ab und zu herausholst … Ich habe die Woche auch aus Frust eine Bewerbung an die Universität geschickt, an der kreatives Schreiben unterrichtet wird. Keine Ahnung, wieso, denn eigentlich will ich nur bei dir sein, nur dich in meinen Armen halten. Aber was, wenn ich das nicht kann? Weißt du, das ist es halt. Wenn ich meinen Traum nicht haben kann, der du bist, dann verfalle ich dem Wunsch, einen anderen zu erfüllen. Leider kann ich mir nur einen erfüllen. Und wenn es so ist wie heute, oder wie die Zeit, bis du dich von mir entfernt hast, dann hege ich keinerlei Zweifel daran, dass du alles bist, was ich brauche und je brauchen werde. Ich hoffe nach dem heutigen Tag weißt du das wieder und fühlst genauso. Ich liebe dich über alles. Du bist mein Ein und Alles. Es gibt nichts Besseres.".

Er wusste, dass Lina diese Worte nicht hörte und genau aus diesem Grund konnte er sie so unverfroren aussprechen. Aus Angst vor ihrer Reaktion wollte Marcel diese ihr auch gar nicht ins Gesicht sagen. Aus Angst, sie zu verlieren.

17

Am Sonntagmorgen war Marcel auf dem Weg zu seiner besten Freundin. Er hatte seinen Koffer im Auto und alles, was er für den Flug benötigte in den Taschen seiner Kleidung. Voller Vorfreude sang er bereits seit Morgengrauen die klassischen Hits mit.

Alles verlief völlig reibungslos, er kam an, quatschte noch kurz mit Emma und ihrer Familie und machte sich schließlich mit ihnen auf den Weg. Am Flughafen trafen sie sich mit Jan, Emmas Freund. Gemeinsam betraten sie das gigantische Gebäude. Nach einer kurzen Wartezeit in der Schlange zur Kontrolle trafen sie sich im Wartebereich wieder. Schmitti, der Freund von Emmas Mutter, war zuerst durch die Kontrolle gewesen und hatte bereits fünf Dosen Bier besorgt. Dadurch fühlte Marcel sich keineswegs wie das fünfte Rad am Wagen, sondern als Teil der Familie, als würde er dazugehören. Dennoch hätte er kein Problem damit gehabt, wäre Lina dabei gewesen. Er wäre zu gerne auch mit ihr in den Urlaub geflogen. Dafür war es allerdings schon zu spät, als sie zusammenkamen, denn zu diesem Zeitpunkt hatten sie bereits alles gebucht. Als sie auf dem Weg in einem Buchladen waren, in welchem Emma sich noch Lesestoff für die nüchterne Zeit auf der Insel besorgen wollte, fragte ihre Mutter Marcel „Sag mal, Marcel, warst du eigentlich schon mal auf Malle?". Er grinste sie an. „Schon Dutzende Male gefühlt", wollte er sie schocken, bevor er es weiter ausführte, „Aber immer nur mit meiner Familie oder einem Teil von ihr, weil wir eine Bekannte dort haben. Sie ist Künstlerin und lebt dort." Sie lachte, aber bevor sie etwas entgegnen konnte, rief Emma ihn aus dem Geschäft heraus. Er ging ein paar Schritte auf sie zu, während Emma ein Buch in die Luft streckte. „Schau mal, ich kenne den Autor von dem Buch zufällig", lachte sie, während sie sein Werk in den Händen hielt. „Ja von dem habe ich gehört, das soll ein toller Fantasy-Roman sein", antwortete er mit einem Grinsen. Emma blätterte durch das Buch und meinte dabei „Ich wusste gar nicht, dass das hier angeboten wird. Krass." Marcel wollte es dabei belassen und verkniff sich zu prahlen. Emma stöberte noch ein wenig weiter und entschied sich für einen Roman, den sie noch nicht besaß, und erst dann gingen sie weiter in Richtung ihres Terminals.

Genüsslich tranken sie das Bier gemeinsam, bevor sie weiter zum Check-in und in das Flugzeug hineingingen. Sie saßen zwar alle getrennt, doch relativ nah beieinander. Bevor das Flugzeug startete, schrieb Marcel noch schnell seiner Freundin, dass er sie liebte, aber auch, dass, wenn das Flugzeug abstürzen würde, sie nie wieder einen so tollen Freund fand wie ihn. Der Flug war zum Glück relativ kurz, denn Marcel hatte auf diesen immer Langeweile. Er hatte oft genug erlebt, wie es war, aus dem Fenster zu sehen, wenn man hoch über den Wolken schwebte. Es lief auch kein Film, da der Flug ja nur kurz ging, weswegen Marcel einfach nur die Augen schloss und seine aktuelle Lieblingsmusik durch die Kopfhörer in seinen Ohren hörte. Zwischendurch schaute er sich im Flugzeug um und beobachtete die Menschen. Wie zu erwarten, war es eine bunte Mischung. Es waren ebenso Familien und Rentner an Bord wie auch das für Mallorca übliche Partyvolk.

Als die Maschine landete, bewahrten sie Ruhe. Keiner von ihnen hatte Lust, sich zwanghaft durch die Menschenmenge zu quetschen. Sie kamen dennoch relativ zügig aus dem Flugzeug heraus. Ausschließlich mit Handgepäck bestückt, waren sie auch nicht gezwungen, am Gepäckband zu warten und konnten geradewegs in Richtung der Taxis gehen. Mit zwei Autos ließen sie sich an ihr Hotel bringen. Marcel bezahlte den Fahrer und folgte daraufhin dem Rest der Gruppe in das Innere des Hotels. Schmitti übernahm die Anmeldung, doch kam relativ zügig ohne Schlüsselkarten oder Ähnliches zurück. Er versuchte, sein Gefolge reinzulegen und meinte „Die haben unsere Reservierung übersehen und können uns für heute keine Zimmer mehr zur Verfügung stellen." Dabei riss er seine Augen geschockt auf und ließ sie einen Moment in den glauben, bevor er sie aufklärte. „Nein war nur ein Spaß", erklärte er „Sie haben zwar wirklich keine Zimmer mehr, aber deswegen bekommen wir ein Upgrade in ein anderes Hotel von derselben Firma. Das hat sogar vier Sterne und liegt nur dreihundert Meter entfernt." Alle nickten zufrieden, doch er konnte sie noch mehr begeistern „Und das andere Hotel ist nur den Hügel hinauf von der Schinkenstraße, also eigentlich optimal." Alle mussten lachen und erfreuten sich an den Nachrichten, die er ihnen brachte.

Auf dem Weg ins andere Hotel schrieb Marcel mit einer Hand seiner Freundin schon die Neuigkeiten. Dort angekommen, lief dieses Mal alles wie geplant und kurzerhand brachten sie schnell ihre Koffer in die Zimmer, bevor sie sich wieder in der Lobby trafen, um gemeinsam im Hotelrestaurant zu essen. Sie planten bereits zusammen den Abend. Da sie von der Reise erschöpft waren, wollten sie nicht direkt in die bekannten, von Touristen besetzten Stammlokale. Sie entschieden sich dazu in ein kleineres zu gehen, mit dem Schmitti schon gute Erfahrungen gemacht hatte.

Eine Stunde später saßen sie auch schon in genau diesem und tranken die erste Runde Bier. Über den Abend verteilt, war jeder einmal damit an der Reihe. Als sie einmal durch waren, bestellte Marcel eine Runde Caramel-Wodka-Shots und für sich noch einen Liter Wodka-Lemon. Es wurde ein ausgelassener Abend und noch vor Mitternacht waren alle von ihnen gut angeheitert von dem ganzen Alkohol, wenn auch Schmitti und Marcel die größten Trinker von ihnen waren. Schließlich hielt Emma ihm eine Zigarette hin. „Na komm, nimm schon", versuchte sie ihn zu überreden „Keiner von uns wird es auch der Lina sagen." Marcel wägte einen Moment ab, doch griff dann zu. Es tat ihm so gut, an einer Zigarette zu ziehen, auch wenn er es erst vor kurzer Zeit an seinem Geburtstag tun konnte. Zugegeben, er hatte es vermisst. Und so rauchte er den Tabak mit Wonne weg.

Sie entschieden sich noch in einen kleinen Club zu gehen, welcher auch von Schmitti, ihrem scheinbaren Touri-Guide, empfohlen wurde. Für Marcel war dieser allerdings nichts, denn hier liefen richtige Schlager und nicht die Sparte von Malle-Hits, die er mit schreiender Kehle immer mitsang, wenn er genug getrunken hatte.

Da die beiden Aufpasser und Marcel am meisten getrunken hatten und dadurch am müdesten waren, gingen diese schon mal zurück Richtung Hotel, während Emma und ihr Freund noch eine Weile dortblieben. Er schrieb Lina, ob sie noch wach sei und ob sie telefonieren sollten und sie bejahte beides. Er rief sie über das W-LAN des Hotels an und sie hob auch wenige Sekunden darauf ab. „Heyyyy", ließ Marcel aus sich heraus, während er auf seinem Bett saß. Als Antwort kam zunächst nur ein Lachen. Als es langsam verstummte, kam von Lina zurück „Hey, du bist doch schon wieder voll, oder?". „Goldrichtig, Goldlöckchen", antwortete er beschwipst. Erneut kam ein Lachen. „Das macht nicht mal Sinn, ich habe keine Locken.", hörte Marcel seine Freundin lachen. „Hübsch bist du trotzdem. Halt nein. Wunderschön. Sogar das wunderschönste und anmutigste Mädchen auf der ganzen weiten Welt!", meinte er. So ging es eine ganze Weile weiter. Lina erzählte von ihren Plänen, die nächsten Tage etwas mit Celine zu machen, während er ihr belustigt antwortete und später dann auch klar genug denken konnte, um ihr von seiner Anreise zu berichten.

Emma und Jan kamen erst nach Hause, wie er bereits aufgelegt hatte. Sie bemerkten nicht, dass er noch wach war, und legten sich küssend auf ihr Bett nieder. Marcel machte sich einen Spaß daraus und wartete noch einen Augenblick, bevor er zu erkennen gab, dass er noch wach war. Er versuchte sie mit einem tiefen „Buh!" kombiniert mit einer plötzlichen Bewegung zu erschrecken und hatte Erfolg. Emma schrie schrill auf und schob Jan fort, während dieser in einem tieferen Ton erschreckte. „Idiot", rief Emma mit einem Lächeln und warf eine ihrer Sandalen nach ihm, doch traf absichtlich nicht. Dennoch konnten sie ihm nicht böse sein und witzelten und unterhielten sich noch eine Weile mit ihm, bevor sie schließlich schlafen gingen.

Die Hälfte des ersten, ganzen Urlaubstages auf der Insel verschliefen die drei Jungspunde. Marcel erlaubte sich, von Emma eine Zigarette zu klauen, und setzte sich auf den Balkon samt Feuerzeug und Schachtel. Das hatte er seit einem Jahr schon nicht mehr machen können, eine Kippe rauchen auf dem Balkon und dabei das Meer anstarren. Ihm gefiel dies aus irgendeinem Grund, obwohl es außer dem möglichen Blick nichts anderes war als sonst auch. Er hörte dabei, wie sich drinnen etwas tat. Ein paar Minuten später kam Emma zu ihm herausgestürmt und setzte sich neben ihm auf den Stuhl. Sie kramte eine Zigarette aus der Packung und zündete sie an, erst danach ließ sie aus sich heraus, was sie beschäftigte „Der Kerl in dem Zimmer da drin ist so ein Idiot. Schnauzt der mich an, weil ich zuerst aufs Klo will. Ich verstehe den einfach nicht." „Hey, immerhin fährt er mit dir in Urlaub und ihr seht euch regelmäßig", versuchte Marcel sie zu beruhigen. „Ja, aber was bringt das denn, wenn wir uns so gut wie jedes Mal streiten?", warf sie in den Raum und konterte somit seinen Versuch zu schlichten. Marcel startete einen neuen Versuch „Wenn es immer um so etwas geht, weiß ich das auch nicht. Aber hat doch auch andere Seiten, sonst wärst du doch nicht mit ihm zusammen." Dagegen konnte Emma diesmal nichts Entkräftendes sagen. „Ja, aber trotzdem nervt mich das", begann sie „Das ist doch so belanglos. Warum kann der sich nicht mal ein bisschen von dir abgucken und einfach ein Gentleman sein?". Marcel legte seiner besten Freundin die Hand auf die Schulter und schaute ihr tief in die Augen. Dann begegnete er ihr mit einem Lächeln und klärte Emma über sich selbst auf „Weil du auf Ärsche stehst, Emma." Das brachte auch sie zum Lachen und sie vergaß einen Moment, was passiert war, und beruhigte sich. Nach ein paar Zügen an ihrer Zigarette, fragte Emma ihn, wie es bei ihm und Lina lief. Marcel zuckte mit den Schultern. „Ja, ich hatte dir ja schon erzählt, dass sie in letzter Zeit etwas distanziert ist", begann er „Am Freitag hat sie bei mir geschlafen und wir hatten auch vorher noch ein schönes Date. Aber um ehrlich zu sein, das muss wieder so werden wie vor meinem Geburtstag, also, dass wir uns oft sehen und ständig im Kontakt stehen, sonst werd ich verrückt." „Ist das schon Kontrollwahn?", fragte Emma ihn ehrlich. Marcel schüttelte den Kopf und erklärte sich „Nein. Das, Emma, ist liebestoll. Ich will ja nicht kontrollieren, was sie macht, um Gottes willen. Aber ich will sie bei mir haben, eben weil ich sie so sehr liebe und nur zu gerne mit ihr Zeit verbringe." Emma nickte. Sie verstand ihn wie jedes Mal. „Hattest du nicht gestern gesagt, ihr wollt demnächst eine Woche zusammen jeden Tag was machen, während sie Sommerferien hat?", erinnerte sie ihn. Bei dem Gedanken legte sich ein breites, glückliches Lächeln auf Marcels Gesicht. „Ja stimmt und ich freue mich schon richtig darauf. Ich hab schon ganz viele Ausflugsziele geplant, aber wenn sie möchte, können wir auch einfach nur daheimbleiben und miteinander chillen. Ist mir alles Recht. Hauptsache sie ist da.", erzählte er mit so viel Freude in der Stimme, wie Emma es nur selten von ihm hörte. Sonst schilderte er ihr etwas nur so begeistert wie gerade, wenn er erzählte, was er Tolles für Lina geplant oder gemacht hatte. Eigentlich begeisterte er sich immer nur so sehr, wenn es etwas mit Lina zu tun hatte.

Es war bereits früher Nachmittag, als die drei endlich im Erdgeschoss aufschlugen, um etwas zu Essen zu sich zu nehmen. Emmas Mutter und Schmitti saßen schon länger in der Pool-Bar, als sie die anderen entdeckten. Nachdem die drei aufgegessen hatten, gesellten sie sich zu ihnen und tranken mit ihnen ein paar Cocktails. Marcel war bereits wieder topfit und frisch gestärkt nahm er sich vor, die Karte noch am selbigen Tag einmal durchzuprobieren. Mit jedem einzelnen, den er mehr trank, wuchs sein Bedürfnis, die Drinks auf Spanisch zu bestellen, was er auch tat. Irgendwann begann er auch die Alkoholfreien zu bestellen, damit er am Abend noch dazu fähig war, mit den anderen zu feiern. Dennoch konnte er voller Stolz behaupten, die Cocktail-Karte des Hotels innerhalb eines Nachmittags durchprobiert zu haben. Seiner Meinung nach mussten sich die All-inclusive-Armbänder auch lohnen.

Nach einem kleinen Nickerchen traf sich die Gruppe gegen Abend, um gemeinsam zu Abend zu essen und dann später in den Bierkönig zu gehen. Wie geplant, so getan, machten sie sich gemeinsam auf den Weg. Am heutigen Abend fasste Marcel kein einziges Bier an. Die ganze Zeit über trank er nur Wodka-Lemon davon aber auch ganze drei Krüge, die er zumindest die Zeit über mitbekam. Ihm gelang es, kein einziges Mädchen so anzuschauen, dass ihm irgendwelche trügerischen Gedanken in den Sinn kamen. Seine Liebe zu Lina war so stark, dass er sich nicht einmal vorstellen konnte, mit einer anderen etwas zu haben. Es war ihm bewusst, dass das, was sie hatten, einmalig waren.

Spät in der Nacht kamen die drei erst zurück in ihr Hotel. Jan ging bereits hoch auf ihr Zimmer, während Emma und Marcel es bevorzugten, zuvor noch etwas zu essen. Sie holten sich noch einen Cocktail dazu, der ihnen später beim Einschlummern helfen sollte. Es waren nicht mehr viele Menschen unten in der Lobby und gar keiner außer ihnen war beim Essen. Sie schaufelten gemütlich ihr Essen in sich rein und redeten dabei noch über alles Mögliche, bis schließlich zwei Mädels zu ihnen stießen und sich zu ihnen setzen wollten. „Hey dürfen wir uns zu euch setzen? Es sind ja nicht mehr viele Menschen hier", meinte die Brünette zu ihnen. Emma, als weltoffener Mensch, der sie war, bejahte dies und lud sie herzlich gerne ein. „Seid ihr beide zusammen?", fragte die Blondine daraufhin. Aus Marcel kam es überraschend schnell hervor „Nein, ihr Freund liegt oben und pennt schon." Vielleicht war es etwas zu schnell, doch Emma nahm es mit Humor und fügte noch hinzu „Wir sind nur beste Freunde." Die beiden Mädchen verstanden und begannen sich mit ihnen bekannt zu machen. Als sie erzählten, dass sie Nacktbaden waren, wurden Emma und Marcel aber erst recht hellhörig. „Wisst ihr, wir waren eben am Strand mit so einem Typen, den wir gestern kennengelernt haben.", begann die Brünette, aber die Blondine erzählte weiter „Ja, und dann waren wir mit dem eben noch Nacktbaden. Warte, ich zeig euch ein Foto von ihm." Sie waren ganz aufgeregt und diese Aufregung stieg nur noch, als sie beim Griff in ihre Taschen feststellten, dass ihre Handys nicht da waren. Dazu fehlte noch ihre Schlüsselkarte und so manch anderes. So waren die beiden jungen Damen so schnell wieder weg, wie sie erschienen waren. Emma und Marcel tauschten ihre Blicke behutsam aus, und sobald sie sicher waren, dass die beiden außer Hörweite waren, verfielen sie in lautes Gelächter. Sie konnten nicht glauben, was sie da gerade erlebt hatten, aber es war zu lustig, um sich das eingebildet zu haben.

Emma und Marcel waren am nächsten Morgen alles andere als fit, denn es war nicht nur bei einem Schlummertrunk geblieben. Jan war schon früher wach als sie und wollte die beiden dazu überreden, aufzustehen und etwas zu machen, doch benötigte er ein paar Stunden, um damit Erfolg zu haben.

Erst spät standen die beiden auf und machten sich bereit, das Zimmer zu verlassen. Gemeinsam gingen sie die Promenade entlang und hatten Spaß daran, auf der einen Seite das Meer zu wissen und auf der anderen ein Geschäft nach dem anderen zu durchstöbern. Als sie schon fast am

Ende waren, hielt es sie in einem Geschäft, in welchem es klassische Malle-Shirts gab. Diese waren mit einem einfachen Spruch bedruckt und von nicht sehr hoher Qualität, aber dennoch lustig und eine schöne Erinnerung an ihren gemeinsamen Urlaub. Da es ihr letzter Tag auf der Insel war, wollten sie sich ein solches mitnehmen. Marcel hatte sich zwei Stück herausgesucht, zwischen welchen er sich entscheiden musste. Auf dem ersten Stand „Ganz, ganz billig" und auf dem in der anderen Hand „Sorry Mädels nur zum Saufen hier". Er überlegte, doch als er an Lina dachte, fiel ihm die Wahl auf einmal ganz leicht. Marcel nahm das Letztere und zog es sich auch schnell über, nachdem er es bezahlt hatte. Auf Emmas stand einfach nur „Johnny Depp Depp Depp". Nur Jan holte sich keines, obwohl Emma ihn dazu bewegen wollte, eines mit der Aufschrift „Mama, mir geht's gut" zu holen.

Am letzten Abend gingen sie erneut in das Lokal, in dem sie als erstes waren und verbrachten den Abend gemütlich mit Emmas Mutter und ihrem Freund, denn sie wollten bei der Abreise nicht immer noch vom Alkohol angeschlagen sein. Es wurde zwar spät, jedoch nicht so ausgelassen wie an den anderen Abenden, die sie in ihrem Urlaub dort verbrachten.

In der Zwischenzeit hatte Lina jeden der vergangenen Tage mit Celine verbracht. Auch heute, an dem Marcel aus dem Urlaub zurückkommen sollte, waren sie gemeinsam unterwegs. Sie saßen auf der Bank, an der sie und Marcel sich das erste Mal seit Jahren begegnet waren und ihre ganze Liebesgeschichte anfing. „Marcel kommt heute zurück, oder?", fragte Celine ihre beste Freundin. Lina nickte und antwortete „Ja, aber erst mitten in der Nacht, also schläft er daheim. Ich will nicht, dass er den ersten

Tag zurück nicht in seinem eigenen Bett schlafen kann." „Und du schläfst nicht bei ihm?", schlug Celine ihr mehr oder weniger unfreiwillig vor. „Nein", sagte die Blondine, „Das wäre komisch, oder?". Celine nickte schnell „Ja, das wäre absolut komisch. Ich würde das nicht machen." Einen Augenblick lang herrschte Stille, dann fragte Celine weiter „Hast du denn keine Angst? Also ich meine, wenn der mehrere Tage ohne dich auf Mallorca war?". Lina schüttelte den Kopf „Nein, warum sollte ich? Er hat mit mir täglich telefoniert und immer, wenn ich ihm geschrieben habe, kam kurz darauf auch schon eine Antwort. Der wird nichts angestellt haben." „Naja, wer weiß?", dachte Celine mit Absicht laut „Da kann dennoch viel passieren." „Jetzt verunsichere mich doch nicht", meinte Lina. „Ich sage es ja nur", meinte ihre Kindheitsfreundin „Man kann es nie wissen. Wer weiß, warum es mit seiner ersten Freundin nicht geklappt hat?". Lina schaute sie mit scharfem Blick an und blieb kritisch „Was meinst du denn jetzt damit? Und hör doch einfach auf, ihn herunterzumachen." Celine zuckte nur mit den Schultern. „Ich glaube immer noch nicht, dass er wirklich so ist, wie er sich dir gegenüber gibt. Ich finde, du solltest mir da vertrauen, wir kennen uns schon ewig und ihn kennst du noch nicht mal ein Jahr", redete sie ihren Marcel weiter schlecht. „Ja schon", stammelte Lina nur „Aber er ist mein Freund und ich liebe ihn." „Und warum triffst du ihn dann nicht mehr so häufig?", entgegnete Celine. Lina war von ihr verwirrt und zeigte es auch „Du hast gemeint, du wolltest wieder mehr Zeit mit mir verbringen." „Ja, aber das wolltest du doch auch", folgerte sie. Das junge Mädchen konnte da schlecht Nein sagen. „Ja klar, ich hab dich ja auch lieb, Celine.". „Bin ich dir noch wichtiger als er oder hat er dich bereits so vereinnahmt und bevormundet?", provozierte Celine. Lina kam sich komisch vor, während dieses Gespräch und sie verstand auch nicht recht, was ihre Freundin damit meinte. „Wie meinst du das?", fragte sie nun. „Ja so, wie ich es sage", entgegnete ihre beste Freundin „Auf einmal triffst du dich nur noch mit ihm und legst mich komplett beiseite. Von jetzt auf gleich war er der wichtigste Mensch in deinem Leben." „Er ist ja auch mein Freund und ich liebe ihn", merkte Lina an. „Und das heißt, dass man die beste Freundin ignoriert?", reizte Celine sie weiter. Lina meinte darauf mit leiser Stimme „Nein."

Es kam ihr so vor, als würde Celine sie zwingen wollen, sich zwischen ihr und ihrem Freund zu entscheiden und sie dazu bringen zu wollen, mit ihm Schluss zu machen, doch sagte sie ihr das nicht.

18

Den Rest der Woche und auch die Woche darauf sah sich das junge Paar gar nicht. Marcel lebte damit und akzeptierte es sich immer vor Augen haltend, dass sie dafür sich die kommende Woche die ganze Zeit über sahen. Das hielt ihn auf den Boden und machte ihn glücklich, doch hinderte es ihn auch nicht daran, seine Freundin dennoch täglich zu fragen, ob sie etwas gemeinsam unternehmen wollten. Lina schlug es immer aus, da ihre Familie sie brauchte, denn ihre Mutter war krank und sie musste als älteste Tochter versuchen, alles beisammen zu halten. Es wunderte Marcel dennoch, dass sie Zeit hatte, sich mit Celine zu treffen und wenn er vorschlug, vorbeizukommen und zu helfen, er immer abgelehnt wurde. Dann atmete er stets tief durch und akzeptierte es, schließlich wollte er sich auch nicht aufdrängen.

Eben das Wochenende sahen sie sich nicht und damit minderte sich die Zahl ihrer gemeinsamen Tage auf sieben. Es genügte Marcel dennoch und er erfreute sich daran, dass sie bald eine Weile zusammen wohnen würden, während Linas Sommerferien.

> Du glaubst gar nicht, wie sehr ich mich darauf freue, sieben Tage mit dir zu wohnen ♥♥

> Ich mich auch. Aber muss dir noch etwas sagen … ♥

> Was denn? ♥

> Meine Mama muss das Wochen-
> ende da auf Tagung, also muss ich
> da zu Hause sein♥

> Ist ja nicht schlimm, dann
> wohne ich am Wochenende
> mit bei dir ♥

> Mal sehen. Weiß noch nicht genau
> ♥

Marcel akzeptierte das Risiko, dass es vielleicht auch lediglich fünf Tage sein würden. Er freute sich einfach nur
ungemein auf die gemeinsame Zeit und hundertzwanzig
Stunden lang Lina bei sich haben zu können. Jederzeit
würde er ihre Hand ergreifen können. Tolle Gerichte würde er ihr zu jeder Tageszeit zaubern und gemeinsam würden sie die schönsten Flecken in der Umgebung erkunden. Die Aussicht auf diese Woche war einfach zu schön,
um wahr zu sein.

Am Montagmorgen telefonierte Lina mit Celine und
musste daraufhin ihrem Freund schreiben und ihm eine
weitere Enttäuschung zukommen lassen.

> Ich kann erst morgen zu dir
> kommen. Celine braucht mich♥

> Maaaan. Was ist denn mit
> ihr?😥♥

> Ihre Tante ist mit gebrochenem
> Bein im Krankenhaus und
> sie macht sich Sorgen♥

Sorry, wenn das jetzt dumm kommt, aber das beschäftigt sie so sehr, dass nur du sie beruhigen kannst? 😅♥

Ja♥

Ernsthaft? Und ihre Mutter Oder ihre Schwester reichen da nicht? 😅♥

Nein, ich muss für sie da sein♥

Finde ich übertrieben. 🙄 Außerdem musst du ja auch vielleicht für mich da sein😄♥

Du kommst schon klar 🤷♥

Danke … Ist ja auch nicht so, als wären aus den Tagen, die wir geplant hatten, schon nur noch die Hälfte übrig...

Jetzt stell dich nicht so an. Ich habe nie gesagt, dass wir jeden Tag davon zusammen sind. Und meine beste Freundin braucht mich.

Aha. Hab ich anders verstanden.

> Um Celine kann sich jemand
> anderes kümmern. Um mein
> Herz nur du

Daraufhin kam von Lina keine Antwort. Sie hatte die
Nachricht zwar gelesen, doch schien keine Lust mehr zu
haben, mit ihm darüber zu streiten. Marcel ging wütend
in sein Zimmer und öffnete ein kleines Schränkchen.
Darin war seine Reserve an Zigaretten. Mit denen setzte
er sich nach draußen, mitten auf den Boden und begann
das erste Mal wieder zu rauchen, ohne dass er von seinen
Freunden umgeben war und Alkohol im Spiel war. Es
blieb nicht bei einer. Der Junge rauchte drei oder vier
Stück auf Kette, bevor er sich abgeregt hatte. Dabei entschied er sich, dass er vielleicht etwas überreagiert hatte,
und schrieb Lina eine weitere Nachricht, die etwas ruhiger und bereuender war.

> Tut mir leid, vielleicht habe ich
> überreagiert. Ich freue mich auf
> die übrigen Tage mit dir ♥♥

Auf diese Nachricht kam ebenfalls keine Reaktion, obwohl sie von Lina gelesen wurde. Marcel atmete tief
durch und zündete sich seine fünfte Zigarette am Stück
an. Er wusste gar nicht mehr, wieso genau. Er wählte Linas Nummer, doch sie drückte ihn weg. Ein weiteres Mal
rief er sie an, doch mit gleichem Ergebnis. Beim dritten
Versuch meldete sie sich mit einem genervten „Was?".
Marcel entschuldigte sich tausendmal bei ihr und versuchte sie zu beruhigen und ihr zu erklären, was er empfand und dass er doch eigentlich nur enttäuscht war, dass
er sich so sehr gefreut hatte und es immer weniger Tage

wurden, die sie sich sahen. Als Resultat kam jedoch nichts Gutes dabei heraus. „Ich weiß nicht, ob ich dich die Tage überhaupt sehen will", meine seine Freundin ruhig, aber immer noch wütend, „Meine beste Freundin braucht mich eben und du rastest so aus. Ich brauche mal ein bisschen Abstand." Marcel schwieg, als hätten sie die letzten Wochen nicht genügend Abstand gehabt. Die Distanz zwischen ihnen wurde immer größer. Dennoch musste er es akzeptieren.

Die folgenden zwei Tage schrieb er ihr jeden Tag wie gewohnt „Guten Morgen♥", „Gute Nacht♥" und dazwischen mal den ein oder anderen süßen Text, doch nie erhielt er eine Antwort. Marcel hatte sich etliche Male bei ihr entschuldigt, auch wenn er noch immer sich im Recht sah, und versucht es bei ihr gutzumachen. Mittwochnachmittags entschloss er sich schließlich, ihr mit einem Blumenkurier einen Strauß Rosen liefern zu lassen, welcher sogar bereits am nächsten Tag bei ihr eintreffen sollte. Er wartete gespannt ab, während seine Gedanken weiterhin nicht von seiner Geliebten losließen.

Die beiden besten Freundinnen saßen gemeinsam auf Linas Bett. Sie hatte ihm seit drei Tagen nicht mehr geantwortet, so süß seine Nachrichten auch waren. Ständig hatte sie das Gefühl von Celine gebraucht zu werden und wollte auch für sie da sein. Ihrer Meinung nach hatte sie momentan einfach keinen Kopf dafür, sich noch mit ihrem Freund gleichzeitig zu treffen, wenn sie für ihre Familie da sein wollte und Celine sie ständig forderte. Sie sahen sich gerade gemeinsam einen Film an, als ihre Mutter an die Zimmertür klopfte und den Kopf hereinstreckte. „Hier kam etwas für dich", meinte sie zu ihrer Tochter und betrat das Zimmer. In ihrer Hand hielt sie eine wunderschöne Vase, gefüllt mit roten Rosen und drumherum war noch eine Schleife mit einer Karte befestigt. „Wo ist denn eigentlich Marcel?", fragte sie, während sie die Blumen auf dem Tisch abstellte, „Ich habe ihn schon lange nicht mehr gesehen. Ihr seid aber noch zusammen?". Lina nickte nur, als sie aufstand und auf ihre Mutter zuging. Diese verließ wortlos den Raum und wusste nicht genau, was sie damit anfangen sollte.

Lina schaute sich den Strauß an, bevor sie die Karte in die Hand nahm und öffnete. Celine pausierte den Film, drehte sich zu ihrer besten Freundin um und verlangte, dass sie den Text laut vorlas. Sie zögerte einen Moment, bevor sie sich samt Karte wieder auf ihr Bett setzte.

„Liebe Lina, ich weiß, dass ich nicht immer einfach bin und auch einen Hang zum Drama habe. Es tut mir leid, dass ich so bin. Vielleicht bin ich nicht der perfekte Freund, aber ich versuche mich stetig für dich zu verbessern. Auch wenn du im Moment deine Ruhe von mir haben willst. Ich liebe dich und vermisse dich. Ich hoffe, du verzeihst mir bald. In Liebe, Marcel."

Als sie die geschriebenen Worte laut ihrer besten Freundin mitteilte, kamen ihr beinahe die Tränen, doch bevor sie kullerten oder Celine sie sehen konnte, wischte sie sich mit dem Ärmel ihres Pullovers über die Augen. „Wow", stieß Celine hervor. Linas Blick klebte an der Karte. „Das ist ja unglaublich, was der alles macht", meinte Linas beste Freundin „Nur damit du seine Ausraster hinnimmst und bei ihm bleibst." Die Blondine schwieg immer noch und ihre Augen schwankten ausschließlich zwischen Karte und den Rosen hin und her. Celine lag ihr weiter im Ohr und sagte „Glaubt er, dass er damit deine Vergebung erkaufen kann? Denkt Marcel ernsthaft, dass das funktioniert? Er muss doch mittlerweile wissen, dass du zu schlau dafür bist."

Marcels Augen waren am Abend starr auf den Fernseher gerichtet und schaute sich Wrestling an. Auf einmal machte sein Handy einen Ton und der Bildschirm leuchtete auf. Doch es war keine Nachricht von Lina, Paul fragte ihn nur, ob er am Wochenende in den Jugendraum kommen würde. Er öffnete die Nachricht gar nicht erst, schaute dafür aber über die Lieferverfolgung nach, ob die Rosen wie geplant bei seiner Freundin angekommen waren. Das waren sie. Er öffnete den Chat mit ihr, welcher die letzten Tage nur von seiner Seite aus Nachrichten enthielten, und schrieb ihr in der Hoffnung, dass sie zumindest bezüglich der Rosen antwortete.

> Kam heute was bei dir an?♥

Ja.

> Und hat es was geändert?

Ich weiß nicht. Bin mir noch ziemlich unsicher.

> Weißt du, ich muss ganz ehrlich
> Sagen, dass die letzten Tage,
> Aber auch Wochen, sehr hart für
> Mich waren. Deshalb würde
> Ich vorschlagen, dass du mir
> Schreibst, wenn du dich treffen
> Willst oder mir zumindest
> Vergibst … Ich liebe dich!♥

Okay.

Das war die letzte Nachricht, die er von Lina erhielt. Den Rest seiner Urlaubstage und auch am Wochenende schrieb sie ihm nicht. Sie zeigte keinerlei Lebenszeichen und das Einzige, was Marcel hoffen ließ, war, wenn er ihre alten Fotos durchsah oder auf ihr Profilbild klickte. Sie meldete sich nicht bei ihm.

Am Sonntagabend begann er wieder ihr zu schreiben. Er versuchte die bestmöglichen Worte zu finden, um seine Liebe ihr gegenüber zu vermitteln. Er versuchte, die richtigen Sätze zu finden, doch bekam er trotzdem keine Reaktion von ihr. Marcel war kurz davor aufzugeben und wollte einfach nicht mehr. Die Liebe seines Lebens ignorierte ihn und ohne sie sah er keinen Grund mehr weiterzumachen. Alles, was er wollte, war fort und gab kein Zeichen von sich. Seine Freundin fehlte ihm so unglaublich sehr. Sie war nicht mehr in seinem Leben und er fragte sich, ob dies das Ende sei, wenn sie so nah und doch so fern war. Auch wunderte er sich, ob er sie aktuell überhaupt noch als seine Freundin bezeichnen konnte.

Durch seine Freunde im Jugendraum hatte er erfahren, dass sie sich jeden Tag mit Celine traf. Lina schien ja Zeit zu haben, doch nur nicht für ihn. Es betrübte ihn noch mehr, wenn er daran dachte. Marcel konnte nicht fassen, was los war und zwinkerte mit seinen Augen in der Hoffnung, dass er gleich aufwachen würde und das alles nur ein schrecklicher Traum gewesen sei. Doch es war die bittere Realität.

Die folgende Woche hoffte er darauf, dass Lina endlich sich bei ihm meldete. Alle paar Minuten entsperrte er sein Telefon und schaute nach, ob er eine Nachricht von ihr hatte. Selbst wenn er am Arbeiten war, nahm er sich diesen Moment der Hoffnung, der jedoch nie seine Erwartungen erfüllte.

Eines Abends fuhr er im Schein der letzten Sonnenstrahlen nach Hause und fuhr in Richtung seines Ortes ab. Ruhig fuhr er durch die Straßen. Auf der Hauptstraße warf er einen Blick in den Rückspiegel und bemerkte, wie Lina gerade aus einer Seitengasse, in der Celines Haus stand, kam und geradewegs auf sein Auto blickte. Doch schnell wandte sich ihr Blick ab, während Marcel weiter fuhr. Daheim schaute er erneut auf sein Handy, doch weiterhin wurde ihm eine Nachricht von seiner Freundin verwehrt. Er stöberte durch den Chat, welcher weiterhin von seinen Liebesnachrichten dominiert wurde. Mit gesenkten Kopf stieg er aus dem Wagen und begab sich in sein Haus. Sein Weg führte ihn wortlos an den leeren Zimmern vorbei in sein Zimmer, in welchem er sich auf sein Bett fallen ließ. Wie an jedem der letzten Abende liefen ihm die Tränen das Gesicht herunter, bevor sie auf das Kissen trafen und dort letztendlich einen Platz fanden zum Trocknen.

Auch diese Woche verging und Marcel fühlte sich immer mieser und erkannte Gefühle, die er seit Jahren nicht mehr gespürt hatte. Er fühlte sich allein, ungeliebt und verlassen. Seine Gedanken kreisten weiterhin nur um Lina. In seinem Kopf erlebte er all die schönen Erinnerungen ein weiteres Mal, bis sie schließlich auf die jetzige Realität trafen, die ihn betrübte. Ihm war nicht bewusst, was er tun sollte oder was er tun konnte, damit Lina wieder ihren Weg in sein Leben fand. Immer noch vermisste er sie. Immer noch war sie sein Ein und Alles und sein ganzes Leben. Sein Herz gehörte immer noch nur ihr allein.

Eine weitere Woche verging, in welcher Lina ihrem Freund nicht antwortete und sich nicht mit ihm traf. Sie war nicht mehr sauer auf ihn, doch sah sie keinen Weg mehr, ihn, Celine und ihre Familie in ihrem Leben unterzubringen. In ihrem Herzen wusste sie ganz genau, wie sehr sie ihn liebte und dass er immerzu nur das Beste für ihre Beziehung wollte. Doch war in ihrem Herz auch Celine, die sie genauso beständig bei sich haben wollte und mit der sie auch Spaß hatte, wenn sie sich trafen. Es kam ihr noch immer so vor, als müsste sie sich entscheiden.

Als sie nach der Schule und einem kurzen Aufenthalt zu Hause auf dem Weg zu Celine war, kam ihr in den Sinn, wie sie vergangene Woche Marcels Auto sah. Er war dort scheinbar gerade von der Arbeit gekommen und sie war kurz davor gewesen, ihm zu schreiben, ob sie noch bei ihm vorbeikommen solle. Doch bevor sie es tat, erinnerte sie sich, was zu Hause noch auf sie wartete und so ließ sie es. Genauso wenig hätte er gewollt, dass die beiden wieder mehr gemeinsam machen und würde erwarten, dass sie ihm ständig antwortete, aber im Moment schien ihr alles einfach viel zu viel. Nur zu gerne wüsste sie, wie sie all das regeln könnte, ohne einen von Celine und Marcel zu bevorzugen, doch sie war ratlos. In ihrem kleinen Leben war nicht genügend Zeit und nicht genügend Platz für beide. Vielleicht würde sich das ändern, wenn Celine auch mal einen Freund hätte, dann würde sie verstehen, was es heißt, zu lieben. Dies schien aber nicht im Entferntesten in Reichweite zu sein.

Lina traf schließlich bei Celine ein und gemeinsam legten sie sich quer über die riesige Couch in ihrem Wohnzimmer. Eine Weile verharrten sie so und redeten über alles Mögliche, während nebenbei eine Realityshow im Fernseher lief. Ihr Handy vibrierte und sie schaute nach. Es war keine Nachricht von Marcel, welcher die letzten Tage nicht mehr schrieb. Sie wusste nicht, ob er aufgegeben hatte. Leider hielt sie dies für möglich, da sie seit Wochen nicht mehr auf seine Nachrichten antwortete und seine Anrufe nicht annahm. Lina brauchte noch etwas Zeit, um herauszufinden, wie sie alle Menschen, die ihr so sehr am Herzen lagen, in ihr Leben einbauen konnte, ohne dass sich einer von ihnen vernachlässigt fühlte.

„Wieder eine Nachricht von Marcel?", fragte Celine sie, als sie einen Blick auf ihr stummes, eigenes Telefon warf. „Nein", schüttelte Lina langsam den Kopf „Er hat schon seit Tagen nicht mehr geschrieben." „Endlich. Er scheint wohl begriffen zu haben, dass er mit Geschenken und dummen Komplimenten nicht jedes Mädchen haben kann", stänkerte sie. Lina schaute sie an und meinte „Du weißt schon, dass er immer noch mein Freund ist?". „Das wirkt auf mich nicht so", entgegnete Celine „Du schreibst ihm seit Wochen nicht mehr und er hat endlich aufgegeben, dich von sich überzeugen zu wollen." Lina schluckte und musste zugeben, dass sie recht hatte. Es wirkte nicht mehr so und sie wusste auch nicht, ob durch ihre Taten sie jetzt nicht mehr zusammen waren. Eigentlich liebte sie ihn noch. Er war immer ein so unglaublich toller Freund gewesen und sie hatte ihn, weil er sie so sehr liebte, abgewiesen. „Ich glaube, das war ein Fehler", flüsterte sie leise vor sich hin, während sie mit ihren Nägeln begann zu spielen. Celine hatte es gehört, obwohl sie das nur vor sich hingesagt hatte und antwortete „Schön, dass du es endlich einsiehst. Meine Güte, Lina, ich hab dir von Anfang an gesagt, dass er nur das eine von dir will, aber du wolltest ja nicht hören. Marcel wollte bloß seinen Spaß mit dir haben und anscheinend war es so gut, dass er es wiederholen wollte, aber denkst du wirklich, dass du mehr für ihn bist? Nein, auf keinen Fall." „Ich meinte eigentlich, dass ich ihn so ignoriert habe", meinte die unsichere Blondine, während sie sich aufrichtete und ihren Kopf in Richtung Celine hob, „Ich liebe ihn und hab ihn so sehr verletzt…". Ihre beste Freundin schaute ihn mit erbosten Augen an. „Das ist jetzt nicht dein Ernst, oder?", sagte sie mit etwas lauterer Stimme. Lina traf ihr entgeistertes Gesicht mit einem mehr als nur verwirrten Blick. „Doch. Ich liebe ihn", wiederholte sie „Die Zeit, die Marcel und ich immer gemeinsam verbracht haben, war ausnahmslos wunderschön. Er hat sich immer um mich gesorgt und wollte mir immer alles Recht machen. Ich bin mir sicher, dass er alles getan hätte, und tun würde, um mich glücklich zu machen. Er ist der beste Freund, den man sich vorstellen kann." Celine schwieg sie einen Moment an mit funkelnden Augen, die glatt töten könnten. Dann begann sie sich über Linas Freund auszulassen „Wie oft muss ich es dir noch erklären. Der Typ ist ein Arschloch. Er wird dich niemals so lieben, wie ich es, als deine beste Freundin tue. Was kann er schon groß getan haben, dass du dir denkst, mich monatelang zu vernachlässigen und nur noch um ihn herumzuschwirren?". Bei dieser Frage liefen vor Linas innerem Auge all die schönen Erinnerungen ab, die sie mit ihrem Freund erlebt hatte. Wie sie ihn beim Laufen sah, wie sie sich das erste Mal küssten und noch so viel mehr. Sie dachte daran, wie sie draußen saß und er ihr am Telefon sagte, dass er sie liebte und auch daran, am Valentinstag kurz davorzustehen, es ihm auch zu gestehen. Ihre Gedanken flossen weiter daran, als sie sich das erste Mal nackt sahen, wie sie sich um ihn kümmerte, er ihr Wassereis brachte. Lina erinnerte sich, wie sie in das Zimmer voller Rosenblätter oder voller Teelichter kam. In ihren Erinnerungen war auch fest verankert, wie er ihr das Baumhaus zeigte und auch der Abend, als er sie mit ihrer Lieblingspizza und einem Blumenstrauß überraschte und sie daraufhin das erste Mal miteinander schliefen. Weiter verliefen ihre Erinnerung an die Male, als er spontan bei ihr vorbeikam oder sie bei ihm, wenn auch zur Not mitten in der Nacht. Sie führte sich vor Augen, wie sie sich das letzte Mal sahen, wie sie in seinen Armen am Ufer des Sees lag und sie daraufhin Eis essen waren und er sich für sie im Kino diesen Horrorfilm antat. Erst jetzt wurde ihr bewusst, wie viele süße Sachen er tat, nur um sie glücklich zu machen. Das Bild von ihm geriet ihr in den Kopf, wie er im Hemd und Anzughose bei ihr vorbeikam, bevor er sich an seinem Geburtstag beglückwünschen ließ, noch vor seiner Familie oder irgendwem sonst. Dann kam ihr in den Sinn, dass er den Anzug nur trug, weil er nicht fortgezogen war, um seine Karriere als Schriftsteller anzutreiben und sich daran zu versuchen. Marcel war für sie hier geblieben.

Lina stand auf und griff nach ihrer Jacke. „Ich muss los", stieß sie nur hervor, während Celine perplex sich ebenfalls von der Couch erhob. „Wo willst du hin?", fragte sie verwirrt von ihren plötzlichen Handlungen „Bitte sag nicht, dass du zu ihm gehst." „Doch ich muss. Ich glaube, ich stehe kurz davor, meinen Freund zu verlieren und dass nur meinetwegen.", stammelte sie. Celine warf sich vor die Tür, um ihr den Weg zu versperren, und schrie sie fast schon an „Nein, du gehst nicht zu ihm jetzt. Ich hab es dir doch Tausende Male erzählt, wie schlecht er für dich ist. Ich bin besser als er und nur ich bin gut für dich!". Auf einmal bemerkte Lina, was mit ihr passiert war, und es fühlte sich so an, als würde gerade ein Spiegel zersplittern und dahinter würde sie Celine erkennen, die ihr die ganze Zeit ein Floh im Ohr war. „Du hast mich dazu gebracht!", kreischte Lina sie an, endlich klar sehend, was vor sich ging, „Wegen dir werde ich ihn noch verlieren!". Celine versperrte ihr weiterhin den Weg zur Tür und schrie sie an, in der Hoffnung, dass es dadurch ihre Worte mehr Gewicht fanden, „Das stimmt doch gar nicht. Ich sorge mich doch nur um dich!". Lina schob ihre beste Freundin aus dem Weg und lief zur Haustür. „Lina, tu das nicht. Er wird dich nur verletzen!", schrie Celine ihrer besten Freundin hinterher, doch diese knallte nur die Tür hinter sich zu.

Das junge Mädchen hatte ihr Ziel ganz klar vor Augen und ging schnellen Schrittes die Route zu Marcels Haus. Währenddessen kramte sie aus ihrer linken Jackentasche etwas hervor.

Sie hielt sich die Kette, die sie von Marcel geschenkt bekam und immer bei sich, aber nie an sich, trug, vor Augen, bevor sie sie um ihren Hals legte. Schnell schob sie ihr Handy aus ihrer Hosentasche hervor und wählte Marcels Handynummer. Direkt kam ein Zeichen, dass er gerade keinen Empfang oder sein Telefon ausgeschaltet hatte. Was die Geschwindigkeit, in der sie sich bewegte, nur noch beschleunigte. Mehr am Rennen als am Gehen kam sie innerhalb weniger Minuten bei seinem Haus an. Sie klingelte und hoffte, dass er aufmachen würde. Nach einer Minute war immer noch niemand gekommen und sie klingelte erneut. Wieder passierte nichts und sie versuchte Marcel ein weiteres Mal auf dem Handy zu erreichen, doch es blieb bei dem gleichen Ergebnis.

Mit Tränen in den Augen ging sie in den Garten und hoffte, ihn dort vorzufinden. Ihr Blick wanderte durch das gesamte Areal, dass vom Schein der Abendsonne rot angeleuchtet wurde, doch es war kein Mensch vorzufinden. Ihre Augen schauten auf das Baumhaus. An der Leiter war an der obersten Stufe eine Rose angebracht, die ohne Wasser schon kurz vor dem Verwelken war. Sie erklomm die Sprossen und hoffte, dass gleich Marcel in ihrem kleinen Reich sitzen würde und sie glücklich anlächeln würde.

Oben angekommen, gab es für sie nur gähnende Leere zu betrachten. Nichts war mehr dort und so, wie sie es kannte. Nur ein Kissen lag noch mittendrin mit einer Rose und daneben einem Stück Papier. Sie betrat das Baumhaus, dass Marcel einst für sie gebaut hatte. Mit Tränen in den Augen näherte sie sich dem Schriftstück und erkannte bereits, dass es am Ende von Marcel abgezeichnet war. Obendrauf lag die Rose mit einer kleinen Schleife drumherum. Sie nahm die Rose und las ihren Namen auf einem kleinen Kärtchen, die an ihr befestigt war, bevor sie diese beiseitelegte. Dann nahm sie den scheinbaren Brief in die Hand, fasste sich an die Kette und begann mit Tränen auf den Wangen zu lesen.

„Liebe Lina,

es tut mir leid, dass du es auf diesen Weg erfährst, doch scheinst du dich von mir distanziert zu haben und vielleicht sogar willst du nichts mehr mit mir zu tun haben. Ich bin weitergezogen und lasse dich hiermit in dein altes, zufriedenes Leben. Es scheint so, als benötigst du mich nicht mehr in deiner Nähe und hast keinen Platz für mich in deinem Herzen. Deshalb hoffe ich, dass dich diese Zeilen eines Tages erreichen. Ich bin am ersten Augustwochenende umgezogen, hoch in den Norden, um mich meinem Traum des Schreibens hinzugeben. Die

Ausbildung habe ich an den Nagel gehängt, denn diese war nur da, um bei dir zu bleiben. Für lange Zeit dachte ich, dass dies nur ein wünschenswertes, unerreichbares Ziel sei. Doch dann traf ich dich. Du hast mir gezeigt, was Liebe ist. Was es heißt, einer Person dein Herz zu schenken und es niemals zurückhaben zu wollen. So ist es auch weiterhin. Du wirst für immer die einzige Frau sein, die den Schlüssel zu meiner Liebe und meinen Gefühlen hat. Leider scheinst du es nicht zu wissen oder wissen zu wollen, doch danke ich dir, dass du mich ermutigt hast, mein Buch zu veröffentlichen und mir die Pforte zu meinen anderen Träumen geöffnet hast. Zurzeit scheinst du mir den Traum, den ich das letzte Jahr für den größten von allen hielt, nicht erfüllen zu wollen. Daher diese Entscheidung und ich hoffe, dass deine Entscheidung für dich die Richtige war. Ich hoffe, du erfüllst dir deine Träume und genießt dein glückliches Leben, wenn auch ohne mich. Bitte bleib ein so toller Mensch, wie du es für mich so lange warst und halt an deinen Prinzipien fest, auch wenn dir manch anderer vielleicht etwas anderes einreden will. Lass die anderen sich verändern, doch du musst das nicht. Du bist schon immer toll gewesen, so wie du warst, und bist, und für mich immer sein wirst.

In Liebe, Marcel.

P.S: Ich liebe dich, Lina."

Epilog

Ein Jahr später.

Marcel saß in der S-Bahn auf dem Heimweg von der Universität. Sein Rucksack stand vor ihm auf dem Boden und seine Kopfhörer fanden ihren Weg nach oben in seine Ohren, sein Telefon in beiden Händen haltend. Vorsichtig streifte er den Ärmel seines T-Shirts nach oben und kratzte sich an den beiden langen Narben, die nach so langer Zeit immer noch zu sehen waren.

Er entsperrte sein Telefon und es öffnete sich die Seite, die er zuletzt aufgerufen hatte. Linas Instagram-Account. Er schaute sich ein weiteres Mal die Bilder an, dann wechselte auf den Chat und stöberte durch die Beiträge, die sie ihm vor Ewigkeiten mal geschickt hatte. Nach ein paar Minuten schloss er die App und öffnete den Ordner mit Bildern, auf denen er und Lina abgebildet waren. Es war eine glückliche Zeit gewesen und er konnte sie weiterhin nicht vergessen.

Obwohl schon ein Jahr vergangen war, indem sie keinen Kontakt mehr miteinander hatten, hielt er sie immer noch fest in seinem Herzen. Sie hatten sich seitdem nur einmal aus der Ferne gesehen, als Marcel im letzten Herbst zurück in seine Heimat kam und er mit Emma auf das Oktoberfest ging. Dort hatte er sie auf hundert Meter Entfernung gesehen, doch ist direkt in die Raucherecke geflüchtet, in welcher ihm die Tränen kamen.

Marcel schüttelte sich, um den Gedanken zu vergessen, und öffnete WhatsApp. Lina hatte bei ihm kein Profilbild mehr und er wusste nicht, ob sie einfach nur keines mehr verwendete, oder ob sie seine Nummer gelöscht hatte. Er war so oft kurz davor gewesen, ihr zu schreiben und ihr zu gestehen, wie sehr er sie vermisste und zu gerne wieder bei ihr wäre. So tippte er auch an diesem Tag unwissend, ob er sich dieses Mal trauen würde, die Nachricht abzuschicken, denn er fürchtete sich davor, wie die Reaktion ausfallen würde.

Mittlerweile wünschte er sich, verfrüht Vater geworden zu sein und mit Lina sein Leben zu teilen, denn sie war weiterhin fest in seinem Inneren verankert.

Heute war es allerdings nicht wie sonst. Er drückte schließlich auf „Senden." Die Nachricht las folgenden Text:

„Hey, ich weiß, dass das jetzt viel, viel zu spät kommt und ich, wenn du denn überhaupt antworten solltest, mir einen riesigen Korb jetzt gibst, aber ich bin jetzt einfach mal einmal im Leben ehrlich zu mir selbst und sage dir, was ich schon monatelang aufschiebe: Es tut mir leid, wie dumm ich war. Ich habe uns damals für perfekt gehalten und nicht erkannt, dass wir beide nicht fehlerfrei sind und gerade diese Fehler uns perfekt machen. Ich hasse es mir eingestehen zu müssen, dass ich damals diese Entscheidung getroffen habe, viel zu übereilt, viel zu übertrieben. Wenn ich in der Zeit zurückreisen könnte, würde ich es tun, nur um wieder mit dir Zeit verbringen zu können. Das Einzige, was ich mir zu Weihnachten gewünscht habe, die nächsten und auch die nächsten Geburtstage mir wünschen werde, ist, dass du da bist. Ich vermisse dich. Wie du in meinen Armen liegst, wie ich übertrieben süße Sachen sage, dass du mich ‚Schnecki' nennst, wie wir Essen sind, wie ich dich mit Pizza Ravers und Blumen überrasche. Ich habe versucht, das alles zu verarbeiten, habe alles nochmal durchlebt, doch es hat nichts genützt, eher verstärkt. Du glaubst gar nicht, was ich alles für eine neue Chance geben würde. Ich würde dir wahrscheinlich die Welt zu Füßen legen. Vermutlich willst du mich nicht noch einmal sehen und dennoch legt sich ein breites Grinsen auf mein Gesicht, wenn ich an dich denke. Ich habe vielleicht zu sehr an dir festgehalten und als ich dich losließ, habe ich mehr verloren als es mir bewusst war. Viel zu viel. Mit dir hat sich alles so echt angefühlt. Jeder einzelne Moment mit dir ist mir so viel Wert und es schmerzt, dass ich weiß, wie unmöglich es erscheint. Und ich gebe allein mir die Schuld. Ich hab mich letzten Endes von dir fort gewandt, weil ich dachte, du brauchst mich nicht mehr und willst mich nicht mehr und weil ich nicht verletzt werden wollte, bin ich abgehauen. Heute bin ich dennoch verletzt und vermutlich mehr, als es gewesen wäre, wenn meine Befürchtungen wahr geworden wären. Ständig frage ich mich, was hätte sein können. Ich wünschte mir, ich könnte dich noch einmal sehen, ohne mich danach zu verstecken, um zu weinen, wie beispielsweise auf dem Oktoberfest. Seit so Langem fühle ich mich unvollständig, weil du fehlst. All den Schmerz habe ich vermutlich verdient irgendwo und es gibt auch keinen Grund für dich, mir noch irgendeinen Gefallen zu tun oder irgendeine weitere Chance zu geben. Es tut mir leid. Allerdings musste ich dir meine noch vorhandenen Gefühle einfach mitteilen ...“

Zu seiner Verwunderung kam innerhalb einer Stunde sogar eine Antwort von Lina. Sie war nicht zu seinen Gunsten. In der Nachricht erklärte sie in wenigen Worten, dass sie damit abgeschlossen habe und weiterhin getrennte Wege gehen wolle. Marcels Herz zersplitterte in noch mehr Scherben, als es bereits war.

Am Ende der nächsten Semesterferien packte Marcel in seinem Heimatort seine Sachen zusammen, um zurück zu seiner Universität zu fahren. Weiterhin kämpfte er mit seinen inneren Dämonen, welche ihn deprimierten und ihm sagten, dass er alles verloren hatte. Er verabschiedete sich von seinem Vater und stieg in sein Auto. Auf dem Weg aus dem Dorf bog er kurz ab. Marcel blieb in einer Nebenstraße stehen, direkt vor Linas Haus. Einen Moment verharrte er und schaute einfach nur starr auf das Haus. Alles um ihn herum war still und er fühlte eine einzige Leere, bis sich schließlich eine Träne über seine Wange bewegte. Während diese sich vermehrten, startete er wieder das Auto, bevor es noch schlimmer wurde.

Doch es wurde nicht besser. Selbst als er schon mehrere Minuten über eine stark befahrene Landstraße fuhr, hörten seine Augen nicht auf damit, die Tränen literweise herauszulassen. Er sah leicht verschwommen und zwischen den Tränen spielten sich Erinnerungen an seine Zeit mit Lina vor seinem geistigen Auge ab. Ihr Gesicht tat sich im Scheinwerfer eines entgegenkommenden Autos ihm auf.

Und dann hörte es auf.

Heroes Bellum
Henrik M. Simons

Heroes Bellum. Eine fiktive Welt, mittelalterlich angehaucht, in welcher sich verschiedene Helden hervortun, bis Verrat, Intrigen und offene Duelle nur einen der Charaktere als wahren Helden herauskristallisieren.

"Es soll sich erfüllen, dass sich dieser als König hervortun wird und eines Tages uns Frieden bringt. Er soll unsere Feinde für uns besiegen und uns fortan schützen."